探寻『成长』的另一种可能

早生贵子

杨早 著

帮不了你养娃，但能帮你觉悟

生活·讀書·新知 三联书店 生活書店 出版有限公司

图书在版编目（CIP）数据

早生贵子：帮不了你养娃，但能帮你觉悟 / 杨早著
. —北京：生活书店出版有限公司，2021.1
ISBN 9787-80768-305-6

Ⅰ. ①早… Ⅱ. ①杨… Ⅲ. ①杂文集－中国－当代
Ⅳ. ① I267.1

中国版本图书馆 CIP 数据核字 (2019) 第 181733 号

责任编辑　李方晴
装帧设计　罗　洪
责任印制　常宁强
出版发行　生活書店出版有限公司
（北京市东城区美术馆东街 22 号）
邮　　编　100010
经　　销　新华书店
印　　刷　北京隆昌伟业印刷有限公司
版　　次　2021 年 1 月北京第 1 版
2021 年 1 月北京第 1 次印刷
开　　本　880 毫米 ×1230 毫米　1/32　印张　13.25
字　　数　273 千字
印　　数　0,001-6,000 册
定　　价　58.00 元
（印装查询：010-64052066；邮购查询：010-84010542）

目录

序言

第一辑 要不要做100分父母？

第二辑 时代会变得越来越好吗？

第三辑 谁的大学？

第四辑 该不该群嘲上一代?

后　记

对自信的人保持警惕

邱小石

在 5 月 21 日小满这一天完成这篇文字是有充分理由的。这一天我儿子二十一岁，早上祝他生日快乐时，他妈妈说：你可以喝酒了。

我比杨早大两岁，我儿子比他儿子大十二岁零一天。杨早《早生贵子》这本书有一个副标题——“帮不了你养娃，但能帮你觉悟”。很遗憾，早生未必划算，我就想，如果我的儿子比杨早的儿子小十二岁，我从书中获得的认知是否可以帮助我养娃呢?

《早生贵子》结集了杨早五十篇关于教育的文字，每篇的标题都是一个问题。我在这里选了一些问题来尝试回答，再去看杨早的思考。的确，这本书已经帮不了我养娃，但可以帮助我解惑，或者，增强信心。

1. 孩子，你会成为一个有趣的人吗?

这是一个定调子的问题，是父母对孩子的一个期待，同时，也是从“不输在起跑线上”解套的方法。杨早表达了对不确定性的无力感，然后说："爸爸希望你长成一个有趣的人、会自己找乐的人，神经大条，作风剽悍，喜欢琢磨点儿什么，琢磨不通也不放在心上。"这期待不是传统意义上对成功的定义，但我怎么觉得更难呢。

2. 怎样当好一名育儿能力不强的爸爸？

杨早承认自己在三口之家中的替补角色，并一直在这个定位上尽力发挥作用。这是一个爸爸的自知之明，但杨早的自知之明是有目的的：我能力不足，我也不要求你完美，我不提"别人家的孩子"，你也别质问我为什么不赚大钱，"各自独立，像两棵树一样并排站着，但不是靠着"。仅仅通过这两个问题，杨早就干净利落地甩掉了大部分"父亲的责任"。

3. 四岁孩子不肯睡觉怎么办？

面对不受大自然支配和人类社会束缚的孩子，哪儿有没抓狂过的父母。杨早其实也没什么办法。"面对辣子那些'无理'的要求，我们不退让，想办法，但也不上火，不上纲上线，不激化矛盾，避免造成伤害。事情过去了，不秋后算账……"这基本上是在咬牙切齿地修炼自己的内功。因为无论如何，"还是相亲相爱的一家人"。

4. "屁股"是一个粗鲁的词吗？

我儿子三四岁的时候，我带他去一个新认识的朋友家玩。朋友家的小孩有一条玩具蛇，我儿子把蛇卷了起来，笑着说这是一坨屎。朋友当着我们的面，直接训斥了我儿子。当时我脸红筋涨，却不知该如何应对。之前我没遇到过类似的问题，之后我们两家再无往来。杨早说："教会孩子分清什么是知识、什么是真正的粗鲁，比禁绝某些词语要麻烦很多。"

5. 高学历的父母为什么还要追求学区房？

杨早和他太太都是博士，住在远离学区的东五环，儿子求学路径的选择是他俩要面对的问题。作为邻居，我不止一次分享了孩子在社区学校读书的优势与劣势，其实好处坏处都不用多说，对别的孩子也没有什么借鉴意义。对此杨早说："只把目光锁定在'这一个'孩子身上时，种种的忧心忡忡、思前想后，或许都是米兰·昆德拉笔下那所谓'沉重而艰难的决心'，怎么选择都有可能对，也有可能不对。"本书的另一篇文章《父母有没有能力毁掉孩子？》，也许提供了更完整的视角。

6. 如何让孩子认知恐怖主义？

这是杨早心里也没底的一个问题。对大人来说，这也是相当复杂的。但杨早有个认知，点出了理解复杂真相的出发点："我从中学起，就有一个认知：别人的一千份痛苦抵不上自己的一份痛苦。反过来，你也不可能要求别人对你的切肤之痛感同身受。"

7. 假如你的孩子初二看 A 片怎么办？

杨早还没遇到过这个问题，所以加了"假如"一词，文中的实践仅仅是出于反思自己成长而产生的理性想象。在这个领域，我们都是背负沉重心理包袱、深受其苦的一代。杨早的愿望是："希望下一代可以摆脱这些。在他们的成长过程中，没有人会对他们说'不要脸'这三个字。"

8. 谁在伤害中国儿童？

在这个大问题下，杨早接连追问了一系列的问题：儿童是父母的财产吗？怎样对待儿童才算“文明”？西方式教育就不需要反思吗？社会和国家能帮上忙吗？为什么只能选择一套教育法？……《早生贵子》仅仅是一本育子亲子之书吗？熟悉杨早的人就会知道，如果最终不对社会的现实话题加以观照，他是不会甘心的。

9. 见义勇为耽误高考，能单独重考吗？

也许大部分人会毫不犹豫地回答：当然能啊。杨早却明确表示反对：“世上有比道德激情更清醒的东西，那就是立法者思维。”桑德尔的《公正》一书中有很多类似的命题，理清其中的概念并加以辩论，是非常烧脑的一件事。杨早为什么要费力不讨好地去抬杠那种“显而易见”的结论？而我的问题是：“显而易见”的倾向是如何形成的呢？对此我的心中是有答案的，但我担心，“显而易见”的答案未必可靠。

10. 留学生觉得美国真好，为什么还要回中国？

杨早谈的是一百年前的中国。这个问题似乎并不符合当下的情形。尽管中国已在“某种意义上更像是美国摹本”，面临文化差异和进入主流的难度，今天大多数留学生依然还是努力地想留下。七十多年前费孝通在对比中美文化时表达了这样的困惑：东方和西方究竟在什么东西上分出了东和西？这个困惑更像是一个诘问。而答案则比较残酷：“文化是一个整体，你不太可能只要文明、富强，却拒绝文化背后的一套容易格格不入的法则。”

11. 鲁迅当年怎么做父亲?

受新文化运动冲击，父子关系的观念开始重建。鲁迅说过：不求任何回报的爱……开宗第一，便是理解；第二，便是指导；第三，便是解放。杨早则问道：鲁迅后来有了自己的儿子海婴，还能不能坚持自己十年前的理念？每一个父亲都将面对同样的现实难题，无论你有什么前卫或传统的思想，是文豪还是一个普通人，都摆不脱父子关系中那一份真实的纠结："事事包办的父亲，与放任不管的父亲，是两种极端，执两用中，怎样取得某种平衡？自由发展与溺爱放纵，严格要求与压抑天性，它们的界限又在哪里？教育理念与育儿实践，如何在生活中达成一致？"但鲁迅"任何时候都能与小孩平等对话。这种能力，并不是每个父亲都拥有的"。我从杨早和儿子的关系看出，杨早是深受鲁迅影响的。

…………

仔细想来，我所认识的杨早，不是"悲观主义者"的话，至少也是"不自信"的那一类。"不自信、不自卑"，正是他在"五四"百年那天提出的观念。正因为这份不自信，才有在《早生贵子》中努力的自问自答。这一切努力，都是为了走出自卑。

跳开本书再多说几句吧。

2014 年我和我妈妈合著的《天晓得》出版，请杨早写了序。而我为《早生贵子》写下此文，并非还礼，这种往来是我生活中的幸运。

杨早是我发小，小时候他就是家长口中“别人家的孩子”。后来我们在北京做了邻居，我俩和绿茶又一起创办了“阅读邻居”读书会，我有大量的机会零距离听杨早的各种讲说，思想上的给养潜移默化，无法量化。我曾经表达过这份感恩：“伊壁鸠鲁说幸福有三要素：友谊、自由、思想。良师益友不可或缺，我有运气，这一二十年，身边总有杨早这样的人。”

谢谢杨早。

2019 年 5 月 21 日

一边相信书本，一边选择现实

绿茶

接着邱小石的序，我想说："我也很幸运，这十几年，身边总有杨早这样的人。"

我们仨做了十几年邻居，共同创办"阅读邻居"读书会，一起读了十几年书，这样的邻居关系真是前世修来的福分。那些年，我们仨时不时在读易洞聊聊天，什么话题都有，唯独不聊各自的生活和孩子。我们仨的孩子都是男孩，夫人都是天蝎座，而且生日相差没几天，有一次三家共同在读易洞过天蝎生日局，这样的机缘也是少有。

邱小石家的敢爷已经在美国读大学，杨早家的辣子和我家的茶包都还是小学生。邱小石在《天晓得》中，讲述了他和敢爷的故事，一对天真有趣、独特可爱的亲子画面让人羡慕；杨早则通过这本《早生贵子》，讲述他和辣子的故事，以及对亲子教育的诸多看法；而我和茶包的故事何时才能找到讲述的角度呢？

我和杨早，除了一起办阅读邻居读书会，还有很多其他的交集：联合创作了一本写给孩子的《中国通史》墙书；共同担任好几个好书榜（如华文好书榜、阅读之城等）的评委；共同发起“早茶夜读”公号，力图创建一套谱系化的阅读方案。

我们提倡阅读闭环（阅读—思考—表达—写作），期待每一次读书会都能实现每个人的内容输出，所以，这么多年，我们一次次精心策划选题、精选主题书目，并且，让每一次读书会的记录，经发言者校对后留存下来，让每个读书会参与者回看或校对自己的发言时，从中能获得新的灵感，进而转化为可输出的写作。

杨早的转化率是让人羡慕的，他每一次在读书会上的发言，都能转化为多个角度的阐述，不仅给现场书友很多启发，他也很快会结合最新的热点，创作出一篇又一篇生动、有识的大作。

这些年，他的高产让人惊叹，先后出版了《清末民初北京舆论环境与新文化的登场》《民国了》《说史记》《野史记》《早读过了》《传媒时代的文学重生》等。疫情年也没闲着，编选了《宁作我：汪曾祺文学自传》《汪曾祺别集》，还写出了《拾读汪曾祺》《元周记》等，当然，还有即将出版的《早生贵子》。与此同时，还在多个平台开设音频课程，如《简说中国史》《简说中国人》《小说民国》《先生之风》等。

不觉得杨早曾经对孩子、对教育话题发言，而看到《早生贵子》一书，惊讶于他对那么多议题做了深入的探讨。杨早自言是“育儿能力不强的爸爸”，然而，又有哪位爸爸敢自称是“育儿能力强的爸爸”呢？我自认为是投入育儿精力足够多的爸爸，但在小茶包心中，想必也不过是一句“你走吧，到那屋去，让妈妈来”。

书中有一篇《高学历的父母为什么还要追求学区房？》，不知道是不是写给我看的，读来颇多感触。文中开篇说：一位中科院的青年俊杰，孩子快到学龄了，因为没有房产，放弃了在北京的理想与追求，去了能买得起房的南京。而我，在孩子出生后不久，恰恰选了中科院的学区，成了可怕的海淀家长。

说不清当初为什么要走学区房这条路，一开始也许只是受到网上各种焦虑帖的影响，进而开始全京城范围找寻学区资源，慢慢地就入了坑，那半年多时间，周末或节假日基本上在四处看房，了解越多陷入越深，甚至到了刹不住车的境地。中途一度觉得学区房就是个无底洞，完全没有实现的可能，又有诸多不甘心，总觉得会有那么一间各方面条件都合适的房子，在等着我们……

朝阳、东城、西城，最后落户到海淀，终于长出一口气，紧接着又被各种海淀家长的帖子弄得焦虑不安。中国的一二线城市，这种结构性的压迫在日益加剧，全社会弥漫着不同程度的焦虑感，争买学区房就是这种焦虑感的突出表现。

如今，我们把自己逼入这条轨道上，只能循着这个速率前行，没有时间再去思考当初的疑问，只能期待顺利跑完这个赛道，再把这个名额转移给下一任家长。而下一个赛道也许更煎熬，更漫长。

杨早书中提出并回答的五十个问题，我大部分都同意。但我做现实选择时，又不自觉地选成了杨早批判的那一类家长，他这些看似闲情的自问自答，实则招招击中家长痛点。然而，大多数家长在长期的焦虑中，都学会了见招拆招，在面对书本和面对现实时，一边相信书本，一边选择现实。

绿茶

2020 年 10 月 7 日

第一辑

要不要做100分父母?

孩子，你会成为一个有趣的人吗？

宝宝：

再过几天，你就满一岁七个月啦。在那天之前，是爸爸妈妈九周年的结婚纪念日，还有爸爸三十八岁的生日。年底真热闹啊。

宝宝，你每天都要去会所玩，认识了好多小朋友。你知道吗？爸爸妈妈六年前决定买下这里的房子时，还没有想清楚要不要宝宝哟。不过，你常玩的会所对面，有一所小学；小区里，有一所幼儿园。不知道这两点，是不是在潜意识里影响了爸爸妈妈购房的决定？

爸爸和妈妈小的时候，幼儿园和学校都离家蛮近的，最近的时候只有一墙之隔，可以由一个狗洞钻来钻去。远的时候，也就是一条长街或一条小路的两端。爸爸觉得，不怕到校才发现忘记带东西，中午可以回家睡一觉，晚饭后还能找到同学一起玩，是儿童时代最幸福的事了。

宝宝，你慢慢长大，会进小区的幼儿园，会进小区对面的小学。可是，你的玩伴会少去好些。因为他们的爸爸妈妈觉得，咱们住的这个区教育条件不好，所以他们卖掉房子，搬到教育条件好的区去，或是在那边租房子，把这里的房子再租出去。

爸爸小时候，因为爷爷读研究生、爷爷奶奶两地分居什么的，转了好多次学，多得履历表都不够格子填。现在回想起来，小学同学在爸爸的脑海里都很模糊，也没有什么从小到大的朋友。宝宝，爸爸希望你能在这个家里一直长大，一直跟爸爸妈妈在一起，有真正的发小，成人后还记得他/她奶声奶气说话的样子那种。

宝宝，今年校车问题成了新闻热点，倒不是说爸爸妈妈有先见之明，但是住在一个有幼儿园有小学还有书店的小区，确实让人心里安生不少。爸爸在电视节目上说，校车问题，其实反映了小朋友们的家长在与学校谈判时的弱势地位：一方面，确实学校少、小朋友多；另一方面，家长也没有获得足够的支援，学校的入学资格、收费、办学条件，都没有严格的监管。这种情况下，给小朋友选学校就成了“撞大运”或“抢椅子”的游戏，难怪很多爸爸妈妈都尽力奔那些传说中的好学校。

宝宝，现实很复杂，环境很残酷，可是爸爸妈妈还是不相信什么“不要输在起跑线上”，爸爸妈妈只想给你一个健康快乐的小环境，一个平安喜乐的童年。爸爸妈妈的一位老师说过，鲁迅爷爷虽然后来经常愤怒，看上去很冷很酷的样子，可是因为鲁迅爷爷童年有过许多在乡下玩、看社戏的欢乐，所以他的愤怒下面，还是有着一层温暖的底色。宝宝，每个人的路是自己走出来的，爸爸妈妈能给你的，也就是这一层温暖的底色了。

宝宝，爸爸妈妈都是在这个社会中长大的，我们觉得自己已经可以独立思考、自由选择。可是，添了你之后，爸爸妈妈的信心开始打折扣了。爸爸妈妈不知道，如果你上学后，老师教给你的，跟爸爸妈妈坚信的，有强烈的冲突，该怎么办？那些历史与现实的苦难与黑暗，爸爸妈妈是不是应该先瞒着你、骗着你，让你长大成人后，再去自己慢慢揭开那些“华丽的袍子”？如果不瞒着你，会不会吓着你，让你变成一个心理阴暗的小孩？如果瞒着你，会不会让你踏入社会时，有强烈的幻灭感？哎呀，爸爸妈妈真为难啊！

宝宝，这种焦虑在我们这个社会到处弥漫，所以“虎妈”“狼爸”才会大规模吸引眼球啊。要让爸爸说，倒也不是“虎妈”“狼爸”的教育理念让人信服，而且他们的教育方式似乎更“中国化”，我的意思是，似乎更适合中国当下这个竞争激烈的社会。宝宝，现在的爸爸妈妈们真是纠结啊，他们一边手捧着层出不穷的民国教材，向往那种优雅的、全面的、充满温情的教育，一边又要应付一个充满竞争的现实。宝宝，自从爸爸这一代人在成长过程中基本接受美式教育观念，就很少听说有文化的家庭打孩子了。爸爸妈妈可以纵容宝宝的天性，但社会可不是吃素的啊，于是逼得许多爸爸妈妈不得不想：是不是用棍棒和威吓，把孩子教育得温顺驯良，会让他学习更多的玩意儿，将来更能讨领导和老板的欢心啊？

宝宝，爸爸也不知道从什么时候起，很多爸爸妈妈已经不能接受自己的孩子成长为一个中不溜儿的、默默无闻的常人，就好像满地铁的白领们脑海里都是些响当当的名字。他们说不想当元帅的士兵不是好士兵，可是爸爸最喜欢那个满脑子想回家喝酒养狗的捷克胖子——他叫“好兵帅克”。宝宝，爸爸希望你长成一个有趣的人、会自己找乐的人，神经大条，作风剽悍，喜欢琢磨点儿什么，琢磨不通也不放在心上。

那就让咱们一起往那个方向奋斗吧。互相鼓励，抱团取暖。就像有时我疲惫地倒在你的床上，你伸出小手，轻轻拍拍我的头，对，就是那样。

爸爸

2011 年 12 月 14 日

怎样当好一名育儿能力不强的爸爸?

我儿辣子，今天满四岁。自从他出生，我家的纪年方式就变了，基本上进入“赛季模式”：辣子元年、辣子二年、辣子三年、辣子四年……从明天开始，就是辣子五年。

“单反穷三代，养娃毁三观。”举个例子，昨天我给辣子打洗澡水。往澡盆里倒完水之后，他用手推我：

“你走吧，到那屋去吧。让妈妈来。”

照我的大爷脾气，谁敢跟我这么说话呀？肯定是掉头就走——此处不留爷，自有留爷处。

但此刻我就得苦口婆心地说服教育：

“你看这水是不是爸爸给你打的？你脱下的衣服是不是爸爸一会儿给你拿去洗？大舀子是不是我给你的？你还要赶爸爸走，你有没有良心？”

辣子垂首不语。

“有没有？不说话我胳肢你喽……”

“有。”

就是这样，大约在辣子心中，爸爸只是可有可无的生物。跟他说“爸爸要出差”，他说“没事没事，我们不去远的地方玩不就行了？”，意思是死了张屠户，不吃混毛猪，走了当司机的爹，正好宅家里。

得空陪他玩。有时辣子欣然接受；有时他心情不好，小手挥挥：“你走吧。你也帮不上什么忙。”还得死皮赖脸候着他心情转好。

在辣子纪元，这样的人就是吃闲饭的，生活朝不保夕，随时有下岗之虞。因此有时被老婆甩上一句，哽心哽嗓，也莫可奈何。十篇好文章也抵不上陪辣子一下午。

上周在西安曲江寒窑，晚上，一对夫妻跟一孩子——妈妈哄着说：“给爸爸说，今天想爸爸没？”孩子不吭声。爸爸一甩手：“我替你说，没想！”气哼哼地兀自走了。我同情的目光跟了他几十米。

悲惨吗？有点儿。可是，人得适应环境，不能让自己一直悲催。朱自清先生是我太师祖，不过我对您老人家的生活态度不是很赞同。朱先生有文章说，自己这一生，朋友就那么几个，老婆就那么一个，孩子一大堆，实在没什么味道。这也未免太苦情了，似乎走入《背影》的循环，老这样压抑焦虑也不是办法。

总之现在还没法改变辣子，他还没到为了一款新手机、新运动鞋来讨好老爹的年龄。所以只好改变自己。首先要承认现实，现实是什么？就是在辣子这个团队里，我是能力不强的那个。能力不强怎么办？能力不强的员工又不想被炒，除了要跟老板有裙带关系，还要态度好。如果这个团队里都是裙带关系，就只能拼态度了。

能力不强的员工最重要的是安分守己，要明白自己的角色和位置。这事儿你是输在起跑线上的，没法破。在戏班里，人家是角儿，你是跟包；在公司里，人家是CEO、工程师，你是前台扫地的老大妈；在皇家马德里足球俱乐部，人家是齐达内、罗纳尔多，你就得是马克莱莱，不求名利地干些脏活儿。

今年“三八节”那天，辣子的幼儿园开家长会，不知道是不是因为是妇女节，来的多是当爹的。轮到我讲话，我就说了说父母的角色，我说一个家庭像一支球队，根据特色分前中后场，孩子顶到第一线当前锋，父母分工不一定，但大多数情况下，当妈的是中场，负责串连与传球，有时还要冲上去助攻。如果父亲注定只能踢后卫，那就得好好踢后卫，该补位补位，该放铲放铲，得分不争功，丢球不埋怨。

散会了，就有当爹的来跟我握手：“说得好啊。下次一块儿看球。”

听着，我并没说父母就该这样内外分工，只是限于环境与社会，不得不然。养娃是个独立的小宇宙，在这里你不行就是不行，别拿挣钱啊、事业啊说事儿，更不能觉得太太管孩子多一些就是天经地义。电视里常有那样的情况：孩子一出什么事，当爹的第一时间冲上去骂当妈的：“你是怎么管孩子的？”有本事你来管嘛，孩子又不是女方单性繁殖的！说这种话、有这种想法的，不管地位多高、财力多大，都是“渣男”，我以为。

所以，能力不强不是逃避的借口，只是现实一种。须基于此，进行自我定位、自我设计与自我塑造。如果三观在这个小宇宙里行不通，那就毁掉重建吧。

这个团队里，能力不强的人，就得有当替补和碎催的觉悟。这里就不举例子了，大概原则是：不决策，但领导需要意见参考时要勇于表达；不干涉，但外围的麻烦能解决就主动帮领导解决了；不抱怨，两位领导处于交锋状态时既要勇于站边，又要保持冷静，因为两位领导的心理与生理健康都必须得到保护，不然小宇宙就毁灭了……

那位说了：难道你的追求就是补锅救火？不对，在任何小宇宙里，人的最高追求都是自我价值的实现。虽然不算是优秀的父亲，但我仍然是一位神圣的父亲。鲁迅先生“我们现在怎样做父亲”这题目太大了，一般都是没当爹的人负责思考。我还是很现实地考虑“我怎样当好一个辣子爸”呗。

目测这份工作的前途，有三重境界：

第一重是宠辱不惊，相妻教子。辣子团队里我反正是唱白脸那位，所以倒不怕骨头轻。能让他自由自在的时刻越多越好，但违反基本价值底线的时候，总不能为了讨好儿子就放任不管吧。比如，孩子心情不好不想叫人是没关系的，顶多爹妈丢个脸，但给别人造成困扰和麻烦就不行了。

第二重是尽心竭力，保驾护航。社会多乱啊，人心多险啊。能躲着点儿就躲着点儿。有人说要让孩子早点儿适应这个竞争性社会，我倒觉得等等无妨，很多负面信息，其实可以通过间接经验，比如阅读来获得，而年龄越大，内心越成熟越强大，抗病抗倒伏能力就越强。作为一个五岁半上学的赏识教育承受者，我还是喜欢慢慢来，三分养七分等。

第三重最难，我几乎不敢保证我能做到。辣子是我必须爱的人，而爱从来不会无缘无故，也不会无欲无求。所以这一关是“保持克制，不求回报”。这个意思就是，辣子应该也必须成为自己的主人，当爹的无权也不必控制他的人生。

上次回成都，跟祖父说到他表哥汪曾祺的家庭。说到汪的父亲汪菊生先生，祖父说：“他是一个花花公子。”随意一句话，我却有一点儿顿悟。我们经常赞美汪氏父子“父子多年成兄弟”，但这桩美事的前提，是父子两人都不必为生计所迫，又有共同的爱好，可以一起度曲、种花、写字、作画……对彼此没有要求。我们想想《背影》，父亲事事帮儿子安排，买个橘子都亲力亲为，这怎么当兄弟嘛！

我希望等辣子懂事了，我俩之间能达成一个默契：容忍对方不完美。他不当孝子贤孙，我也不是二十四孝老爸。我不指望他光宗耀祖，他也别想着拼我这个爹。我不提“别人家的孩子”，他也别质问我为什么不赚大钱。有冲突我们坐下来聊，争取像辛亥年那样达成妥协。我们共同生活在这个小宇宙里，各自独立，像两棵树一样并排站着，但不是靠着。

咱们一起努力吧，辣子。

2014年5月22日

四岁孩子不肯睡觉怎么办？

我正在里屋看书，突然听见外厅有大声的号啕。以为辣子又摔着了、要送儿研所。出去一看，孩儿妈岿然不动，只有四岁的辣子奔进奔出地尖叫与号哭，嘴里间歇地嚷着："我要睡午觉！"

那位说了：难道你们午觉都不让孩子睡吗？我赶紧把家里墙上挂的钟捧给您看，那上面时针分针成一线，上细下粗，正是傍晚 6 点钟。

前因后果很清楚。上午一家人去公园玩，按时回家吃午饭。吃完饭 12 点半。我出去办一点儿事，回来看辣子还在玩，辣子妈说：他不肯睡。

这也是常有的，小孩玩兴奋了呗。我记得小时候，谁都是大人骂着哄着才肯大中午往床上躺。那就不睡吧，晚上早点儿睡。

现在，想必是小家伙困了，就要发发脾气，老家俗称"吵瞌睡"。

然而今天特别厉害，辣子死命地拽妈妈的衣袖，力气大得让当妈的在沙发上坐不住，得发力抵御。拉不动，即大跳大嚷，声音听着听着就嘶哑起来。一忽儿又奔入卧室，威胁“我不等你喽”，见妈没反应，又冲出来狂喊：“睡午觉！睡午觉！跟我去睡午觉！”

大人当然也没沉默。当妈的一再解释：现在已经不是中午了，不能睡午觉。中午让你睡你不睡，现在已经到了晚饭时间，妈妈要去炒菜，大家吃完晚饭、洗了澡，要困夜觉了呀……辣子根本不听，一直叫、号、扯，叫声分贝之高，刺得耳膜发疼，而且持续了将近一分钟，真不知道小小身体里哪有如许长气——看样子随时都有可能背过气去。

当爹当娘的一直也没生气，好言好语、面带微笑地劝说着，甚至同意“你去睡一会儿呗”，然而不行，辣子一定要妈妈陪他去睡，还喊出了“你为什么不听我的话！”。

陪他耗倒没什么，只要保持冷静，注意不让他伤着自己就行。只是确实已经到了做饭时间，这要闹到清锅冷灶、茶饭无心，那就大违原意了——说到底，不迁就辣子的“无理要求”，也是立规矩的过程，小孩要吃就吃、要睡就睡，家中岂不大乱？所以，也不能让大叫大哭的辣子把这顿晚饭搅黄了。

辣子妈走进厨房，辣子仍然扯着她的衣襟，一路跟了进去。他可连鞋都没穿！本来我属于阴险地站在一边的“五毛好市民”，见缝插针地帮“政府”说服说服“叛军”。现在只好亲自跳出来，一把抱起辣子，快步走进他的卧室，放下他，关上房门，并用背抵住。

辣子当然不依，冲过来拼命搬我的腿，推我，嚷着："我要出去！""我要去找妈妈！"我还是不动怒不生气，抓住他哭闹的间隙做说服工作，重复了几遍辣子妈关于为何不能睡午觉的解释，然而辣子根本不同意，他甚至否定全部论据的前提，直接宣称现在就是中午，就是该睡午觉！

说白了，他不是听不懂，他就是要改变规则，他要获得指认时间的权力，获得安排家庭行为的权力。

有人说过，孩子是天生的外交家。我表示同意。辣子看推不动、搬不走我，便开始要求我去"吃午饭"，"爸爸你去那边安静"，甚至突然很平静地说："爸爸你让开好不好？"

我当然不上当，我要乘机宣讲规则。赶着间歇安静的工夫，我跟辣子讲了原则：你可以安排自己的日程，你也可以在晚上6点钟睡"午觉"，但是如果别人不愿意，你不能要求别人遵循你的安排。

"如果你真的要睡觉，我们现在就给你洗澡，然后你就上床，一直睡到明天天亮。不吃晚饭，行吗？"辣子不接这话茬儿，说明他心里非常明白。

"你可以不吃饭，但爸爸妈妈要吃饭。你并不是太阳，不是所有行星都围着你转，"辣子最近对天文很感兴趣，"你只是'海王星'，你不能超越太阳系的规则。"

我说这些话的时候，态度一点儿都不严厉。我觉得如果是笃定的恒常法则，就不用疾言厉色地说出来。不能低估儿童的智商，他们比较缺的是用理性控制欲望的情商吧？

我说着说着，突然辣子说话了："让我出去吧，我不闹了。""真的？""真的。""好吧，要是你再闹，我们就再回到这里讲道理。"

我放辣子出去，他一径走到了厨房里，且确实没有再闹。辣子妈热情地欢迎他，让他旁观了如何炒四季豆——因为个子小看不见，我抱着辣子，围观了炒这个菜的全程，他静静地。

菜炒好了就开饭，不一会儿，满屋又都是辣子的欢声笑语。大概是吵瞌睡的劲儿过了吧？

我写下这件事，不是想讲育儿。各位看官，你们熟读育儿宝典，萃取各国教育理念精华，各种教育法烂熟于心，比我强胜太多了。我只是在此分享一下我的感想。

我小时候很喜欢读丰子恺，这位先生是中国写作者里最喜欢、最体贴儿童的人。读丰者多会注意到这类抒情的美好言辞：

"近来我的心为四事所占据了：天上的神明与星辰，人间的艺术与儿童，这小燕子似的一群儿女，是在人世间与我因缘最深的儿童，他们在我心中占有与神明、星辰、艺术同等的地位。"

这段话是丰子恺名文《给我的孩子们》的结尾，少时读到这里，异常感动。丰子恺在这篇文章里不遗余力地赞美儿童与童年，那是一个"出肺肝相示""彻底地真实而纯洁"的黄金时代。在他眼中，儿童的"无理要求"，其实是创造力的表现，比如"要把一杯茶横转来藏在抽斗里，要皮球停在壁上，要拉住火车的尾巴，要月亮出来，要天停止下雨”，这都说明儿童是“不受大自然的支配，不受人类社会的束缚的创造者”。这些事办不到怎么办呢？“你们决不承认是事实的不可能，总以为是爹爹妈妈不肯帮你们办到，同不许你们弄自鸣钟同例”，子恺先生由是赞叹“你们的世界何等广大”。

少时读此文，我是在赞叹丰先生的心胸何等博大，能从通常被认为童稚无聊的儿童行为中发现艺术性与创造力。现在为人父母，再读此文，就更佩服了。因为文中描述的儿童行为，在绝大多数中国家庭，都只会被视为一场灾难，不是赶紧屈服以求静稳，就是怒斥打骂以泄怨愤。就以今日辣子的哭号，与丰子恺长子瞻瞻比较一下，真是触目惊心地像：

“小小的失意，象花生米翻落地了，自己嚼了舌头了，小猫不肯吃糕了，你都要哭得嘴唇翻白，昏去一两分钟。

“外婆普陀去烧香买回来给你的泥人，你何等鞠躬尽瘁地抱他，喂他；有一天你自己失手把他打破了，你的号哭的悲哀，比大人们的破产，失恋，broken heart，丧考妣，全军覆没的悲哀都要真切。”

辣子叫号得快要背过气去的当儿，我心里确实也轻轻地颤抖来着。从前保姆还在时，他半夜突然想起要什么玩具而不可得，也是这样用全身心力量地号哭，往往就能换来照看者的迁就。现在我们虽然能挺住不退让，但毕竟还是心疼。无论事中或事后，都很难像子恺先生那样将孩子赞为“身心全部公开的真人”。

虽然做不到丰子恺那样的超然，但受他还有鲁迅、周作人等“五四”诸贤的影响颇深。在这场冲突的对抗过程中，我的内心充满着歉疚。我相信应该将儿童像成人一般地尊重，尊重他的个体与独立，但这还不是歉疚的全部原因。

我倾向将儿童的世界看作一种异文化，那里面有着与成人世界完全不同的规则。或许在他们看来，想做的，就是该做的。辣子质问妈妈为什么不听他的话，从他的角度来说也不算错。他威胁说“那我就不跟你玩了”，表明了他的困惑：爹妈平时跟我这么要好，为什么不肯满足我睡午觉的要求呢？现在不是中午、现在要去做饭，那算什么理由啊？“我就要”难道不是最大的理由吗？

我真不认为这些想法有什么不对。饥则食，渴则饮，倦则眠，醒则嬉，本是动物本能的驱使，是人类社会在那么多年的磨合中，为了效率，为了合群，演化出了定时作息、遵规守矩的特点。唯大有才能地位者，才有权有力超越这些规则——即使如此，理性仍要求我们出于健康考虑，不要过多地打破这些固有的规则。

所谓的立规矩，所谓的教育，就是要把一个“异世界”的来客，带到我们这个整饬规范的世界中来。他们终将成为社会的动物，终将在成人世界中生活，就意味着必须习得并适应这些规则，有弹性，但大体一致。我们都是这么一步步从那个世界融入这个世界的，只不过我们已经忘了那个世界的规则与心情，才会觉得儿童是如此不可理喻。这里的“理”，原本只是成人世界的产物。

不得不去压抑天性、改造儿童，是父母的权利，也是他们的义务。但我在照规矩做的时候，总想着态度可以和蔼一点儿，不要将异文化的歧行视为对父母权威的冒犯，可以更耐心一点儿，不要急着将一块棱镜打磨成光滑的弹珠。即使是改造，也怀着尊重之心、歉疚之情。

因此面对辣子那些“无理”的要求与行为，我们不退让，想办法，但也不上火，不上纲上线，不激化矛盾，避免造成伤害。事情过去了，不秋后算账，不搞歧视对待，“度尽劫波兄弟在，相逢一笑泯恩仇”，用辣子他们幼儿园的口号说，“我们还是相亲相爱的一家人”。

说到这里，当然不尽然在谈与四岁孩子的冲突了。修齐治平，家国同理。只是家庭关系毕竟简单，而且成员之间的相互信任容易达成。老子说治大国如烹小鲜，真是这样，一不小心，小鱼就给煎煳喽。

2014 年 4 月 13 日

“屁股”是一个粗鲁的词吗?

我在朋友圈发了一张照片，照片上我五岁小儿辣子抱着本书，嘿嘿直乐。图片说明是“辣子哥喜读《呀！屁股》”。

《呀！屁股》是耕林童书馆出的一册绘本。在5月23日“阅读邻居”主题为“孩子们，读什么”的读书会上，“耕林文化”总编辑敖德推荐了这本书。他说，他到各地幼儿园或童书馆去，一拿出这本书，现场气氛就会极为热烈。“这个是什么？”“屁——股！”然后他会念这一页：

“在不同的国家，屁股有不同的名字。在英国，它叫‘bottom’；在德国，它叫‘popo’；在意大利，它叫‘culetto’；在西班牙，它叫‘fondo’；在法国，它叫‘tutu’；在芬兰，它叫‘peppu’；在巴基斯坦，它叫‘konate’；而在丹麦，屁股的名字叫作‘numser’。当屁股不舒服的时候，也要去看医生。医生对屁股有一个相当特别的称呼——‘臀大肌’。”

敖德说，他还会加一句：北方人管这叫“腚”！往往这时全场儿童就疯了——辣子听到此处，也是笑不可抑。我完全能理解孩子们这种心理：这个触犯禁忌的词语，居然有人用那么多语言来描述它，还有专门的医学名词叫什么“大鸡”，真是太逗了！哈哈哈！

不意外的是，照片发出来之后，同辈朋友多数点赞狂笑，而长辈们会用我能听得出一丝忧虑的口气问：“这是什么怪书？”“什么内容啊？”

让一个小孩看关于屁股的绘本，可能是一些家长不太能接受的事（如果是讲刷牙或洗手的则没有任何问题）。这一点，《呀！屁股》这本丹麦人（也叫安徒生！）写的书里也提到了：

“很多孩子都对屁股很感兴趣。他们会避开大人，聚在一起给屁股起奇奇怪怪的名字。名字越奇怪，孩子们就笑得越大声。当你去幼儿园、游乐场或者学校时，会认识更多的孩子，听到更多关于屁股、便便和屁的词。大人们不喜欢孩子使用粗鲁的字眼，所以孩子们只有在大人听不到的时候才会说。”

“屁股”为什么是“粗鲁的字眼”？生活里很少有人会说“臀部”对吧？但是语言的忌讳就像智能手机，会不断地更新升级。比如说“茅厕”，按说已经挺雅致的了，跟“屎尿屁”这些字眼完全无关。但用着用着就变得不雅起来，然后就是“便所”“洗手间”“化妆室”，直到“听涛阁”什么的。

这可不是中国这礼仪之邦独有的现象。西方雅起来照样要命。有一个流传颇广的笑话：

在一次访美期间，丘吉尔应邀去一家供应冷烤鸡的简易餐厅进餐。

在要取第二份烤鸡时，丘吉尔很有礼貌地对女主人说：“我可以来点儿鸡胸脯的肉吗？”

“丘吉尔先生，”女主人温柔地告诉他，“我们不说‘胸脯’，习惯称它为‘白肉’，把烧不白的鸡腿肉称为‘黑肉’。”

丘吉尔为自己的言辞不当表示了歉意。

第二天，这位女主人收到了一朵丘吉尔派人送来的漂亮的兰花，兰花上附有一张卡片，写着：“如果你愿把它别在你的‘白肉’上，我将感到莫大的荣耀。——丘吉尔”

这样曲里拐弯地说话究竟有什么好处，我闭上眼睛仔细想想，可能一是以话语方式为区别，比如：下等人说“胸脯”，上等人说“白肉”；下等人说“拉屎”，上等人说“出恭”。这样，就可以用话语来区隔阶级。等到下等人也都说“白肉”“出恭”时，就要另造新词来继续表明区隔。

还有一种功能是屏蔽恐惧。《哈利·波特》里，绝大部分巫师都不敢提“伏地魔”这个名字，只敢说“神秘人”（you-know-who），这就是出于恐惧，生怕提及某个词或名，会引来祸事，人同此心，久而久之，原名就成了禁忌。

“屁股”属于哪一种呢？从“大人不喜欢孩子使用”的角度，两者似乎都有：一方面，屁股会让人联想到排泄物或生殖器官，显得粗鲁或不洁；另一方面，大人们总觉得孩子应该是纯洁的，说话做事，白莲花一点儿总没有错，要是小孩说话也像大人，那不就翻天了吗？

如果你去问父母们：孩子要多大，才可以说一些“粗鲁的词”甚至“脏话”？答案一定会很精彩。

在这期“阅读邻居”读书会上，邱小石说“我们小时候没什么童书”，我马上指出，当时的连环画、小人儿书，有很多与现在的童书题材风格无二，旁边一位女士马上反驳我：那些都不是童书！

我们小时候有没有童书？说有也有，《小蝌蚪找妈妈》《猪八戒吃西瓜》《九色鹿》这些书至今还是经典。说没有呢，也不是完全没道理，因为那时的读物，没有“童书”这样一种类型，更重要的是，那时的儿童读物，从意识上，也难得将儿童作为“另一类人”而不是“未完成的大人”看待。

阿利埃斯在《儿童的世纪》里指出，欧洲历史上站满了讨厌儿童的大人，他们大抵将儿童视为有缺陷的、微型的成人。直到16世纪末，儿童才有了自己的“特别的服装”，让他们首先从形象上与成年人区分开来。在接下来的两个世纪里，西方对这种“忽视儿童”观念的清算渐趋严厉。到了“五四”提出“发现儿童”时，儿童的独特地位已经基本确立。周作人在《儿童的委屈》一文中说：

“多谢学术思想的进步，理论上总算已经明白了。人类只有一个，里面却分作男女及小孩三种；他们各是人种之一，但男人是男人，女人是女人，小孩是小孩。他们身心上仍各有差别，不能强为统一。以前人们只承认男人是人。”

不过，这只是先觉者的呐喊。即使时至今日，能将孩子看作独立的人，而不是父母或家族的附庸者，几希。张志公在《传统语文教育教材论》中谈到《弟子规》等“儿童守则”时云：“总之，是要把儿童训练成一个小大人。”如今《弟子规》又行时了，你看，还是在“孩子是未完成的大人”的范围里鬼打墙。

儿童心理学告诉我们，儿童在成长过程中会有一个“屎尿屁”阶段，他们会对排泄物或生殖器官特别好奇。如果大人强行压抑他们的这种好奇心，好奇心的能量就会通过别的方式转移。他们会给“屎尿屁”起各种各样奇怪的名字，会偷偷举行撒尿或放屁大赛，越是禁忌严厉，他们玩得越欢。

一般来说，禁忌越多、禁忌范围越大，控制成本就越高。读完《呀！屁股》这本书，我们当然会告诉辣子：不能随便给人看自己的屁股，也不能随便看别人的屁股（书里亦有提醒），但是，屁股很重要，人们没有屁股就不能活，所以要珍惜屁股。

如果不讲这些，连“屁股”这个词都不让孩子说，那会有什么样的结果呢？鲁迅当年与太太许广平敢在家里当着儿童周海婴的面，赤身裸体地走来走去，以破除儿童对人体的不洁感，当下的父母没多少人能做到。我自己的成长经验则是，到了高中，男生宿舍里还在流传“女孩那里长了一根管子”。

教会孩子分清什么是知识、什么是真正的粗鲁，比禁绝某些词语要麻烦很多。对于一个词语来说，使用方式、上下文，要比词语本身更能决定是否粗鲁或肮脏。比如，“我要踢你的屁股”和“屁股是人体重要的组成部分”，前者是一种粗鲁，后者则不是。

我想，人人都有过希望自己无拘无束地快乐成长的念头。等到真的长大成人，又发现无拘无束是不可能的。所以卢梭说，人生而自由，却无往不在枷锁之中。我们的孩子，也不可能真正无拘无束地快乐成长，只是，父母能给他们多一点儿自由，解放，就多一点儿。尤其考虑到他们未来的生活中，可能依然会敏感词遍布、搜索结果不予显示，那么在只有一次的童年，不能说的秘密，还是少一点儿为好。

2015 年 5 月 28 日

幼儿园该不该学英语?

在一次幼儿园的家长会上，园长说，这学期幼儿园请了外教。于是，在场家长围绕幼儿学英语展开了一番小小的讨论。

不少家长（包括我）在内，都希望外教上课不要教字母、单词和对话，跟孩子们聊天、讲故事、玩游戏即可。在这个小小幼儿园里，这种意见似乎比较主流，一位老奶奶还现身说法，讲了她的大孙子在英国上幼儿园的故事。不过散会的时候，我听到一位妈妈跟园长讲：刚才人多我没好提，英语……还是要教一点儿的。

而整个华语幼教界，主流与边缘的位置显然是颠倒过来的。不然台湾也不会于 2014 年 8 月 29 日通过《补习及进修教育法修正草案》，要求未来像英语、珠心算、作文、速读班等都不能招收六岁以下幼儿，违者最高可罚五十万元新台币。

这项规定并非专门针对英语，它的用意在于“禁止六岁以下儿童上这些强调记忆背诵或是严谨思考的脑力课程”。然而公众舆论几乎完全聚焦于“英语”，一些民众指责台湾教育当局

“管太多”，而此岸也有妈妈表示“不理解”。

一直以来，我们有不少幼教方面的迷信，如“外语越早学越好”“小孩子记忆力好要多背诵”。可是，并没有权威研究表明早学外语的孩子将来一定会在外语或其他方面出类拔萃，根据个人经验亦是如此，一位著名翻译家曾表示：学龄前儿童学不学外语关系不大，而且在非母语地区，早学外语效果不明显。

也有很多家长并未想得那么长远，他们只是先瞄着“幼小衔接”——这也是教育部《小学生减负十条规定（征求意见稿）》强调小学“零起点教学”针对的现象。为了让自己孩子“不输在起跑线上”，拼音、外语、识字几乎成为家长报“兴趣班”的首选。那些本来没那么着急的家长也被逼上梁山，某位家长坦承：“零起点”是相对的，如果大家都学了一百个汉字，那一百个汉字就是“零起点”。

那么这种“抢跑”的危害何在？上海语文特级教师谭轶斌说：幼儿园阶段孩子最需要的是情感发展而非智力培育，强行塞给孩子不需要的东西会给孩子带来挫折感。对，“不需要的东西”说到点子上了，几乎这些“强调记忆背诵或是严谨思考”的课程都是幼儿不需要的，而且不符合儿童成长的规律。

在成人社会中，很多人也是说了二三十年烂英语或是哑巴英语，一旦移民、访学或进入外企，逼也会被逼得外语流利起来，这是人的适应力使然。幼儿园那点小儿科，有啥用？还不如多玩玩多动动。

说到学外语，其实有两种：一种是学以致用，为了工作、生活，不得不学；还有一种，是基于对异文化的了解需要。从后者出发，我不反对幼儿园请外教，让孩子可以从小接触一些异文化，开阔一些眼界（跟带着孩子接触大自然同理），但是不要给外教任务，比如一学期要让孩子学会多少单词、几句会话之类。

让人啼笑皆非的是，园长告诉我，以前她碰到过一些家长挑剔外教的肤色，要求他们不能是有色人种，理由是“孩子害怕”。

一边要求小孩早早学英语，为将来融入国际化社会做准备，一边用自身排斥、歧视有色人种的做法筑起一道“文化墙”，让人说他们什么好呢？

英语降分了，就能学好国学？

2013 年 10 月 21 日，北京市教育委员会发布关于《2014—2016 年中考中招改革框架方案（征求意见稿）》《2014—2016 年高考高招改革框架方案（征求意见稿）》公开征求意见的公告。其中，在考试科目分值方面，从 2016 年起，北京高考语文由 150 分增至 180 分，中考语文由 120 分增至 150 分；高考英语由 150 分降至 100 分，中考英语由 120 分减至 100 分。

据媒体报道，考生家长几乎一面倒地欢迎这一改革，教育部前发言人王旭明在微博上表示欢呼，超七成网民在网络调查中表示支持。最给力的发言来自中国人民大学教育学院教授程方平，他表示，世界上没有哪个国家把另一个国家的语言摆在这么重要的位置上，“当英语成为从幼儿园到博士后的噩梦时，英语不得不改”。

表示担心的当然也大有人在，虽然听上去也是老调。比如，学校会随着考试要求相应地降低英语课程比重，但社会上许多职业需要英语，因此改革方案会促使英语培训、补习班走红……台湾教育当局出台“禁止教授六岁以下儿童英语”法规时，那些反对论调，搬过来照说一遍。

公道地说一句，英语学得好，在中国这个尚在各方面追赶发达国家的发展中国家，还是一件占便宜的事。可以预见，在很长一段时期内，社会导向还是英语优先。而这恰恰是关键所在。我认为，凡社会导向优先的某种趋势，就不必再由政府导向为之倾斜。前些年上海市教育部门在“学生推荐歌曲”里放进了周杰伦的《蜗牛》，我就不大认同，倒不是说这首歌不好，而是周杰伦的歌那么流行，用不着教育部门再推荐。有朝一日学生哥不知道周杰伦是谁了，教育部门又确实觉得他的歌是华语经典，再向学生推荐也不迟。

教育标准放宽对英语水平的要求，实质意义是提供更多的教育自由选择空间。现实的情况是，大多数在中国的职业用不着英语，用得着的时候人们自然会去学，而二十多年的正规英语课学下来也不咋管用。否则“新东方”哪能那么火，还能整出部《中国合伙人》来纾解“千万里我追寻着你”的焦虑？

英语工具化、英语可选学，这是主流教育的一个发展方向。说起跟国际接轨，就大谈学英语；去法国、德国等非英语国家转转，会发现学英语的风气也不那么盛嘛，难道他们不需要跟国际接轨？英语本身确实只是语言工具，但有时也确实被符号化了。什么时候中学的小子丫头们，乱哄哄地各择己好，学英语的、学法语的，学德语、俄语、西班牙语、日本语的，谁也不觉得别人多小众、多另类，每个人都是因为喜欢一种异文化，或有志于将来从事与该文化有关的事业，才自觉主动地去学习这门外语，那该是多么令人欣慰的事。

说到这儿最好打住，不要把“英语降”与“国学升”绑一块儿说。不管学不学英语，学好自己的母语及其文化，都是每个公民的责任。至于有人说高考语文涨到180分，是不是考试时间也延长至180分钟？我觉得这联想太奇葩了，这些人应该好好学习一下陈寅恪，看看这位先生在20世纪30年代，怎样通过一道对对子的考题，就能测出考清华学生的语文水平。

英语该不该是一把钥匙？

语文出版社前社长王旭明（大家提到他，还是喜欢加上“教育部前发言人”的头衔）曾连续发表微博与博客，呼吁“取消小学英语课，增加国学教育，取缔社会少儿英语班，解放孩子，救救汉语”。由于他的身份，这一呼吁引发了很大的争议。在很多人看来，王旭明就像一个面对风车的堂吉诃德。争议之焦点，一是幼儿何时学英语合适，一是取消小学英语与“国学复兴”有没有直接关系。

我儿子三岁时，一天，在去幼儿园的路上，反复宣称“我再也不上英语课了”——他们幼儿园刚聘了外教开英语课，才几天，怎么了？去问园长，她说，加拿大外教上课时会让小朋友跟着说单词或短句。哦，我儿子从小的说话习惯是，如果一个词他不能很有把握地准确地说出来，他绝不开口，所以他没有过将“哥哥”说成“多多”，将“叔叔”说成“夫夫”那个阶段。现在要他现学现说，肯定是没办法。园长说，她会告诉外教，请她不要向小朋友提出跟说的要求，随其自然。

我当然不是说我儿子的经验放之四海而皆准，只是想说，每个人，即使是幼儿，都是一单独立的个案，好的教育肯定是因材施教。像孩子说话早晚这事，就勉强不来，儿子幼儿园有位小朋友三岁了还不说话，家长虽然着急，但也没办法。既然母语的习得都是如此参差与多元，为什么我们企望学外语会有一个标准化模式与进程呢？

中国社会看待英语教育的态度确实相当诡异，虽然很多时候大家习焉不察。这种态度里包含很多迷信的成分，比如，上世纪末我就听老师们、长辈们教导：进入21世纪的三把钥匙是“汽车、电脑、英语”。后来又说“英语要从娃娃抓起”，“越早学英语越好”。等你成人了，又会听到一种说法：“学英语让你更了解中国。”

这些说法都有一部分的道理在，但是将某个口号变成全民迷信，甚至变成教育指导原则，就显得诡异了。王旭明说“学英语没有错，娃娃学英语也没有错，错就错在要求全国娃娃学英语，而且不断提高标准”，话里点出了一个症结：民众学习外语与否的自由，应当受到干涉吗？

社会导向是没有办法的事。20世纪以来的大部分时间里，会英语的人比较有好果子吃，这是真的。而为什么这种导向会上升到国家教育层面，则很值得玩味。教育标准的制定，肯定不以个人利益为导向，政府也并未要求每个人都要有奥巴马的演讲能力，或必须获得EMBA学位才能毕业就职，但为什么会有大学英语四六级考试与职称英语考试呢？

这里有坚硬的历史因素。19世纪末第一批中国人学英文是什么情形？按照鲁迅的描述，这些人后来被称为“老新党”：“便是三四十岁的中年人，也看《学算笔谈》，看《化学鉴原》；还要学英文，学日文，硬着舌头，怪声怪气的朗诵着，对人毫无愧色，那目的是要看‘洋书’，看洋书的缘故是要给中国图‘富强’。”鲁迅赞扬道：“‘老新党’们的见识虽然浅陋，但是有一个目的：图富强。所以他们坚决，切实。学洋话虽然怪声怪气，但是有一个目的：求富强之术。所以他们认真，热心。”

这种“图富强”的热心在20世纪苦难的中国史中不断膨胀、放大，又因国内外政局的变易而变幻形式。1980年代再次打开国门，英语的强势霸权已不可动摇，学技术要英语，搞商贸要英语；然后扩大为求职要英语，升职要英语；最后是毕业要英语，升学要英语。至此天下大同，英语first。

我们现在喜欢说古代社会的科举是敲门砖，而当下社会的“英语”已经超越了敲门砖的境界。古代士农工商，“士”加上想成为士的人，毕竟是一小部分。现在英语教育从小学起纵贯二十余年，强制性的标准一直是悬在头顶的“达摩克利斯之剑”。想想我们一生要花多少时间跟英语搏斗，真是个恐怖的数字。用得上吗？未必。

我说的是未必，所以想阐发英语重要性的信徒不必争辩。我寻求的只是“英语学习权”的自由选择空间，质疑的是将英语水平作为门槛的教育标准化。学英语是否就能成为人才姑且不论，希望将所有人才养成纳入同一种模式，这本身就是值得商榷的教育理念。

再者，也不应当将普适化的教育变得如此昂贵。胡适在1912年写的《非留学篇》中指出，留学“废时伤财，事倍而功半”，因为“西方语言文字与吾国大异，骤习之不易收效”，而在非母语环境，要学习外语，财力、人力投入都相当巨大，结果是“以四五年或六七年之功，预备一留学生，及其既来异邦，乃以倍蓰之日力，八倍之财力，供给之，然后造成一归国之留学生，而其人之果能有益于社会国家与否，犹未可知也”。

胡老先生如果目睹今日之情形，将会更加感慨，因为而今是以全社会之力，人人耗二十余年之功，而养成部分之预备留学生，出国再学习不一定在国内学不到之学问，归国后，这漫长的英语学习之果能有益于个人、社会、国家与否，犹未可知。用波兹曼《童年的消逝》里的话说，它更可能是中产或准中产阶级为自家孩子准备的炫耀性消费。

废英语（标准），当然与兴国学不会有直接的关系，但语言教育资源大体来说是一个恒量，过分偏向英语，母语当然会不受重视。我没有王旭明那么胸怀民族未来，我是低调地希望：在中国，如果有一个孩子、一些家长，选择不学英语，或者不将英语作为第一外语，他们不会受到社会的排斥，照样能尽其所长，追求梦想。英语不该是一把钥匙，非得有它才能打开社会之门；它只该是一种“手机款式”，哪怕它像日新月异的iPhone一样高大上，也得允许不想用它的人，只买一千多元的智能机。

关于虐童，我们到底在恐惧什么？

我给《话题 2013》写的专题《中国儿童伤害》已经完工，可是虐待儿童的新闻还是层出不穷：合肥一婴儿诊断死亡，送至火葬场时复活；上海一婴儿被大伯母杀死，藏匿洗衣机中……后又曝出了“长沙 10 余幼儿叠 3 层人肉坐垫，老师坐上方”事件。

面对自家小孩被压在“汉堡包”的最底层，不少家长群情激奋，而园方解释，这仅是一项培训课程，“在上海等地很普遍”云云。

新闻后的评论，谴责幼儿园的固然有之，为老师辩护的也不乏其人。从常理推断，这张引发争议的“汉堡包”照片，并不像此前的浙江温岭或太原幼儿园虐童案，是暗地进行，只是由于 QQ 空间或监控资料曝光才为家长所知，而是由幼儿园老师即时、公开地发布在家长联系 QQ 群里，这表明园方自始至终都认为这是一项安全的、正大光明的课程。

这项课程究竟会不会对儿童造成伤害？这需要运动学专家和育儿专家作答。但我们可以思考的问题是：家校之间的这场冲突是怎样酿成的？能否避免？

依据常识，幼儿园不会公开地虐待儿童；同样依据常识，肯定有诸多家长无法在尚未得到解释与保证的情形下，坦然接受“汉堡包”这样的课程。“汉堡包”这项课程的目标、意义与安全度，园方应该比家长更了解，因此，双方存在着信息不对称。对于孩子的安全与培养，园方与家长存在着契约关系。也就是说，园方应该尽量避免因信息不对称引起的猜忌与抵触，应该在“汉堡包”课程开设之前，就向所有家长做出说明与解释，打消家长的疑忌之心，而不是在冲突发生、公开之后，才以“召开家长会”作为应对。

很多私立幼儿园这方面做得比较好，不管是活动、课程，还是食谱、卫生，都事先向所有家长公开，让家长可以便利地监督，有可能引起部分家长疑虑与不满的地方，也会及时加以说明。而不少公立幼儿园，就会像本新闻主角长沙师范学院附属第一幼儿园那样，事前不说明，事后不道歉，还总是摆出“你不懂”的骄傲面孔。

这让人想到近两年频发的杀医事件。很多医务人员特别委屈，觉得一是病患“花钱就该治好”的心态不对，二是一些害群之马造成医生名声下滑。然而也必须指出，在医患双方信息严重不对称的前提下，在医院，尤其是名声大、病人多的三甲医院，解释说明、心理疏导，并没有获得足够的重视，更不用说由专人负责。手机厂商、软件开发者尚且一天到晚高呼“用户体验”“界面友好”，事关生老病死，怎能坐待患者久病成良医？

这甚至也让人想到近年连续爆发的各地抵制PX(对二甲苯)项目。虽然事后总有专家强调PX项目不足以对当地民众的健康造成威胁，但民众抵制的重要动因是，有关部门并未在事前完成足够的解释工作，更别说像节日调休那样，交由全民做一个哪怕形式上的表决。难道民众该无所不知吗？

公立幼儿园、三甲医院等，都是时下的稀缺资源。因为用户的感受并未或很少与其从业人员建立起直接的、有效的联系，所以那里的傲慢比较常见，那里的决定显得粗暴。然而，弱势一方的怒气也会累积，社会的不和谐因素会由此上涨，如之奈何，愿有司者三思。

眼睛一睁，又曝光了一桩幼儿园虐童案，而且，情节之离奇，让孩儿他娘连声感慨："我宁愿只是普通的虐童、普通的扎针吃药，老师为了怕麻烦，园长为了省薪水。不然……太没法想象了！"

放学的时候，妈妈们拉着已经上学的孩子，反反复复地追问：你们上幼儿园的时候，有没有挨打？有没有被老师喂过药片？有没有……问完自家孩子问同学，幸好，所有问题的答案都是否定的，一个妈妈满足地笑了："我要去群里表扬老师们！"

这真是"苦恼人的笑"，感恩节，感谢老师们放过俺家嫩娃。

已经被反复嘲笑的中产阶级，又迎来了新一轮嘲笑：你们不是想靠市场手段汰劣存优吗？你们不是梦想财务自由就能换来心灵自由吗？你们不是一天到晚焦虑、生怕掉回底层吗？现在好了，环球同此凉热，县城幼儿园虐童，大公司的亲子中心照样虐童，一个月交几百一千的黑幼儿园不靠谱，一月交五千多的纽交所上市公司旗下连锁品牌，就可靠吗？

这脸，打得啪啪响。

我仿佛感受到，无数个手机屏幕前，无数台电脑显示器前，无数口倒抽的凉气、无数声绝望的呻吟，看见无数颗正在被恐惧冻成冰白色的心脏。

某权威媒体的快评指出："应该说，绝大多数托幼机构、幼儿园，都有着规范、科学的管理，能够让孩子健康成长、家长放心托付……近期的这些事件，虽然都属极端个案，但都击中了孩子这根家长绷得最紧的神经。"虽然说的未尝不是事实，但用"极端个案"来抚慰人心，已经越来越难奏效了，因为这些极端个案击中的，是十余年来好不容易建立起的市场化信心。

大国崛起，天猫京东亚马逊，中国人买遍全球，出国待产留学潮，再加上应用评分朋友圈，病毒营销攒口碑，十余年来，我们已经慢慢习惯了花高价买质量，凭名声抱粗腿。这种习惯后面有着朴素的消费心理：越是大企业，越是高价产品，就越担心负面名声，越害怕消费者投诉，所以就越注意品质管控，越懂得危机公关。这就叫"用脚投票"。

这种认知在大多数时候是奏效的，所以容易被人当成普世法则。但在儿童教育这件事上，中国父母屡屡受挫，该媒体的评论强调“幼有所育，学有所教”，可是选择谁来育、谁来教，现在已经完全丧失了标准。儿童教育，是要变成一场全民撞大运的抽奖吗？

多起幼儿园虐童事件后，呼吁“加强监管”的声浪陡起，这也是一种朴素的心理反应，可是，“有必要设定幼师收入补偿制度，有必要弥补幼师心理落差以增强职业认同感，有必要通过职称评定等方式将幼师纳入统一管理，有必要对幼师上岗进行资格审查、定期考核、不定期淘汰”，这些“有必要”什么时候才能落到实处啊？“俟河之清，人寿几何”，大人能等，孩子也等不了啊。莫非要等到孩子的孩子那一代，才能享受到“加强监管”的幼儿教育？

技术派说装手机监控软件，让家长随时可以看到孩子，全民监督幼儿园。这事听着解恨，但怎么想怎么古怪。比如，一位公务员，或一位办公室文员，电脑上随时开着一个窗口，固定镜头对准自己的小宝贝。突然瞥见什么不妥，抄起电话就打过去……可是，全程监控已经代表你对园方与教师的不信任，你能相信他们在电话中的解释？结果一定是不断有人二话不说就冲出办公室，杀向幼儿园或小学……相信我，这种新的工间操，一定会成为“一道风景”。

一劳永逸的方法一时半会儿肯定想不出来。我们还是应该回头面对自己的内心：作为孩子的父母，我们到底在恐惧什么？

父母们第一层的恐惧，是在购买儿童教养时无章可循，不知道用什么样的努力才能摆脱随时生活在虐童疑云下的恐惧。

是的，人们恐惧的首先是无法免于恐惧。“免于恐惧的自由”被罗斯福定义为人类生而有之的四大自由之一，一旦失去，人生的不自由程度可想而知，那样的话，生个孩子不是给自己造了座监狱吗？

引起热议的“阿姨改变中国”其实也是一个道理。现代都市人群，在越来越方便的电器、外卖、网购帮助下，健康成年人对家庭辅助的需求已经弱到近乎为零。请阿姨的唯一理由就是家里有老或有小，家庭的这两个脆弱之最也是最难监管的环节，迫使家中挣钱的主力们自愿不自愿地加价，以求用价格劣中选优，给自己一份免于恐惧的保障。按市场原理，当这个价格到达一个临界点，当然会有大批的职场女性放弃工作回归家庭，或者为了工作放弃家庭。

那么，儿童的公共化教养，会不会也变成这样：不放心幼儿园不放心小学，就自己带自己教？如果真的逼到这个境地，在都市人群中，养孩子就会成为一种巨大的奢侈性消费，要满足生儿育女的愿望，需要强大的家庭财务能力与教养者（不一定是女性）的全职付出。

荒诞不？人类自古以来正常的生命延续，变成了巨大恐惧支配下的两难选择。是不是家庭真该消亡了？然而恐惧尚不止于此。否则，我们这些孩子已经完成幼儿园教育、小学看上去也没什么大问题的父母，为什么心里也拔凉拔凉的呢？

在“江歌刘鑫案”的讨论中，我发现最激动最愤怒的，是那些发现有人居然不曾无保留地同情江妈、谴责刘鑫的网民。

他们自认维护正义，却不惜用恶詈、诅咒和威胁去对付那些异议者。我想其实他们内心充满了恐惧，恐惧的是自己认为天经地义的道德伦理，居然没能不言自明地获得另一些旁观者的认同。

我认为父母们的心态类似于此。他们视若珍宝、爱逾性命的心肝肉尖，在监控视频里，在幼儿园工作人员眼中，居然是如此的不算回事，像个物品似的被处治、被拨弄，就如《水浒传》里戴宗对宋江说的“你不过是俺手里一件行货”。他们追问“天之道”，那是进化链上人类社会对儿童的普遍喜爱；他们也追问“人之道”，那是商业社会奉为圭臬的职业伦理。但无论天道还是人道，这种追问都没有办法得到回应。事实就是，某些本该对儿童爱护备至，而且具备应对儿童哭闹职业能力的幼师们，良心不疼，违法无畏，任性地对待顾客们托付给自己的爱子爱女，甚至以之牟利。这还不算超越父母想象力吗？这还不够引发如潮的巨大恐慌吗？这是父母们第二层的恐惧。

很多评论者说“如果是我的孩子碰到这种人，我一定十倍还施于这些禽兽的身上”，“法律很远，拳头很近”。但事实上，大家都心知肚明，这样的事，平淡如水收结的可能性，比任何别的可能性都大。虐童案以前有很多起，今后也不会少。如果你们有心，去查一查各起儿童伤害案件的结局，比如猥亵儿童的判刑标准，比如伤害儿童致死的赔偿数额，恐怕更会心意难平。2013 年长春盗车致婴儿死亡案，死亡婴儿父母仅仅获赔 1.7 万元；林州警察醉酒后将婴儿摔成重伤，赔偿婴儿家庭后，肇事者只遭到禁闭15天的内部处理。归根到底，这个社会对儿童价值的判定，恐怕与身为都市中产阶级的孩子父母们的认知，相去甚远。惩罚远不足以吓阻那些制造、漠视儿童痛苦的管理者，这是父母们第三层的恐惧。

人类学学者安·阿纳格诺斯特在1997年发表的论文《中国儿童与国家超越性》中，指出一个现象：在中国的语境下，中国民族主义的话语总是集中在落后的农民与儿童这两种身份之上，而将两者相联系的是有关"人民素质"这样的话题。究其原因，是儿童与农民同样具有的"不确定性"使他们总是成为讨论民族教育与民族未来的基点。儿童是希望，但儿童也带来恐惧，尤其是"当他们不按所预定的轨道发展时，对国家权威与家庭结构将带来威胁性的冲击"。

这是很有预见性的观点。二十年后，这个问题发展成了两大爆款话题：一是城乡差异，一是儿童伤害。在我看来，是农民与儿童的弱势地位，使他们成为中国社会道德测试的底线，就像胡适在《慈幼的问题》里将"怎样待小孩子"认为是判定一个国家文明程度的最高标准，而恰恰在这一点上，胡适认为"可以宣布我们这个国家是最野蛮的国家"。

对野蛮的恐惧，是最深层的恐惧。职业伦理也好，市场选择也罢，甚至不是道德理想而是行为实践的"幼吾幼以及人之幼"，其实都是现代文明前提下的推论。一起又一起幼儿园虐童事件，其实是在提醒我们，经济发达自然带来道德提升的幻象不堪一击，我们仍在承受着社会转型的现代性阵痛。与其劝告年轻人不要总是那么沮丧，不如想想为什么年轻人无法获得“正常”的生活。

2017 年 11 月 23 日

父母有没有能力毁掉孩子？

2016年是百老汇音乐剧《窈窕淑女》问世六十周年。这部音乐剧改编自萧伯纳1912年的作品《皮格马利翁》，六十年来长演不衰。我有幸在北京看到了它的中国巡演。即使有着语言隔阂，中国观众仍然被逗得前仰后合，在音乐中陶醉不已。

不过，今日还有多少人相信息金斯教授凭一己之力，就可以将卖花女改造成上流社会贵妇？

现实中最像息金斯教授的人大概是美国行为主义大师约翰·华生，他说出过那段著名的宣言："如果给我一些健康的婴儿，在我自己设定好的世界里把他们抚养成人，不管他们的天赋、爱好、倾向、适应性、种族和家庭背景如何，我保证可以将他们中的任何一个培养成我选择的类型：医生、律师、艺术家、商业精英，甚至是乞讨者和小偷。"

这段宣言经常被后世的心理学家嘲笑，或许是因为这段话透露出的上帝般的自负，或许是因为华生自己的亲子教育相当失败。在中国，最新的"华生教授"大概是泸州的李铁军。

十一年来他一直坚持“在家教育”自己的女儿，几年前他曾扬言要在女儿十八岁时把她培养成一名生物磁场方面的科学家。现在看来李铁军大概是失败了。

与之对照，去年美国一本初版于1998年、再版于2009年的教育心理学著作《教养的迷思》译成了中文，在朋友圈里相当走红。作者朱迪斯·哈里斯是一位没有拿到博士学位的家庭主妇兼心理学家。她这本书当年一经出版，就激怒了无数的同行与读者，因为她挑战了一个几乎是常识的观念：父母的教养是孩子成长过程中非常非常重要的因素。

哈里斯的研究结论是什么？在第二版里，她抗议了媒体对自己著作的总结“家长不起任何作用”。她说，家长当然起作用！但是他们在哪里起作用？如何起作用？这是她试图解答的问题。

哈里斯提出了三个命题：

一、父母没有能力塑造孩子的人格。如果孩子的人格与父母相似，那是因为两代人基因的传承，而且同属于一种文化。

二、孩子在家庭之外的人格，是被同龄人组成的社会环境塑造的。

三、哈里斯认为自己理论中最重要的一点：孩子不会将在家庭中习得的行为模式转移到新的情境中去。换句话说，他们知道到哪座山唱哪支歌。

哈里斯对于这三点的论证，非常详细与全面，有兴趣者可以自己去看书。从常识出发，我们最容易认同的大概是第二点。中国有“孟母三迁”的古老故事，还有一个成语叫“一傅众咻”，很多父母都有类似的感慨：一旦孩子走出家门，他们就会变得越来越陌生，直到与父母完全无法沟通。当然，等他们翻越了青春期的山丘，许多人又会开始与父母在某些方面的交流，但此时的孩子，已经是社会化的成人。他们会跟父母谈时事新闻、谈家长里短，交流对八卦或美食的热爱，但个人最隐秘的部分，他们宁愿与朋友分享。而孩子们对生活、对社会，包括对政治的看法，往往也与朋友而非父母接近。

如果承认第一点，我想很多父母会更伤心。哈里斯在书中批判了许多流行的育儿理念，比如“有品质的陪伴”。哈里斯说，在传统社会里，人们甚至刻意地不让父母在孩子面前出现，而一旦孩子进入同龄人群体，他们肯定更愿意与同龄人一起游戏与交流，没有任何切实的证据表明父母在孩子人格成长过程中有着不可或缺的作用。

我尝试着把这个结论表述得温和一些吧。父母一定不要高估自己在孩子成长过程中的影响力，这样也就不会将孩子变成整个家庭的唯一中心。哈里斯说，别人总是问她：“你的意思是我怎样对待我的小孩都没有关系吗？”他们从来不问：“你的意思是我怎样对待我的丈夫或妻子都没有问题吗？”对此哈里斯回答道，她不指望如何对待丈夫会决定丈夫将成为什么样的人，但是两人的相处会影响彼此在家庭生活中的幸福感。配偶与孩子是一样的，“你没有办法决定外面的世界怎样对待他，但是你有很大的权力决定他们在家里是否快乐”。

有人会说，配偶可以选择，孩子只能塑造。是的，在这一点上，家长的权力还是很大的，比如，可以像孟母一样搬家，或是换一所不同的学校，以此改变孩子的成长环境——这听上去简直像在为学区房打广告，不过哈里斯并不反对家庭教学，只要孩子有机会参加社会组织的运动会或俱乐部，不完全与同辈隔离就行。

我认为哈里斯提出的第三个命题最有启发性。父母有权设定家庭传统、家庭氛围、亲子关系、教育方向等。然而，当孩子进入一个新的环境，如幼儿园、学校，甚至是别人家，他们并不会将家里的习惯移植到新的环境中去，他们会学习和适应新环境的新规则——喂，你怎么解释“熊孩子”到哪儿都不管不顾地讨人嫌？我想“熊孩子”只是不恰当地将家庭环境延伸到了外界，一旦失去作为家庭环境象征的父母，“熊孩子”能“熊”多久？

反过来，不管孩子在外面的世界获得了什么成就，出息成了什么高人，实现了多少小目标，他们一旦回归家庭，就会重新回到家庭情境中。这一点可以解释为什么那些成熟、有亲和力、理性的成年人，却往往在原生家庭里显得手足无措、无能为力，甚至判若两人。很多人能指挥千军万马，决定时代风云，面对自己的父母或子女，却莫可奈何。所以你不能说父母不起作用，但父母的作用往往只限于家庭内部，而且将持续一生。

哈里斯非常反对将一切不快、坎坷或感情缺陷都归咎于

"原生家庭"的流行做法——既然父母没有能力塑造孩子的社会人格，那么即使他们在家庭内部受到种种不公、忽视甚至虐待，都不能将他们日后的种种负面倾向归咎于"父母的错"。极端的例子是《美国医学会杂志》曾认为一位杀人犯之所以犯罪，是因为他母亲在怀孕时读了太多的悬疑小说！这种思维仍然存在于今日大量对凶杀案的报道中，媒体与公众总希望从杀人犯的经历中寻到草蛇灰线的端倪，"家庭无温暖""父母不和或早年离异"是最佳的答案。甚至有人从白银连环杀手嫌犯"不打孩子"这一点，怀疑警方抓错了；又有人根据嫌犯长子面对媒体的冷静应答，推论出"家庭无温暖"——让人非常同意哈里斯说的"教养假设的影响无孔不入，治疗师和病人都生活在认为'父母有能力将孩子变成快乐、成功的人，也能把他们的生活变得一团糟'的文化中"。

经过十年的修订，《教养的迷思》说得够全面了，还有什么缝隙可以让我们射出反驳之箭吗？有。哈里斯纵论了多种文化，但她切中肯綮的仍然主要是美国白人文化。她在书中将父母分为"太严型""太松型"与"正好型"。按照她的描述，亚裔美国人最喜欢采用"太严型"的教育方式，这不是因为亚裔孩子最麻烦，而是亚洲文化认同这种教育方式。与白人社会主流观点追捧的"正好型"培养出的孩子相比，"亚裔美国孩子在许多方面都是最能干的、最成功的"。

且不说亚裔美国人选择的"太严型"教育方式利弊何在，如果哈里斯来中国社会做一下研究，或许她会发现她的"类化说”正经受着挑战。这里一部分家长为了“快乐教育”与学校争执不休，一部分家长把孩子送去电击治网瘾；一部分家长坚信“好妈妈胜过好老师”，一部分家长用补习班填满孩子的每一天；一部分家长无论孩子多么调皮连重话都不会说一句，一部分家长一感到没面子就把孩子往死里打……难道这是同一个“中国文化”衍生出的教育方式？

纵然哈里斯已经无比锐利地刺破了父母的自大感（同时也可能转化成负罪感），但我依照自己的观察，仍然觉得《教养的迷思》于父母与子女之间关系的复杂与暧昧，描述得还不够。人们总说父母是无私的，或应该是无私的。其实子女优秀开启的炫耀功能、掌控他人命运的满足感、幼儿养成的成就感，乃至“光宗耀祖”的传统观念，哪一样不属于引诱驴子一直向前的“胡萝卜”？父母通过获得这些快乐，平衡抚养子女付出的辛劳，又有什么羞于启齿的呢？可是一旦父母滥用身份与权力，将子女当成自己的私有财产，予取予求，又会制造怎样的压迫与伤害？

从子女一方来说，成长过程也就是不断索取利益同时反抗支配的过程。人们要求孩子“懂事”，这跟要求父母“无私”是一个道理。曾有篇文章叫《懂事的孩子让人心疼》，其实“心疼”就是一种补偿，父母与社会给予的正面评价与奖赏，是激励孩子“懂事”的动力。既然“懂事”与“好评”是一种交换关系，那么其中必然也有一个平衡点。奖赏过多过滥，会助长孩子的自恋情绪；过于吝惜鼓励、以敲打为主，又会降低孩子的自尊（哈里斯说，不是自尊导致成功，而是成功带来自尊）。

此间，学校这个庞然大物又掺和了进来。以前总拿园丁比拟教师，园丁是什么？小王子只种了一棵玫瑰，杀手莱昂只抱着一盆植物，而园丁要面对万紫千红。学校从本质上讲，就是未成年人的规模化养殖场。它没有能力承诺家庭式的精细培养，但它正是从家庭到社会的一条摆渡船。要求高的家长当然不可能满意，但不满意又如何？是“操场”而不是家庭养成了孩子的社会人格——这才是学校的本相，教授知识只是其功能之一。

父母、孩子、学校，这就是一出“三国演义”。多数情况下，父母与学校联手对付学生，但父母与孩子联合起来对抗学校的体制压迫也不鲜闻（读经班、华德福什么的都是极端表现）。当然，学校挟孩子以令家长，更是轻而易举。这场“列王的纷争”，战火延绵、相爱相杀至少十余年，最后的赢家又是哪个？

照我的想法，如果孩子能顺利地被学校与社会接纳，在同龄人群体里获得尊重与友谊，那就算成功了一半；如果孩子经历了社会化过程，回到父母面前，仍然能用同龄群体中的行为方式轻松应对原生家庭，我觉得就该算皆大欢喜、国泰民安。

问题是，以上两个目标，父母能起到的作用究竟有多大？我还是不敢相信一切斩钉截铁的结论，倒是认同“治大国若烹小鲜”的戒惧心态。小家如大国，火候分寸都很关键，孩子的成长过程中，各种因素也超级复杂，谋事在人，成事在天。依我看，与其在家里普及《弟子规》，或在壁上挂“难得糊涂”，还不如细细回味成都武侯祠赵藩的联句（我改了四个字）：

能攻心则反侧自消，从古齐家非好战；
不审势即宽严皆误，后来育儿要深思。

2016 年 8 月 31 日

高学历的父母为什么还要追求学区房？

看过《一枚中科院科研人员的自白：我为什么选择离开》吗？没看过可以看看。一位中科院的青年俊杰，放弃了高薪投身学术，却因为“孩子快到学龄了”，而他没有北京房产，单位又保障不了优质小学，终于放下了他在北京的一切理想与追求，去了能买下自己房子（当然也有了好小学）的南京。

任何人，包括我，看文章的第一时间都是受情绪驱使的。一看到科研人员被薄待而不得不放弃学术，我就忍不住转发了，还评论说“真心酸”。但是多年训练出的感觉告诉我，这里面有哪里不对——不是说别人的选择不对，而是关于这种选择的解释，有我不太能理解的地方。

“吃瓜群众”也能感觉到这个故事里的荒谬之处，所以段子这么讲：

一对北大清华毕业的年轻父母拜问禅师：如果买不起学区房，该怎么办？

禅师：如果北大清华毕业都买不起房，还买学区房做啥？

要是问我，我的回答跟禅师不一样。我会反问：有了北大清华或海外高学历的父母，还要追求学区房做啥？

对，我们不要把“买学区房”，看成不言自明的前提，只在“买不买得起”这问题上纠结。我要先问一问：为什么要买学区房？

为了孩子的教育和未来啊，不要输在起跑线上……

那你们读北大、上清华、去海外留学，是不是靠一路重点小学、中学，尤其是北京排名前十的小学和中学？

当然有人是。但也有很多人不是。大部分人会冷笑 / 讪笑道：时代不一样了嘛……

说到这里，咱们的对话进入了信仰领域。是的，信仰，就是难以证实也难以证伪，就看你相不相信的那片天地。

或许我跟很多人的信仰不同。我不太信仰所谓“重点”或名校。我知道教育资源并不平衡，也知道“重点”或名校给学生的机会更多，但是具体到“这个学生”，即我的儿子，我却不太确定他从名校获得的资源与优势，值得过高高在上的学区房溢价，还有为此毁掉的父母事业追求与生活质量。

相反，虽然我明白“高学历不等于高素质”的道理，但我信仰“求智”这种力量。长期的学院生涯，无疑是求智的最佳基础。我常常半开玩笑地说，欧洲学者有独身的传统：一方面是因为求智是一条怎么投入都望不到头的道路，家庭琐事会变成路障；二来多读多思，对家庭与子女的需求相对容易抽离；第三，学者大部分都穷，哪儿还养得起家。

专业化时代，我们很难要求高学历人士都能坚持苏格拉底式的求智与诘问。但是我觉得在求学之路上走得越远，至少应该越懂得学历与财富没有必然联系，知识与成功没有必然联系，普遍化教育与个性化成长也没有必然联系。一个人的人生由太多因素综合决定，学区房改变的权重会不会太小了一点儿？如果学区房唾手可得倒也罢了，如今是为了学区房改变自己职业与人生的方向，这会不会太举轻若重了一点儿？

绕不绕？还好吧？我换种说法：一对父母自己念了二十多年的书，他们应该知道前面的教育阶段虽然重要，但如果不是毁灭式的教育，只是墒情没那么好、雨水没那么足，种子也有可能在日后正常发芽。反过来，土太肥水太足还有可能烧死淹死庄稼不是吗？

而且，高学历的父母在其他方面，什么政治前途、社会地位、财富水平，就算再差，高学历，至少说明你们在漫长的求学大战中存活下来了，你们的学习经验应该胜过90%以上的父母，那为什么对于这种学习能力与经验的传承就这么没有自信呢？还有你周边的同事、朋友，以及孩子从小接触的知识阶层家庭，要说起跑线，这方面你孩子已经站得很靠前了，咱非得追求十全十美吗？非得让孩子成为早教界的传奇与神话吗？

说到孩子将来的就业、生活，高学历的父母也应该更明白：虽然有些冷门的专业、特殊的知识不为大众追捧，但只要孩子真心喜爱、努力从事，并非不能安身立命。每所名校都有招不满的专业，那些恰恰是职业生涯的蓝海。想象这样一些冷僻职业与生活的能力，应该是久在学院的高学历父母的认知优势。

人之常情我懂。比如，我是从山村或小县城千军万马杀出来的，我当然不愿意下一代吃二遍苦、受二茬罪。可是，咱们在北京，重点、名校之外，孩子要进一所平均水准线之上的学校，是不是就那么难？没有进入那些人人称羡的重点名校，是不是就意味着教育的末日，让全家陷入“要么忍，要么滚”的二元困境？

我不想见人挑担不吃力，所以我很少对追求学区房的父母说三道四。但是轮到自己的时候，可能我们太懒，又太自私，家门口有一所不太差的小学，城里有一所东城前几的小学，思量再三，还是让儿子在家门口上学，饶是这样，上小学后的压力都大了几重，这要在名校，会怎么样还真不好说——当然人的忍耐力与适应力都非常强，但我就是那种不想自己当100分父母，也不想小孩当100分儿童的懒人吧。

《一枚中科院科研人员的自白》里的故事，跟我自己的经历，有70%以上的相似度。虽然我有房他没房，但在这个故事里，最重要的不在于有房没房，还是我们各自对子女的教育有着不同的想象。

教育都是在摸着石头过河，教育想象的差异，有时候远远大于学历的差别。记得几年前孩子三岁，要在大幼儿园与小幼儿园之间做选择。两个幼儿园都在小区内，收费也差不多，所以唯一的区别就是“大与小”。有一位邻居毅然将已经在小幼儿园待了半年的三岁儿子转去了大幼儿园——大幼儿园不收三岁以下的孩子。她的理由是：我们家不像杨老师家那么高学历，我们是草根，孩子要从小学习竞争，小幼儿园太像家庭，大幼儿园才像学校。

而我有位学长，北大十年读到博士，现在是教授、博导，也谆谆告诫我：孩子要尽早接受竞争训练，要去一个更大的集体经受锻炼，大幼儿园比小幼儿园更有优势。除了用词不同，他们的想法几乎一样。

他们可能是对的。儿子上了小学一年级，比起那些来自大幼儿园的同学，他更孤独（认识的同学少，小幼儿园就他一个毕业升学），也更不适应（比如，他把打打闹闹的身体接触看得比较严重）。不过我沉下心来反思，觉得异于家庭表现的“操场人格”养成，总归是要经历的，在幼儿园，或是在小学，是不是晚一点儿更好呢？而且我觉得孩子的个体差异比场域差异更明显，小幼儿园肯定有上小学也如鱼得水的，大幼儿园绝对也有不适应小学的。一旦我们抛却概率的计算与群体的想象，只把目光锁定在“这一个”孩子身上时，种种的忧心忡忡、思前想后，或许都是米兰·昆德拉笔下那所谓“沉重而艰难的决心”，怎么选择都有可能对，也有可能不对。

真正让我佩服的一位，也是邻居，她本人在北京郊区长大，先生是云南农村人。她现在是这个小区许多居民的水果、小菜供应商，货源来自京郊和云南两地。不是说这年头农村还有亲戚给你寄吃的是最幸福的事吗？她就是我们大家的“农村亲戚”。我经常从隔壁楼她家门前走过，看见一地的梨、脐橙、萝卜、白菜，水灵灵的。她总是大声笑着跟我打招呼，我觉得她比整天在心里苦着一张脸的我快活多了。

她儿子是我儿子读的那所小学的第一批毕业生。大家都说，我们小区这个小学，真还不错，最大的缺陷就是没有对口的好一点儿的中学。我听说，整个班就她儿子，没有想方设法去这个区重点、那个国际学校，而是按部就班地上了对口的普通中学。这事我不知道详情，但是无论如何，我很喜欢这种勇气，我觉得只有对自己选择的生活满意，而且对下一代复制这种满意有信心的人，才会强大到完全不在乎世俗的眼光，我自问，做不到——当然，我可能也过度想象了，谁知道人家家里那本经怎么念的。

我感觉这两年，随着中国社会的结构性压迫加剧，整个中国社会，尤其是一二线大城市，生活轨道已经越来越固化，就是社会鼓励每个人谨守本分，父母耗费所有的资源，让儿女读好书考好试，上好大学找好工作，结婚生子适时合节，然而再用尽自己全部的资源，去帮助下一代长成和父母一样的人，或者，父母希望成为的人。有些年轻人，一开始想去走一条反熵的道路，但如果你接受主流的逻辑，想成为主流认可的理性人，你最终还是会选择归去来兮。

高学历不是天上掉下来的，它是以更长的光阴、更勤奋的学习、更多的智力投资求得的，咱就不讨论“取得高学历后如何回报家庭”这个复杂话题了，就说于高学历人士自身而言，如果不能获得某种超越性的视角，获得哪怕比别人多一点点的独立思考与行动的能力，那便只相当于选择了与别人不同的工种，进入了与别人不同的公司，钱挣得更少，心态更不平衡，那又何苦读那么多书、学那么多知识呢？

我祝福那些为了理想的生活离开北京的人，我欣赏“北京只是另一座城市”的洒脱，但我不愿你们的离开，是放弃理想去迁就现实，是为了弥补那些在北京时人有已无的“缺陷”，而割舍那些当初吸引你们来北京的因缘。

2017年3月17日

“油腻中年”怎样跟孩子讨论叛逆期？

有位考古学家朋友，写了一篇文章，名叫《我的青春往那儿开》，编辑给改成了《“油腻中年”冯唐的当年》，其中有一段话云：

有一次我看到杨早的读者也在晒与他作品的合影，就问杨早：“为啥人家冯唐的粉丝都是美女，而你的只有壮汉？”他回：“他在红楼我在西游。”

所以冯唐不是“油腻中年”，我才是。“油腻中年”并不可怕，端着保温杯、谈谈养生之道也不掉价。陈晓卿说人类身体里存在着对油脂原始的热爱，想来妖怪也如是，所以《西游记》里孙行者的公众评价是“不中吃”，唐三藏就好得多，猪八戒更是一道硬菜，点赞的妖怪无数。

最适合“油腻中年”的，果然是“西游”。

最让人难受的油腻不在肚腩与手串的包浆上，而是在脑子里。

想到这个的时候，我正在接孩子放学的路上，两人一边走路一边聊天。

我问他今天中午吃了啥。

他说，我不想说。

“为什么不想说？”

“不为什么，就是不想说。”

有点儿僵，是吧？我只好笑了笑。

“你是不是又进入了一个叛逆期？”

这是个新词，他的兴趣来了：“什么是叛逆期？”

“人成长过程中要经过很多个叛逆期，有人长点儿有人短点儿。人处在叛逆期，会觉得周边的人和事都很讨厌。一般最厉害的叛逆期出现在十二岁到十八岁之间。”

看样子他对这个年龄很憧憬：“那会怎么样呢？”

“嗯，这个阶段，孩子会觉得自己很酷，或很想酷，爸妈都不太理解自己的追求，而且他们都很土，又啰唆又功利。很不想让他们管自己，但又逃不掉，冲突厉害啊，离家出走也是常有的……”

“离家出走……”这种经验有点遥远，七岁的小朋友不太懂，“那会回来吧？”

“大部分会回来，但也不一定，如果家庭环境太差的话……”

“什么是家庭环境太差呢？”

“比如说家庭暴力呀……嗯，这两天不是有新闻报道吗，有个豫章书院，有些父母把不听话的小孩送到那里去，那里会用钢筋打孩子，打得可凶了……他们的爸妈还要付给那个书院好多好多个乐高的钱……”

这是一件比较匪夷所思的事。小朋友沉默了一会儿，继续问：“打人是不对的，对吧？”

“是的，学校不能打人，父母也不该打孩子。你知道为什么吗？因为如果小孩不听话就打他们，一般是会生效的。这样父母就会认为打骂有效果，越打越厉害，然后……”

“他们的小孩就离家出走？”

“可能离家出走，也可能不会。但会给他们的小孩造成身体上和心理上的伤害。而且小孩也会认为，如果人与人之间有不一样的看法，可以用暴力解决。这样等他有了自己的小孩，也会习惯性地用打的方式来解决不听话的问题。”

“对！爸爸妈妈打人不对，但小朋友会照着他们爸爸妈妈的样子做，所以他们将来也会打人，也不对。对吗？”

“是这样的。大家都知道打人不对，但他们总会说他们是为小朋友好。可是，不对就是不对，用什么理由也不行。”

…………

“爸爸妈妈没打过你，以后也不会打你，你不想说的事，也可以不说，特别是在叛逆期。但是，你要明白，如果在家里要过得开心，咱们就都要控制自己的情绪。笨人才不会控制自己的情绪。”

“笨人”是我们经常使用的词。比如他小时候一度爱撕书，我们总是跟他说“笨人才喜欢撕书”，只允许他撕报纸和杂志。

说着说着到家了。他吃饭。我又继续想“油腻中年”的事。

“油腻中年”不可怕，可怕的是没有独立思考能力。没有独立思考能力，就会像小朋友一样，喜欢攀比，喜欢抢东西，比学历比财力比身材，抢头条抢“10万+”抢学委会。脑子里除了焦虑没有别的东西，难怪豫章书院能吸引到生源。

有人还在群里撩我，让我蹭热点，写写民国的“油腻中年”。鲁迅回北平，撞到钱玄同，回家后给许广平写信，说钱玄同“胖滑有加，唠叨如故”。这是“油腻中年”了吧？可是钱玄同一个胖子，在日本人威胁下不屈从；傅斯年一个胖子，敢在国会里喊行政院长走开。做这样的“油腻中年”，又有啥关系？

还有很多民国出生的青年，还等不到“油腻中年”，就学会了用自己的嘴，说别人的话。油不油腻，又有啥关系？

像那位考古学家的朋友，说不定也会被旧识冯唐，划到我辈“油腻中年”的范畴里吧？可是我看她的朋友圈，活泼泼的，童心未泯，多好。

我很欣赏另一位朋友的话。她说或许中年是最好的时节，因为年轻时形式跟不上内容，有想法，无用武之地；到了老年，内容又填不满形式，净说些车轱辘话，给别人当门面。

只有中年，形式与内容恰好相符，知道自己吃几碗干饭。又有位旧同学说：四十岁后，吃不吃饭都没啥关系了。

四十不惑。可以当“油腻中年”，但不能当四十岁的笨人。

如何让孩子认知恐怖主义?

这本书是怎么来的?肯定不是我买的。大概是哪位离京时留在我这儿的?或者干脆是在某网站购书时送的?完全没有印象了。而它现在在哪儿,也完全没有在脑海里存盘。

书名叫《但不愤怒——孩子们写给恐怖分子的信》(〔美〕舒尔特、西尔塞编,梁卿译,民主与建设出版社 2003 年 3 月版)。其时距"9·11"事件还不过一年半,属于跟热门时事沾边儿的书。绿色的封面,有不少孩子欢笑游戏的插图照片。才 146 页,很容易翻完。看过就撂开了,也没有想保留。

这几日因为昆明火车站的惨案,网上一片哀悼之声,也夹杂着杀气。很多人说昆明惨剧是"小型'9·11'",由此突然就想起了这本书,这本薄薄的只有 146 页的小书,意蕴突然变得丰富起来。

如果我没记错,这本书缘起于两位美国的小学教师让班上的十几个孩子每人给恐怖分子写一封信。于是,每个小学生都用他们的"美国思维"去理解这场喧传众口的灾难(它甚至被称为“有史以来美国本土遭受的最严重袭击”——珍珠港毕竟在遥远的夏威夷）。

我在网上查到了一些从书中摘录的语句：

你有一个问题，一生气就管不住自己。
你的方法破坏太大。
安静下来，想些美好和平的事吧。
平静地把你的想法说出来，你会成为英雄。
你可以变好。如果你愿意，我们会帮助你的。（第 13 页）

我觉得搞恐怖主义是胆小鬼们做的事。（第 74 页）

我长大以后，懂得了一个道理，就是如果出现问题，千万不要用暴力解决……你认为活着就是为了复仇吗？要是这样，我就不再为自己的国家难过，反倒觉得你很可怜了。（第 103 页）

我为你难过。也许人们今天叫你英雄，可明天就会忘记你的名字，或者以你的行为感到羞耻。这是早晚的事。（第 120 页）

我们建设，我们很骄傲。你们破坏，你们很骄傲。我希望你想一想：谁是真正的坏人？（第 138 页）

而此书给我留下最深印象的，是一个小姑娘对恐怖分子说："你是找不到工作才这样做吗？我可以叫我爸爸帮你找一份工作。"

没错。这样的话连目录里都是：

1. 你该去看心理医生……或者找份工作！
2. 问题：为什么……怎么……？
3. 噢！好吧……
4. 心灵与爱你的敌人
5. 给恐怖分子的忠告
6. 续篇：你是个失败者

我想会有很多人像我当年一样，觉得说这些话的人"图样图森破"（too yong too simple，太年轻太天真），觉得恐怖分子岂是一份工作或心理医生可以改造的？你说他们是坏人、是胆小鬼，很可怜、很可耻，难道就能让恐怖分子迷途知返、放下屠刀？

其实，回到中国的语境，大多数人都抱着类似的想法——他们不好好工作，懒得出奇，总想着坑蒙拐骗，他们仗着有民族政策的保护，肆意妄为，终于酿成了今天的祸事。

"9 · 11"已经过去了十三年。事件之后的报道与研究告诉我们，肇事的恐怖分子并非都是人们想象中的穷困潦倒、铤而走险。他们中的很多人受过良好教育，过着中产生活，怎么看都不像是一群 loser（失败者），更不必说已被击毙的首领本 · 拉登——按照纪录片《华氏 911》所述，拉登家族与美国政治上层从来就有着千丝万缕的联系。

种种芜杂的信息，都造成了“用日常经验去理解恐怖主义”的难度。有学者指出，“9·11”带给美国人最大的冲击，在于他们自认为举世无与伦比的优良价值观，却被那些劫机者弃如敝屣，全面颠覆。崇尚自由、民主、法治、个人奋斗的美国梦如此美好，他们却宁愿牺牲自己的生命也要破坏它。

这种困惑并未随着时光的流逝而减弱，相反，它遭遇到了更大的挑战。比如斯诺登，他自述站出来指证美国政府“棱镜计划”的动机，是因为那些做法“侵犯自由”。有人认为他是个叛国者，有人却坚持相信斯诺登是一名自由斗士。无论如何，反恐十余年，很少有恐怖分子被自由、民主感召，人们却惊奇地发现，主持反恐的政府借机变得越来越为所欲为，这场旷日持久的战争正从对立的两个方向吞噬着宝贵的个人自由与权利。

不扯远了。我从中学起，就有一个认知：别人的一千份痛苦抵不上自己的一份痛苦。反过来，你也不可能要求别人对你的切肤之痛感同身受。十三年前，北大校园曾经响彻欢呼声，且抱着猎奇心态看待“9·11”的中国人是大多数。跟十三年后的悲痛难抑相比，并非中国人的人性有了飞跃或质变，而是，同样的伤害进入了我们的“想象的共同体”。

对于大多数中国人而言，“9·11”是电视上的奇观，是“另一个世界”里发生的冲突。我们看见一个男人从双子塔的上半部一跃而下，我们不会去想象他的故事、他的家庭、他的日常生活。可是昆明火车站则完全不同：有一个人为了省钱，要在火车站待上一夜，第二天坐火车去浙江打工，没想到撞上了屠杀……我们不用看照片，不用知道当事人的名姓与籍贯，一个中国故事就已经跃然脑海。想想“7·23”动车事故，想想“7·21”北京雨灾，我至今记得那位在微博留下最后一张动车影像的小女孩，和在广渠门桥下被雨水吞没的杂志编辑。人的同情心需要环境、细节与想象共同构建，如果没有捏合成“想象的共同体”的基础，那么我们对于杀戮与死亡，只会是笼统的谴责与同情。

再进一步追问：不同的情感体验，仅仅是因为主体与事件有关或无关吗？距离遥远与漠不关心，不能解释“9·11”当晚北大的彻夜欢呼，还有网络上“美国人挨炸了”的兴奋难言。难道这里面不存在两种价值观的冲突？一种价值观说，对生命的珍惜与保护是一种普世价值，任何不人道的杀戮都必须用最大的气力、最黑的词语加以谴责；而另一种价值观说，凡是敌人拥护的，我们就要反对，凡是敌人反对的，我们就要拥护。

所以，十三年后，我看到他们指责美国大使馆使用“毫无意义的杀戮”、CNN 对“恐怖分子”打上引号，是对反恐采用双重标准。真有意思，难道双重标准不是一直都存在吗？亲疏有别，政治立场有别，意识形态有别，谁会对别人身上的伤口真的感到剧烈疼痛？

还有人要别人跟着自己念：我们“不听你们的故事，不听你们的诉求，绝不原谅，格杀勿论”。在事发次日，我放过了这种说法。我同意网友“破破的桥”所言，在灾难与惨剧刚发生时，不要问why，而要问who：谁施害、谁受害，制止、抓捕与救援、保护同步进行，是重中之重。但是，当表面上的事件渐渐平息，当热点开始转换，遗忘曲线进入下行轨道，我们是否可以做到永远不去听一些故事、了解一些诉求，而只相信以杀可以止杀？

那些美国孩子，他们多么善良，他们从父母与老师那里学会了谴责暴力（“如果出现问题，千万不要用暴力解决”），学到了宽恕（“爱你的敌人”），因此他们这些信的结集叫作《但不愤怒》。他们甚至在热心地替恐怖分子设想一条出路：努力工作，寻求心理医生帮助，不当一个loser。只是，不知道有没有人告诉他们：历史证明，人类无法靠这些常规的鼓励与训诫消灭恐怖主义，因为这个世界上，并不是只有一种价值观，当价值观冲突的时候，素不相识的两群人也会互相仇恨，相互杀戮。财富、情感乃至生命，在这些冲突面前都显得软弱无用。

所以世上最难的事或许并非宽恕仇人，而是擦亮双眼，去看清敌人——他们从哪儿来，他们长什么样，“他们”何以与“我们”为敌。将世间万事，置于自己日常生活经验世界之中，诚然是一种省力的做法，大部分时候也能让人安然度日、享受静好，只是一旦日常生活之外的世界露出獠牙、举起屠刀，我们又该如何面对？我们可以让渡更多的权利，让别人替我们解决那些噩梦，寻求统制下的良好秩序，是的，很多人正在发出类似的吁求。只是，这样能延续多久的好梦？

谴责恐怖主义是轻而易举的，因为恐怖主义颠覆人性的根基，然而要消除恐怖主义，首先得去了解与理解恐怖主义的生成与爆发。不想永远扮演事发之后哭泣的羔羊，那么在满网疯转的防恐攻略之外，我们还需要足够的知识、信息与想象，我们需要扩大我们的认知世界。没有了解，谈何遏制？没有真相，谈何和解？我信这个。

一群孩子，能做到不愤怒、直面社会问题，已属难得。但全社会不能都是一群写信的孩子。我们的孩子还小，教会他们仇恨恐怖分子很容易，但他们在渐渐长大，如何让他们认知恐怖主义，知道如何与恐怖主义斗争？我心里没底，你呢？

2014 年 3 月 6 日

五年级小学生为什么会被妈妈勒死？

一

我被这条新闻震到了。

据说这名福州的五年级小学生平时成绩不错，钢琴还过了九级。因为期末语文考试成绩不佳（好像是89分），（中间的事我们不知道，比如母亲如何责骂，孩子是否顶嘴，双方情绪激烈成什么样子）结果：妈妈用手机电源线把孩子勒死了。之后这位母亲割腕自杀未遂，又从十三楼跳下，身亡。

人间惨剧，自不必说。这惨剧过程中的细节，更是细思极恐。正如有的网友所说，如果是用花瓶等物误杀，犹可解释为瞬间冲动，用手机电源线，可见急不择物，而勒死一个人是需要持续一小段时间的行为，那么这位母亲当时心中的怨念有多深，实在没法想象。

这样的惨剧，我身边也不是没有发生过。少时有一位发小，一贯是调皮孩子，成都话所谓“匪头子娃娃”。暑假极热，发小家住锦江边，极喜欢溜下河去洗个痛快。他妈妈怕他淹死，悬为厉禁，有“逮到我就打死你”这样的威胁；有一天，透过窗户亲眼看到他站在河堤上，正准备往锦江里跳，于是当即大声喝止，揪着耳朵把他扯回了家。

我们也不知道回家后发生了什么。结果是他妈妈用毛巾紧勒他的脖子，把发小勒昏了。他妈妈当场吓昏了。等他爸爸下班回来，这乱子可闹大了。幸而母子都救回来了，不然他爸后来说，自己也只有寻死一条路了。

所以这样的极端个案，不是不可能发生的。

那我们这些自命通达平和的父母，是不是就可以置身事外，只需摇头叹息，甚至还拿此事教育自家孩子：你看你多么幸运，爸爸妈妈什么时候这么对待过你？你还不知恩图报，给我考得好一点儿？

二

说一件自家的事。

小儿出生前，我就下定决心让他学围棋。因为我自己初中时赶上中日围棋擂台赛的高潮，很是迷了一段。虽然后来下得少了，但觉得这是一门上佳的爱好，兼可培养形象思维与逻辑思维，而且可以持续一生。

小儿上幼儿园时，园里开了围棋班，不过基本上是游戏性质，小朋友比着吃子而已。上了小学后，有同事问我想不想让孩子正规地学一学？他孩子学了两年，已经成了业余三段。我们也觉得该让小儿试一试，万一呢。

正规的围棋道场每周日上课，一次两小时。因为不好停车，所以每周日都是举家出动。如果找到停车位，两个大人都在隔壁教室等候；如果找不到停车位，则妈妈带孩子去上课，我就在车里等。回家之后，也是陪着做题下棋，不表。

如是半年，一次快下课的时候，老师有点儿严厉地当着我们的面，批评了孩子。说他不用功，看不出明显的进步。小儿倒是嘻嘻哈哈。我们脸上可有些挂不住了。

回来的车上，父母联合把小儿数落了一路，越说越气，越气越说，说得小儿耷拉了头。这一晚三个人都很不开心。

事后我就在想：作为父母，我们心里怨气很重。而这怨气，到底是为了孩子不肯上进，还是他的不肯上进让我们丢了面子？更有可能的，是为了我们这半年的投入，不说学费，单说这每周半天的时间，来回两小时，陪读两小时，而且限死了周日不能外出。付出了这些成本，却没有获得意料中的回报。这种失落感，是不是才是那一刻冲天怨气的主要来源？

我说过，这从来就是两难的事。父母总想着把力所能及的最好的东西给孩子，但俏眉眼做给瞎子看的概率很大——哪有什么学习是轻松的？而大部分中国父母会坚定地认为：你现在怨我恨我，终有一日你从这种艰苦的习得中受益，会反过来感谢我们的严厉。

三

不过呢，我是个怀疑主义者。我不敢确定此时的严厉，是不是就真能有这种理想的结果。况且，父母也是人。教育是一场漫长的战争，也是一个系统的工程。将不因怒而兴兵，建筑师不会知道某一块砖有没有盖歪。但父母既是设计师，又是包工头，每一件长远来看不值一哂的小事，都可能引发一场冲天怒火，从而带来不可预测的后果。

像这两天热议的北大毕业生抱怨父母的万言书，里面的件件事例，哪一桩不是大多数父母眼中的“小事”甚至是“挫折训练”？网友们抨击“孩子都这样了，父母还不知道自己错在哪儿”，你来试试看嘛，我不相信你化身他家父母，就能知道自己错在哪里。

因为十几年的教养，真的是一场太漫长的战争。更可怕的是，这场较量里充满了各色的威胁与恐惧。相对未成年的孩子来说，父母不仅有着体力优势、经济优势与信息优势，而且有着太强的道德优势与心理优势——他们做的一切，理论上都是为了孩子着想。所有的对立都可以被简化成“孩子还小，不懂得父母的苦心”。鲁迅嘲笑林琴南写劝孝乐府，把林琴南的多首作品总结成“孩子上学堂，娘在家里磨杏仁，预备回来给他喝，你还不孝么”，确实是说出了无数父母与旁观者的普遍心态。至于这碗杏仁，孩子想不想喝，喝了是否真有好处，“磨杏仁”又怎么跟“孝顺”这种回报建立了逻辑上的联系，似乎都是不言自明的道理，所以结论是“天下无不是的父母”。

在父母一方来看，这场征程又何尝不是战战兢兢、如履薄冰？我们的文化中，对于“溺爱”的恐惧根深蒂固，俗语中有很多“慈母多败儿”“黄荆条子出好人”之类的训诫，无论何时，无论何处，“严格要求”总是被肯定的父母美德。想当一位明白事理的主流中国父母，宁严勿宽是必需的行为准则。在几乎所有教育相关的新闻叙事与影视叙事中，一个闯祸的孩子背后，总有一个无限纵容他的母亲，和一个管不住他的父亲。当然，这类案例未必少见，而这种“没能严格要求孩子”的自责，外加对未来竞争的恐惧，则沉甸甸地压在每一位父母心头，成了中国式家庭最大的焦虑源头。

四

围棋课事件的结果，是我们退掉了正规道场的课程，给孩子在小区里报了个围棋班。不管老师水平如何，孩子至少更愿意去上课了，因为小区班上有他的好朋友；而我们也节省了交通成本和时间成本，只需要上下课接送即可。为这事也就没再闹过不愉快。

不过围棋毕竟只是兴趣。如果换到正式的学校学习，光是家长心大是没用的，学校有要求，老师有期望，“别人家的孩子”更是永恒的可怕存在。假如自家的孩子不是考试赢家，每一次考试都让父母提心吊胆，每一次公布成绩都让父母脸面无光，这可真是无从逃避的煎熬。有些父母因此选择了私立教育或在家教育，亦是完全可以理解的。

这条河的水太深，每个孩子还都不一样，谁家父母又不是摸着石头过河？但我想，身为成年人的父母，还是应该有一点超越性的思维。“别跟孩子一般见识”不是很多“熊孩子”爸妈挂在嘴边的话吗？这事真不能双标，首先还是得要求自己别跟孩子一般见识。

比如，火气腾腾而起的时候，最好有一个制动阀，这个制动阀就是追问自己三个问题：

1. 现在我很生气，生的这气里，有多少是忧心孩子的未来？多少是因为面子问题？多少是因为投入太大感到心疼？——在我看来，后两者是可以调节的。面子不要就不要，咱又不是蒋公。投入太大，可以试着减少一些，当然，能这样做的前提，是不把自己的人生梦想全都寄托在那个懵懂青涩的小孩身上。

2. 孩子可能是犯错了，这个错是原则性的，还是非原则性的？——在我看来，考试成绩不好，很容易被放大与激化成天崩地裂，但如果你留着自己从小到大的成绩单……大部分父母都没有要求孩子名列前茅的立场。所以这仍然是非原则性问题。三观不正或没有共情能力，或许才算是原则性问题。

3. 如果孩子是你的朋友，你会怎么对待他犯的错？——孩子曾经是你的附庸，但早晚他会变成与你平等的独立个体。与其积重难返，到那时关系错位，不如从一开始就做好心理建设。或许你会说，我不能塑造朋友，但可以塑造孩子。抱歉我没有这样的自信，孩子与父母其实是互相形塑的，跟朋友一模一样。而真正的朋友之爱，基于性格或兴趣的互相吸引，没有约束与强迫，是世间最平等最纯净的爱。希望父母与孩子，也能如此。

一个孩子被妈妈用手机电源线勒死了，这是一出惨剧，但并不常见。常见的是父母一次次在孩子与自己心里之间拉紧的绞索。人心并不坚固，尤其未成年时。最让人恐惧的，难道不是你为孩子付出了时间、精力与金钱，还有不被理解的爱——你觉得是爱，孩子收到的是伤害？或许孩子将来仍然会孝敬你、关心你，但你不敢去叩问他真实的心声，你怕万一是：

“我必须爱您，因为您是我的父母。我是不是打心眼儿里爱爸爸妈妈？对不起，我没有想过……”

2018 年 2 月 1 日

孩子莫名的怒火因何而起？

艾略特说4月是最残忍的季节，5月呢？

“大学校园两天曝三宗命案”的惊悚犹在回荡。2013年5月8日，广西少女残杀同学案审决：十三岁女孩因不满同学比自己漂亮，将其杀害肢解。5月13日，河南鹿邑县前法院院长高天峰父女被杀案告破，凶手系就读某高中的高天峰儿子雇用的网友，杀人动机是：高子嫌姐姐陪读期间管得太严。

一桩桩血案看下来，让人惊悚莫名的地方在于：孩子，我们不知道你为何发怒？

在我们的“常识”中，成长的路上总会经历种种挫折磨砺，所以有老话叫“艰难困苦，玉汝于成”。同学比你富裕，比你漂亮，比你学习好，有些人会歧视你，有些人会嫉妒你，这都是传统意义上“成长的烦恼”，而师长至亲，课督严厉，一直是被奉为美德的教养方法。这些原因，真的是杀人的动因？几张水票、多次夜归、太优秀太骄傲，真的就成为被害的理由？

不用急着“谢同学不杀之恩”，被同学杀掉的，肯定不及车祸死掉的多。但是我们内心的惊慌与凛惕，来自我们无法理解的现象："琐事杀人"似乎正在成为常态。在这个意义上，"常识"被大大突破了。没有比这一点更撼动社会心理稳定的了。

面对少年们莫名的怒火，我们感到无力，根本在于我们无知。与他们同龄的被害者，也同样无知。抢着埋单、争芳斗艳、打牌大声、过时夜归，都会导致身边人致命杀戮，这还是一个正常的社会吗？

《致我们终将逝去的青春》是一部苍白的电影，它唯一丰富之处是描写校园各色人等之间的隔膜。郑微碰坏了陈孝正的建筑模型，又为报复被推倒之仇而将他的饭菜倒掉，浑不知这两者对于一个"凤凰男"意味着什么。而导致朱小北退学的激烈冲突，是她无端被怀疑偷了超市的商品而要被搜身，搜身者与被搜身者，对于这一行为的价值评判完全不同。大妈、保安与保卫处，都不认为这样做是对人格尊严的侵犯。

仅仅将这些隔膜归结于教育是可笑的，当一个社会自身在某种程度上尚未形成共识，尚未拥有稳定的主流价值，对下一代的教育从何谈起？如果让我用影像表达，也许我会拍一对同桌，他（她）们肤色相同，说着共同语，写着一样的文字，但他们每一句话的语义都不相同，他们如同来自两个星系的人。猜疑、提防、误解、愤怒之火，在"同桌的你"眼里燃烧。

大叔们、大婶们，别以为自己出离青春，就可以置身事外，或许校园里的鲜血淋漓，只是整个社会危机的缩微胶片。

2013年5月13日

假如你的孩子初二看A片怎么办？

这条留言是这么写的："才初二就看A片，不要脸。"

我就很奇怪，回复："为什么初二看A片就不要脸？"

两小时后，新的留言来了："几岁也不该看A片，初二还没成年更不该看，看了，还津津乐道，就不要脸。"

我把这条留言加了"精选"，因为觉得还挺典型的。

比如上次在地铁里怼cosplay王昭君女孩的那个大妈，不管是不是炒作，心态很典型。

首先他们的思维处于非黑即白的童稚状态（"几岁也不该看A片"）；其次，他们喜欢将生活不合己意之处，归咎于外物。比如cosplay与"不好好学习"之间，看A片与"不要脸"之间，在他们看来，是有必然联系的。

对了，一般这样的人，逻辑能力低下，语文能力也差劲——插一句，我又要谈语文教育了，语文教什么？教"词与物"之间的关系，首先是准确传达所见所想，其次是尽可能优美地传达。

所以语文首先不是教你怎么拽词儿，而是教你准确表达你的见闻思想。而准确表达，逻辑是基础。所以孔子有言："质胜文则野，文胜质则史。文质彬彬，然后君子。"语词是"文"，逻辑是"质"，我们学语文，两者都不可偏废。

不信来看被这位评论者斥为"不要脸"的原话是啥：

至于说到性启蒙，哼，第五回未免太隐晦太含蓄，还不如《封神演义》下册土行孙和邓婵玉那一段——说到这里，想必有些卫道之士开始皱眉头，回家赶紧把这些名著统统放在书柜顶层，不让小孙孙看见。有什么用？初二时，他会和同学一起偷偷看A片。(《二十年前读红楼》,《早读过了》第289-290页)

天地良心，当我初二看《红楼梦》《封神演义》的时候，哪里有什么A片可看，还"津津乐道"？但二十年后，初二学生想看A片，一定能看到，你挡都挡不住。

我们初中那阵儿，没有A片，但小黄书是有的，书摊上可以租到。班上男生，成绩有好坏，品德有高下，要说没看过这些书的，几乎没有。

当然这是偷偷摸摸的。但在卫道之士眼中，并不只是这些非法出版物犯忌。隔壁楼有一对叔叔阿姨，平时对我很好，常常夸我读书多什么的，有一天听说我读过了张贤亮的《男人的一半是女人》，脸色大变，目光里都是鄙视。

再往前推十年，社会紧绷绷的，但越是紧绷的社会，卫道风气就越烈，制造“坏书”的能力就越强。刘心武《班主任》写到一个细节，《牛虻》因为有“外国男女谈恋爱的插图”，被“好孩子”与“坏孩子”都认为是“黄书”：

“我们不该看这黄书”——这句话象鼓槌落到鼓面上，使张老师的心“咚”地一响。怪吗？也不怪——谢惠敏那样品行端方的好孩子，同宋宝琦这样品质低劣的坏孩子，他们之间的差别该有多么大啊，但在认定《牛虻》是“黄书”这一点上，却又不谋而合——而且，他们又都是在并未阅读这本书的情况下，“自然而然”地作出这个结论的。这是多么令人震惊的一种社会现象！谁造成的？谁？

班主任张老师认为造成这一切的“当然是‘四人帮’”。

这当然是笑话，任何时代，都不缺这种坚持“几岁也不该看 A 片”的卫道之士。

为什么每个时代都会有卫道之士？因为当一个卫道之士，门槛非常之低。智商和情商低不要紧，读书少不要紧，缺乏同理心也不要紧，只要坚持非黑即白的道德高标，就可以取得道德优越感。这么便宜的买卖，怎么会缺人做呢？

我们还是充满同情地绕开卫道之士，来想想这个严肃的问题：“假如你的孩子初二看 A 片，怎么办？”也就是说，“初二看 A 片”，不是一个“该不该”的问题，而是一个很可能出现的事实。假如我们的孩子能在密封罐里长大，当然就没有这个问题。既然没有这样的密封罐，父母就要为面对这种可能性做准备。

饮食男女，人之大欲存焉。像很多中国父母选择的那样，用“封锁+鄙视”来阻挡孩子对性的好奇，是我没办法认同的，效果也不会好。台湾作家林奕含《房思琪的初恋乐园》重点写到这样的事：如果不是母亲充满鄙视的态度，或许被狼师强奸/诱奸的未成年小女孩，还不会把这个秘密藏在心里那么久、那么深，不会有那么强烈的耻感，最终变成自暴自弃。

为什么说中国极度缺乏健康的性教育？因为很多成人对于性，就没有一个健康的态度。对于一切自己不太能理解、接受的东西，就用一句“变态”掩盖了。人类社会历史上有过极端禁欲的时代，但人性就是这样，越是压抑，越容易爆发。

如果说试错，也试过那么多次、那么多年了。虽说不见得哪条路是绝对正确的，但“封堵”肯定是最笨最无效的法子。与其堵又堵不住，倒不如伴着孩子一起闯荡，至少可以去除“好奇”的成分。“好奇”有时比单纯的欲望，要更诱人，也更坏事。

周海婴在《鲁迅与我七十年》里说，鲁迅与许广平在他小时候，沐浴时并不相避，是要使他对人体有平常心，不要以裸露的身体为耻。

在日本泡温泉，有时会见到父亲带着七八岁的女儿进入男汤。在许多国人看来，这肯定是辣眼睛的。但这与发生在南京南站的当众猥亵女童又不一样。在他们自己的社会文化里，众人对这件事平常相待，不带有色情的意味，似乎也没有什么大不了的。日本是A片大国，同时也是亚洲艺术电影成就最高的国家。有些人可能觉得日本的身体观念更野蛮，但游客又都认同日本民众平均素质更高。

我从来不觉得凡事都能说得一清二白那么简单。我就相信一条：多所见则少所怪。不论对于孩子还是大人，这些都成立。

等我儿子到了初二，如果他想看A片，或已经看了A片，如果能让我知道，那最好。我会教他：不要偷偷摸摸，好奇是人的天性，欲望也是人本身的属性。这谈不上“不要脸”。

然后我再跟他说：不只是A片，任何以让受众“爽”为目标的文化商品，总是能撩拨、满足人类最基本的欲望，同时又夸大、刺激这些欲望——因为它们想吸引你、留住你，从你身上挣更多的钱。这条原则，也适用于网络小说、手游、动漫、特效大片、综艺节目……一个人可以不完美，可以有节制地满足自己的欲望，只要不成为欲望的奴隶就好。爸爸初二的时候，就没有人给我说这些。看篇小说也遭人鄙视，内心还会惶惑。

希望下一代可以摆脱这些。在他们的成长过程中，没有人会对他们说“不要脸”这三个字。

2017年8月25日

要不要努力做 100 分的父母？

还记得今年高考全国卷作文题 1 吗？四格漫画：100 分，亲吻；98 分，巴掌；55 分，巴掌；61 分，亲吻。

这则漫画歧义丛生，并不适合要求急、准、稳的高考作文，但可以用来隐喻各种各样的社会现象。比如，不要潜在地将画中人物视为儿童或学生，他们也可以是两位父亲。

那天在群里讨论“城市生育意愿的降低”，各路专家旁征博引，雄辩地指出：城市化现代进程的深入与生育意愿降低之间呈正相关的关系。这个不难理解：教育时间的延长（一口气读完博士，也过了晚育年龄），国家控制的松弛（某些时代，适龄不婚不育是要受处罚的），个人价值体现的多元化（不说成为行业精英空中飞人，当个游戏高手也需要没日没夜的练习，旅游达人更是漂泊无定）……更关键的是，很多现代人从观念上已经不认可“传宗接代”或“光宗耀祖”的合理性，“养儿防老”在城市生活中更是随风而逝的笑谈。尤其于男性而言，现在还有不少人大谈“生个孩子女人才圆满”，却没听过同样的标准用在男性身上。

吊诡的是，另一方面，教育和舆论，对于为人父母的要求日益提高。我知道“男主外，女主内”仍然是大部分中国家庭的分工模式，但至少，这种形态不再被认为是天经地义的了。人们评价父亲，不再只关注他作为家庭经济主要来源的赚钱能力，还会讨论他是否参与喂养，陪孩子游戏，教育孩子的方式如何，等等。《三字经》中“养不教，父之过”指的是父亲有义务让孩子接受教育，下一句“教不严，师之惰”才指向教育的内容与责任人。而在今天，公众舆论普遍认同“家庭教育与学校教育同样重要，甚至前者更重要”，父母都需要重新成为学生，学习如何与下一代相处并给他们适当的教育。

上述两方面，都可以看作社会进步的表现。个人追寻自由与价值，无可厚非，父母成为子女教育中的重要角色，更是值得鼓励的变化。只是，两者相加的结果是：很大一部分人的生育意愿会进一步降低，生育孩子成为吃力不讨好的行为。

这里我又要提到鲁迅了。他老先生那篇《我们现在怎样做父亲》实在太过重要，为现代社会划出了“100分父亲”的上限，下面这句话也就成了“现代父亲”的座右铭：

自己背着因袭的重担，肩住了黑暗的闸门，放他们到宽阔光明的地方去；此后幸福的度日，合理的做人。

这句话中的奉献精神无可怀疑，因为它是从所谓自然界的“爱”推导出来的：

动物界中除了生子数目太多——爱不周到的如鱼类之外，总是挚爱他的幼子，不但绝无利益心情，甚或至于牺牲了自己，让他的将来的生命，去上那发展的长途。

我们姑且不去讨论动物行为学的研究是否支持上述结论，只来分析金句的逻辑：

在一个转型时代，父辈应当"背着因袭的重担，肩住了黑暗的闸门"殆无疑义：前者，比如不再大谈"父母养育之恩"，不坚持"天下无不是的父母"这种用于压迫子女的谰言；后者，比如自己吸着数十年的雾霾，而尽力放子女到没有雾霾的地方去，这些都是可知、可得、可以努力的方向。然而这后半句，怎样才算是"幸福的度日，合理的做人"，可是一桩大麻烦！

鲁迅 1919 年写《我们现在怎样做父亲》时，还只是一位"将来之父"，以他内心的虚无，与"还了四千年的旧债"的挂名婚姻，或许根本没有指望自己有成为父亲的一日。然而十年之后，"我不要儿子，儿子自己来了"。我想，那种切肤的愉悦与焦虑，怕不是十年前与"老小昏虫"作战时的痛快淋漓的心情可比。1931 年 4 月，自家儿子一岁半时，鲁迅致信友人李秉中，慨叹生子后的责任：

生今之世，而多孩子，诚为累坠之事，然生产之费，问题尚轻，大者乃在将来之教育，国无常经，个人更无所措手，我本以绝后顾之忧为目的，而偶失注意，遂有婴儿，念其将来，亦常惆怅，然而事已如此，亦无奈何，长吉诗云：己生须己养，荷担出门去，只得加倍服劳，为孺子牛耳，尚何言哉。

“加倍服劳”尚属容易，“将来之教育”倒是最易“惆怅”的问题。试想，你背着重担，肩着闸门，放他们到宽阔光明的地方去了，然而他们整天买名牌、玩游戏、聚众吃喝、考试作弊、校园暴力……你的牺牲、你的悲情，还有意义吗？

曾有两桩新闻，一桩是达州某中学生在高考后自杀，遗书中表示“感受不到父母的爱”，只有父亲粗暴野蛮的咒骂与殴打；一桩是美国爱荷华大学多达百名中国留学生，涉及请人代上课及请枪手代考试，严重违反该校规章，涉案留学生收到校方警告信，甚至已有学生因此被开除。

对于前者，有媒体解读为“父母的自私”，“把孩子当成理所当然的索取对象，对孩子要求严格，批评孩子不争气，看起来是为孩子前途忧虑，实质是为那点可怜的面子操心，或为孩子将来没能力给自己养老送终而担忧……根本原因就是缺了‘为孩子着想’这个基础”。我总觉得这个结论，多少有臆测之嫌。以中国教育之残酷、中国父权之强大，即使父母爱孩子、为孩子着想，也未必不会走到两败俱伤这一步。孩子“感受不到父母的爱”，说不定父母的感受是“你怎么就体会不到我们的爱”，两代人各自怎样定义“爱”的内容，倒成了问题的焦点。

美国大学算不算是“宽阔光明的地方”，人言人殊，在那些经济并不宽裕又尽力送孩子出国留学的父母心中，肯定是。而“代上课”和“代考试”，当然算不得“幸福的度日，合理的做人”。播下了龙种，收获的是跳蚤，该怪谁呢？媒体不妨大谈国内社会环境的影响、校园风气的窳败，但这些赔了夫人又折兵的父母心中之痛，又靠什么来宽解？

香港电影里痛斥忤逆子很喜欢用这句“生旧（块）叉烧好过生你”，没错，当今之世，生育孩子风险之大、投入之多、心血之巨，似乎生什么都好过生孩子。不过，既已为人父母，“尚何言哉”，只能奋勇前行。只不过，我们需要时时考量：哪些是必要的投入，哪些是自找的苦头？

必要的投入，有如考试的60分，是一条合格线；而过度的投入，则如誓争100分的拼搏，一来是个无底洞，二来根本无法保证投入的回报率。达州那位不幸早逝的高三学生，遗书里称他的父亲连他考98分也会责怪他为何没能得满分。当这位父亲这样做的时候，实际上也是将自己置于“必须得到满分”的恐怖情境。俗话说“见人挑担不吃力”，又说“船上人（艄公）不使力，岸上人（纤夫）累断腰”。父母投入再大、督责再严，若孩子不能将之转化为动力，或力有不逮，也是空事。不明白这个道理，只知道一味地加火加料，我认为还谈不上自私（最自私的做法是不闻不问、毫不萦念），更恰当的形容是“不智”。

每当看到学生家长们在QQ群、微信群里比分数比投入，或者一群所谓精英在酒桌上比小孩的成绩与特长，我都觉得醉得不能再醉。太多人不是不“为孩子着想”，而是下意识地不把每一个孩子当成独立的个体，总是为外界设置的竞争标准着魔癫狂，为虚无缥缈、变数众多的“未来”急火攻心。我们当然应该做够为人父母的60分，营养、玩具、教育……都该有基本的保证。然而，怎样才能做到周边、社会眼中的“100分父母”？课外班？家教？名校？留学？早早备好的工作与婚房？产房外就开始互留的异性婴儿QQ号？还是微信群里呼朋求友的拉票刷票？

一般来说，我们谈起童年阴影，多是“我成长的时候，父母总不在身边”，这是比较普遍的想象与认知。可是当有人说起“我的童年阴影，就是母亲总在身边，从未离开”，你会不会悚然惊醒，再一次认识到“此人之肉，彼人之毒”的道理？每个孩子要什么、缺什么，真不是靠理论和经验就能推导出来的，如果不在成长过程中留白，就有可能把“这个孩子”的未来涂黑。

养孩子为什么比从前苦、比从前累？很大一个原因是，孩子作为家庭中心的角色越来越明显。20世纪80年代独生子被称为“小皇帝”，三十多年后他们依然“高踞龙庭”，而且耗费的资源正在以倍数递增。前三十年享受父母无微不至的哺养与照顾，后三十年为无微不至地哺养照顾下一代而努力，这种交叠的传承图景，真的是我们想要的人生吗？

我总是以“60分父母”自勉，剩下的40分，是要父母与孩子去共同完成的。他们的天赋是什么？兴趣是什么？我们的时间精力有多少？金钱人脉有多少？两相配合，决定最后的得分。70 分不哭，90 分不笑；不强努不吐血，两代自然地完成接力棒的交接，这才是我的理想。

母亲下周就过七十岁生日了。记得她跟我讲过，她高考时没有人送考接考，约上同学喝完稀饭就进了考场。考完之后，填志愿也是自己做主。外婆早逝，外公不发一言。

“那你后来不会埋怨外公没有帮你选择更好的专业吗？”

“外公说，如果我帮你拿了主意，将来有了问题，你才会怪我。”

2016 年 6 月 19 日

第二辑

时代会变得越来越好吗?

谁在伤害中国儿童？

2013 年成了“儿童伤害年”？

在我记忆中，2013 年，是中国的儿童最受伤害的一年。

更准确地说，这是中国儿童被伤害事件曝光于媒体视野，并引发公众关注与争议最多的一年。

长春婴儿被盗车贼掐死埋于雪中、南京两姐妹被锁在家里饿死、海南小学生被校长带去开房、山西六岁男童被伯母挖去双眼、北京两岁婴儿因为停车争执被摔死、林州一名婴儿被警察郭增喜摔成重伤、昆明一名婴儿在车内被出车库的奥迪车夹死……如果扩大一点儿，我们还可以算上佳木斯参与谋杀“天使女孩”的孕妇谭蓓蓓。别忘了，“李某某”与他的同案犯，也大都是未成年人，他们在伤害别人的同时也伤害着自己。

可是，你能说现在的中国儿童，比起他们的先辈来，就生活得更悲惨、更无助、更可怜吗？去看看各小学校门前长长的车龙，去看看月嫂市场过万的月薪，再看看周边孩子的物质条件与被呵护程度，说这是有史以来儿童（至少在都市）最被宝爱的时代，亦不为过。那么究竟是什么让我们的孩子感觉总是在受伤？排除媒体的激烈竞争致使信息的传播度扩大等外因，我们看待儿童的视角改变了多少？“儿童”在当下中国社会里扮演着一个什么样的角色？

我很欣赏人类学学者安·阿纳格诺斯特提出的“恐惧”这个概念（“儿童是希望，但儿童也带来恐惧，尤其是当他们不按所预定的轨道发展时，对国家权威与家庭结构将带来威胁性的冲击”）。当我们谈论儿童时，我们最担忧的是什么？儿童以及青少年，他们的生活，以什么形式、何种程度，暴露在成人社会的视野之中？

儿童是父母的财产吗?

长春盗车杀婴案发生之后，腾讯网发布了一篇分析文章，探讨人们为什么会爱护儿童。作者指出，婴儿有着明显的体貌体征，如皮肤嫩白、身体肥软、喜欢笑。在远古，由于喜爱婴儿的人会用更多精力来照顾婴儿，因此他们的婴儿更容易存活下来。进化的选择，让爱护儿童成为人类社会的共识。

这种说法有它的历史根据。古希腊“历史之父”希罗多德讲过一个故事：十个科林斯人奉命去杀一个小男孩，因为根据神谕，那孩子成人后会毁灭他们的城市。但男孩的母亲以为这些人是友好的拜访者，便将小男孩放入其中一人怀中，这时候小孩笑了。这笑容打动了那些人，他们离开了，没有执行可怕的任务。这个故事充分说明古代人已经意识到了儿童作为极弱者，是无自我保护能力的，但儿童的一些体貌体征和行为特征可以使成人产生怜悯之心，从而保护他们免受伤害，而这就是源自爱护儿童的共性（虽然这种爱护脆弱而且不确定）。

由此或许能够理解何以长春婴儿连同车一起被盗，会如此牵动全城人心，而北京、林州两起摔婴案又是多么的千夫所指，即便摔婴案的主角，面对媒体镜头，一再强调那是在醉酒状态下的冲动行为——北京的韩磊说他根本没想到车里的"东西"是婴儿，林州民警郭增喜则说他认定摔的是个玩具。应该说，尽管这些案情显得匪夷所思，但从公众反应来看，爱护儿童的社会共识依然存在并且强大，我们没有理由因为这些被放大的特例而怀疑世道人心。

可是，如果我们仔细分析这些肇事者的心态，会发现肇事动机耐人寻味。长春盗车的周喜军，据他自己交代，下手掐死婴儿非常干脆，几乎没有犹疑的过程，以致完全可以判定他只是将婴儿视作他盗取财物的一个障碍。而摔婴的韩磊，自称他与婴儿母亲发生争执撕扯后，觉得周围那么多人，"打女的不合适"，于是想通过摔车来惩罚对方。不管他是否意识到他摔的是婴儿而非童车，韩磊的主观动机是想通过摔一样东西来达到损害成人对手之目的。

杀婴、摔婴可能是特例，但这种意识并不特殊，即将儿童物化，视其为父母的财产。林州被摔婴儿的父母，事发后接受了肇事者赔偿，从而让肇事民警只遭到禁闭十五天的内部处理。无论婴儿父母是否情愿，这种处理方式反映了在某种话语系统中，“儿童只是财产”也是一种共识。

不只是个人会如此认为，长春法院一审判决受害婴儿家属获得的赔偿只有 1.7 万元，远低于国家收取的罚金 5 万元。这种认定本身对儿童性命的估值相当荒谬，引发极大争议，但它背后是铁的逻辑：儿童是财产，而且并非重要财产，因为被害儿童生命短暂，养育成本有限，法律完全没有考虑儿童被害对父母、家属造成的巨大心理伤害。

如果从“儿童即财物”的逻辑出发，则北安一位父亲连续针扎自己女儿的行为就可以得到解释：既然这位父亲怀疑女儿并非自己亲生，那么女儿就有可能不是自己的财产，而她却要消耗养育成本，因此下手残害女婴符合趋利避害的经济人理性。

纵观中外儿童发展史，会发现儿童被成人社会赋予过三种属性：一是父母家族的财产；一是国家或社会的共同财富；还有一种是独立、完整的生命体。正是对儿童属性认知的不同，导致对待儿童态度的错位，大部分骇人听闻的伤害儿童事件，都可以应用这种认知错位来讨论其原因。

怎样对待儿童才算“文明”？

周作人在他的名文《人的文学》里说：在欧洲“女人与小儿的发见，却迟至十九世纪，才有萌芽”。就儿童而言，情况或许不像他说得那样糟糕。美国学者波兹曼在《童年的消逝》里称，“童年作为一种社会结构和心理条件，与科学、单一民族的独立国家以及宗教自由一起，大约在16世纪产生，经过不断提炼和培育，延续到我们这个时代”。法国学者阿利埃斯则指出，16世纪末，特别是17世纪，对儿童溺爱的情绪引起人们的批评，“肝火比较旺的人觉得那时人们给予儿童的关怀已经到了令人难以忍受的地步”。蒙田就曾表示他无法接受把孩子“作为我们的消遣，就像逗猴子玩一样”，他也不接受和孩子玩“跺脚、游戏和讲幼稚的胡言乱语”。(《儿童的世纪》)

爱儿童，并不像很多人想象的那样，是人类社会自古就有的共识。事实上，不同的阶段，总有人以不同的理由担忧、厌恶甚至憎恨儿童。有的是因为儿童软弱、无法自立，有的是因为儿童缺乏“成人的理性”，有人则担心对儿童的溺爱会阻碍对他们的培养。这些观点大抵将儿童视为有缺陷的、微型的成人，阿利埃斯的书里记载，到16世纪末，儿童才拥有了“特别的服装”，让他们首先从形象上与成年人区分开来。在接下来的两个世纪里，西方对这种“忽视儿童”观念的清算渐趋严厉。当“五四”诸贤从欧洲盗来“文明的火种”“煮自己的肉”时，历史已叙述成了这样：

“小孩的委屈与女人的委屈，——这实在是人类文明上的大缺陷，大污点。从上古直到现在，还没有补偿的机缘，但是多谢学术思想的进步，理论上总算已经明白了。人类只有一个，里面却分作男女及小孩三种；他们各是人种之一，但男人是男人，女

人是女人，小孩是小孩。他们身心上仍各有差别，不能强为统一。以前人们只承认男人是人……”（周作人《小孩的委屈》）

一方面，儿童的特别性被标识得异常清晰，“他仍是完全的个人，有他自己内外两方面的生活”；另一方面，儿童的意义被拔高到了国家层面，他们象征着国家与社会的未来，而如何对待他们，则是文明的标志之一，如胡适所说：“你要看一个国家的文明，只消考察三种事：第一，看他们怎样待小孩子；第二，看他们怎样待女人；第三，看他们怎样利用闲暇的时间。”（《慈幼的问题》）“怎样待小孩子”被认为是最高的标准，而恰恰在这一点上，胡适认为“可以宣布我们这个国家是最野蛮的国家”。

那么怎样对待儿童是“文明”的呢？按照“五四”诸贤提出的观点，热爱儿童，尊重儿童的特殊性，保护他们不受自然与社会的伤害（尤其是后者）。鲁迅在《我们现在怎样做父亲》里呼吁“觉醒的父母，完全应该是义务的，利他的，牺牲的”，要求成人当“自己背着因袭的重担，肩住了黑暗的闸门，放他们到宽阔光明的地方去；此后幸福的度日，合理的做人”。

这些批判、这些希冀，针对的是启蒙者认定的中国社会、家庭的两大痼疾：长者本位与利己思想，也即将儿童视为父母、家族的私产。因为是私产，所以爱护起来固然不遗余力（对儿童的溺爱在中国倒是古已有之），伤害起来也无愧于心。那位在女儿内脏上扎三根针的父亲，和将六岁外侄的眼球挖掉的婶婶，思路是一样的：前者是通过伤害儿童来发泄自己的疑怨，后者是通过伤害儿童来报复儿童的父母。这听上去是如此愚昧可怖，但这种心理在当下并不鲜见，只不过不一定用如此极端的方式表现出来而已。“李某某”的母亲梦鸽、因儿子醉酒而微博提问省委组织部部长的楼晓芳、为“培养女儿独立性”而谎称自己是养母的沈阳某女士，都是以己度人、控制儿女、将儿女视为自己外延的典型案例。

西方式教育就不需要反思吗?

现代女作家萧红六岁时，想要一个皮球，听大人说街上有卖的，就一个人偷偷走出家门。之前她从未一个人上街，很快就迷路了。一位好心的车夫问明她父母的名字，用斗子车把她送回了家。快到家时，萧红一不小心从一米多高的车斗上跌落下来。又急又气的祖父，迁怒于送她回来的车夫，不但不说感谢的话，还不容分说打了车夫一个耳光，车钱也不给。萧红感到十分不快，问祖父为什么要打车夫，祖父说：“有钱人家的孩子是不受什么气的。”(《牛车上》)

五四新文化运动批判旧家庭的罪恶，甚至喊出“家庭是万恶之原”，重点在于批判旧家庭制度对人性，尤其是晚辈人性的压抑。其后凡新派一点儿的父母，莫不以“民主家庭”自诩；改革开放以来，沐浴欧风美雨，“快乐教育”“解放儿童”的观念更是深入人心；再加上计划生育制度导致儿童成为相对稀缺的资源，造成20世纪80年代“小皇帝”一词不胫而走，

“四二一”家庭模式成为社会主流，儿童无论在关注度上，还是家庭资源消耗方面，都成为重中之重。

问题是，我们回头看看，我们真的跳出了传统的窠臼吗？看看萧红的童年故事（那是1917年），你有没有觉得萧红祖父的态度，在你身边周街都是？“有钱人家的孩子是不受什么气的”，从李双江夫人梦鸽为儿子的辩护词，到大众对“富二代”形成的固有不良形象，再到种种对“熊孩子”的吐槽与共鸣，是否可以说，这种“孩子不受气”的思路，不仅从未停歇，甚至日渐下延，成为中国小康以上人家的主流教育模式？

鲁迅在《上海的儿童》里有一段描述：

中国中流的家庭，教孩子大抵只有两种法。其一，是任其跋扈，一点也不管，骂人固可，打人亦无不可，在门内或门前是暴主，是霸王，但到外面，便如失了网的蜘蛛一般，立刻毫无能力。其二，是终日给以冷遇或呵斥，甚而至于打扑，使他畏葸退缩，仿佛一个奴才，一个傀儡，然而父母却美其名曰“听话”，自以为是教育的成功，待到放他到外面来，则如暂出樊笼的小禽，他决不会飞鸣，也不会跳跃。

如果以“李某某”为个案来对照这段话，我们会惊奇地发现，他的成长历程几乎涵盖了这“两种法”。梦鸽面对媒体说出的那一串与公众认知大相径庭的形容词“淡定、真实、礼貌、懂事”“内心干净、本真”，应该是她真实的认知，“李某某”在她面前，很可能是“一个奴才，一个傀儡”，而走出家门，立即“是暴主，是霸王”。这两种性格统一在一个少年身上，并非不可能，而梦鸽为儿子选择的辩护策略，出发点仍然是让孩子“不受什么气”，似乎完全意识不到自己儿子的行径对公众道德的冒犯有多大。

“李某某”自然是极端案例。而今，那些无处不在的在地铁上撒尿、在商场里喊叫、在电影院或机舱中用脚蹬踏椅背、到别人家中搞得乱七八糟的“熊孩子”，为什么他们的父母惘然无觉，甚至面对别人的指责只会反击？

清赵藩的武侯祠对联流传甚广：“能攻心则反侧自消，从古知兵非好战；不审势即宽严皆误，后来治蜀要深思。”全联重点即在下联“不审势即宽严皆误”八字。这句话移用来谈中国的儿童教育，再合适不过了。“五四”以来，批评者基于人性解放的观点，更多地将批判焦点放在传统教育对儿童的桎梏与压抑上，而忽视了传统教育中亦有娇惯宠溺儿童的一面。这一面与西方传入的某种教育观念相结合——西方教育观念并非无可反思，波兹曼就曾批评中产阶级对儿童的过度关注乃至“炫耀性消费”——酿成了今日中国社会对孩子的普遍溺爱，正如有不少声音为梦鸽辩护：“作为母亲，她为儿子做什么都是应该的。”在很多案例中，整个家庭的重心都放在孩子身上，孩子出事，往往意味着家庭的破碎。这是否天经地义、无可置疑？反思中国家庭教育，需要根本性地重新清理我们的家庭观念。

社会能帮上忙吗？还有呢？

长春偷车杀婴案、佳木斯孕妇骗杀医院实习生、山西被伯母挖去双眼的儿童、北京被争吵中的男子摔死的婴儿……为什么我们听到看到这些新闻时，心中会产生莫名的巨大伤痛？生命的逝去固然可哀，新蕾初绽的凋零固然触目，但更令人神伤的还另有其因：

这些案件提醒我们，熟人社会正在坍塌。

在熟人社会中，任意两个人之间，一生中可能产生多次联系。因此，不把事情做得太绝，是社会运行的潜规则。我们预设周围的每个人都会评估自身行为的后果，不致因细小的利益而产生巨大的伤害。然而，为什么会因为一辆车而掐死一个婴儿？为什么会因为“给丈夫一次补偿”而诱杀好心搀扶自己回家的女孩？为什么会因为养老争执而挖去侄子的双眼？为什么会因为停车位的争议而摔死两岁大的孩子？

我们相信我们的邻人，才敢让孩子在家的附近玩耍嬉闹；我们相信这个社会，才敢让孩子穿过街道，走入城市。如果我们感觉到处是陌生人的社会杀机四伏，我们只能将孩子关在家中，或是全程接送。如果好心做好事会遭逢诱杀，我们要不要教育我们的孩子关爱他人、见义勇为？这些，都是上述诸案件给予我们的焦虑与担忧。

说媒体的报道放大了这些事件，也对，也不对。说对，是因为从统计学意义上，这些恶性事件并非常态。说不对，是因为它们触发了我们本来就有的忧虑：邻里关系日益疏离，社会价值观日趋单一，小利可生大恶，伦理再无底线。这是一个日渐空壳化的社会，我们靠什么来保障家人的日常安全？放大这些事件的，是我们的内心。

很多人都听过周云蓬的《中国孩子》，那首歌唱道："不要做成都人的孩子，吸毒的妈妈七天七夜不回家。"2003 年 6 月 4 日，长年吸毒的成都妇女李桂芳因偷盗被抓，后被送去强制戒毒。然而，因办案民警玩忽职守，其家人及邻居都未接到通知，导致其三岁幼女李思怡被困家中，活活饿死，直到 6 月 21 日才被人发现。事发之后，办案民警被停止执行职务。

十年前在成都，十年后在南京，都是一二线的大城市。十年以来，社会与儿童之间，国家与儿童之间，校车、民办幼儿园资格、幼儿园安全……这一系列问题，都带有相似的基调。十年前的儿童已快成年，十年后的父母与孩子，仍在忧虑中守望。

都是为孩子好，什么地方出了问题?

如果我们将"儿童伤害"局限于家庭内外的肉体伤害，恐怕会低估中国儿童成长的困境。在我看来，更普遍、更长远的困境在于成年前长达十多年的学校生活。正如阿利埃斯在《儿童的世纪》里指出的那样："现代学院是复杂的机构，不仅进行教学，同时也负责对年轻人的监督和训导。"

父母向学校让渡了教育的权利，他们当然不能忍受孩子在学校受到肉体或精神的伤害。营口一位家长斥资千万买下女儿就读的幼儿园，似乎喻示了这种家校之间的冲突已经紧张到何种程度（相信羡慕这位家长的父母不在少数），而这一新闻事件的背景墙上闪现的，是海南“校长带小学生开房”，还有各地各级教育机构层出不穷的虐待儿童、教师猥亵、学生自杀事件。

显然，这些事件与传闻，加剧了中国家长对少量优良教育资源的争夺。从现实考虑，名校拥有更高的教学质量、更安全的校园环境与更优秀的生源；从未来思量，名校帮你的孩子拓展更高端的人脉，提供更多样的机会，以及更美好的出路。如果这些前提都成立，倾全家之力去购买一套学区房，或是将孩子送到国外去，又算得了什么？至于各种课外辅导、兴趣班，英语奥数、弹琴打鼓，更是不在话下。

现代社会，教育不再是孩子成长中的一个选项，而是变成了一个必须的过程——这样说不仅是因为现代国家都规定义务教育，还在于教育是通向科层社会的必经入口，所谓“知识改变命运”，真实意涵是“学历改变命运”，合法（通过学校教育）地获得知识才是职场的入场券。

总体而言，儿童教育受三种因素影响最大：一是家长意愿（含孩子自己的愿望），二是社会环境，三是政府导向。在当下中国，三者重合度非常高，都是功利取向，而政府导向确实是关键所在。很多家长在接受采访时说自己是被迫接受功利化教育的，比如，让孩子在幼儿园接受英语教育。小孩能不能在六岁前说一点儿英语，或许并没有那么多家长在意，很多人盯着的是“小升初”、中考、高考，甚至大学四六级的教育硬性标准。

当下，教育资源的争夺在社会各个层面展开。打工子弟学校的存废、学区房价的高涨、择校费的显形隐形收取、出国游学或留学、高考造成的社会固化、毕业后的拼爹游戏……从父母到儿童，都在打一场漫长的全民教育战争。即使从国家功利主义的角度考虑，社会的大量资源用于进行这样一场少数人赢、多数人输的游戏，是否值得？是否应当？郭敬明在《小时代》上映后接受采访时说：“好好工作赚更多钱，我不相信哪个父母不会这样教育子女。”如果整个社会的教育目标就是“好好工作赚更多钱”，这个社会是否能被认为是一个健康多元的社会？

不能说教育部门与教育机构对此无所察觉。2013 年，清华大学开始有意识地调整招生的城市 / 农村生源比例，教育部也于 8 月 22 日公布了《小学生减负十条规定（征求意见稿）》。然而，如果终极考核机制不改变，社会的价值导向不改善，仅仅调整某个环节，仍是杯水车薪。而且，正如台湾地区规定英语、珠心算、作文、速读班等都不能招收六岁以下幼儿反被有的父母斥为“管太多”，教育部《减负十条》也引起不少家长反感，认为硬性要求小学不布置作业只会导致课外辅导班兴旺。家长与政府，都打着“为孩子好”的旗号，却在儿童教育方面产生如许的分歧，到底是什么地方出了问题？

为什么只能选择某一套教育法?

当父母带着儿女在小区玩耍时，他们总喜欢聊起自己对孩子的教育理念。我比较怕听到的一个问题是：你们喜欢哪种教育法?

虽然我甚至说不出两种以上的教育法，但我怕听到这种问题的原因在于，它听上去很像“你的手机是什么系统的？安卓还是 iOS？”。可是，如果说在身体成长方面，同人种的儿童之间有高度的共性，那么，在心灵成长方面，每个孩子，即使他们同属中国人，也都是独立的个案，而且，越成长，个性与歧异会越明显。

教育法的选择，或许还算是教育理念的研讨，而整个中国社会的症候，是模式化的思维盛行，而且是单一的、竞争性的模式。

经过多年的欧风美雨浸染，如今中国的父母一代对于“快乐童年”都不陌生。问题是，一旦碰到现实中的入学、升学与设计未来，能坚持“快乐童年”的父母就不太多了。大家宁愿把孩子塞进某一种教育模式之中，让他尽可能地接近“成功”——而对成功的世俗定义，基本上是以金钱作为衡量器的。

为什么“快乐童年”“因材施教”的教育理想一旦与现实相遇，就如此轻易地溃不成军？单独指责父母们急功近利，毫无意义，应当追问的是国家与社会“如何看待儿童”。

再次引述过美国学者阿纳格诺斯特的话：“儿童是希望，但儿童也带来恐惧，尤其是当他们不按所预定的轨道发展时，对国家权威与家庭结构将带来威胁性的冲击。”关于儿童的公开宣传与讨论背后，总是暗含着某种民族主义话语，比如“少年强则中国强”，这句梁启超在一个世纪前的时评中提出的口号，竟有着如此大的魅惑力，至今似乎已成不易之真理。问题是，什么才是“强”？“少年强”是否意味着每个少年都要按“预定的轨道”发展？

由于近代以来中国一度处于挨打与被压抑的位置，从政府到社会，都难以对自身的传统抱有足够的自信。这些年通过种种手段，中国社会正在与“崇洋”“重外”的思维定式进行不同层面的较量。而“崇洋”“重外”反映到中国社会内部，就转变成“崇新”与“重少”，后者即某种青年崇拜。

“青年崇拜”由来已久，从梁启超到陈独秀、李大钊，都曾不遗余力地歌颂青年、赞美青春。百余年来，社会心理积淀相当深厚，这才是中国社会过度重视儿童教育的心理根源。从一名儿童的现状和未来，直接引申至整个民族的现状与未来，几乎是一种条件反射式的思维定式。“李某某”等被控轮奸案中，某位被告的辩护律师对媒体说：

“这个案件再次提醒我们，未成年人不仅是一个家庭的未来，也是我们国家与民族的未来，全社会都必须高度关注和重视未成年人的法制教育。”

将儿童视为父母个人或家族的私产，与将儿童视为国家、民族的希望所在，两者背后的逻辑是相通的，即从整体上否认儿童的独立性，赋予他们更多的附加意义。一名儿童没能就读家长心仪的小学，与一个成年儿女没有完成适龄婚配，以及一些青年拒绝表露他们的爱国情怀，会被视为等量的失败。对于不同主体来说，他们未能完成期待，也就对权威与主流构成了威胁。

这就难怪当教育部《减负十条》草稿出台后，网上那些振振有词的反驳，往往与美国的儿童教育状况联系起来，或说美国小学教材题目也很难，或说美国能吸引全世界人才故能自由教育，最后总是落到一个结论：这样放松，我们将来拿什么跟人家竞争？

这种大叙事的思路，与强行规定大学毕业生必须通过英语四级考试类似，都是功利主义在背后作怪。这种功利主义的影响还包括高考的"一分定输赢"，绝不愿意将每个考生作为独立个体对待：强调"预定轨道"而非多元发展，才是核心问题。

两种儿童观，该怎么选？

我们这一代或许正处于中国社会关于"儿童"观念的转型期。我小的时候，祖父不许我下河游泳。可是，别人告诉我，我的父亲与叔叔小时候都无此管束。理由呢，一是祖父母"忙于革命工作"，二是孩子多，也没那么在乎。

因此，我们常常听闻的革命者在白色恐怖下或长征途中将孩子送人甚至出卖，或 2014 年因为电影《黄金时代》而被人反复提及萧红“弃儿”的故事，或许并不仅仅是大时代风云中的无奈之举，这些故事里，蕴含着中国社会的“两种儿童观”。

时至今日，这两种儿童观仍然并存于我们的生活中。一方面，儿童的钱最好赚，现在岂止儿童有了专门的衣服，他们中的不少幸运儿，还获得了无微不至的关怀与多少有些过度的资源。衣食住行，大人有什么，儿童就有同样的，甚至更多。另一方面，儿童仍然被视为“上帝脆弱的创造物”，社会需要他们按照成人的模式被培养、被塑造，比如学会考试，学会维护人际关系，一直到学会结婚并哺育下一代。

这两种儿童观的交织与并行，带来了相当纠结的局面：许多儿童一方面可以在物质方面予取予求，至少是得到父母最大能力的满足；另一方面则在学业方面压力巨大。这两方面又共同作用，将“儿童”在社会中的形象放大至惊人的地步。比如流行歌曲《时间都去哪儿了》所展示的，似乎养育后代成了人生唯一的要务——不少人正是这样身体力行，培养一个儿童的人力投入可以达到一比一，甚至更多。

在这种局面下，儿童是否得到了全面而健康的培养？是否能够被教会“幸福的度日，合理的做人”？社会对于儿童的投入产出比能否维持在一个合理的程度？回顾儿童观转变的历程，能够提供另外一种维度，让我们来思考这样的问题。

求一年级小学生家长的心理阴影面积？

对于小学新入学学生的家长们来说，刚刚过去的半个月绝对谈不上轻松。有家长晒出了开学后自己要为孩子做的事情：

检查数学作业、记录语文作业、了解英语作业；在学校没做完的，要监督补齐；作业要自己批改，要规划一学期的任务；陪孩子做作业，还要买教辅课后做；要陪孩子跳绳，一分钟达到一百个以上，要拍视频发给老师……

然后他们就吐槽：让家长配合的事情一大堆，到底是小孩读书还是我们读书？

对此，很多一线老师的回答是：刚上小学难免紧张，这种节奏会持续一段时间，等孩子养成良好的习惯，孩子和家长都会步入正轨（脑补：过了这一段，你们就习惯了，习惯了……）

我家小儿也是今年入学，所以这种“一年级家长综合征”我们也在经历。虽然每所学校要求不尽相同，但家长的慌乱与焦虑并无二致，“家长微信群里消息动辄两三百条”的情况也是有的，所以老师应答各种问题、发出各种通知，也累得够呛。

我想这一届的父母，在这个秋天要面临两种落差：一是从幼儿园到小学的落差。从18世纪开始，西方公众开始接受巴黎保健医生哈莱首创的童年分类：零岁至两岁是一个阶段，三岁至六岁是一个阶段（称为“相对稳定期”），从六岁开始，孩子进入“第二儿童期”或称“少年期”。经过两个世纪的发展，现代教育要求六岁前不对儿童进行系统的知识教育，而六岁进入小学，学习模式启动，要求自然与幼儿园完全不同。（《西方儿童史》）

第二种落差是“同期对比”，这些“70后”“80后”父母当年入学，可没有现在那么烦琐紧迫，父母买个书包文具盒，领了课本，就基本上放手了。那时上学普遍离家近，连接送都可以免了。晚上少不得吼着陪着做作业，但不必深度介入学习过程。“不都说现在一年级是快乐教育吗？怎么比以前还费劲？”他们一定在心里或群里嘀嘀咕咕。

我们再来看看现实与传统教育的比较。平常人家的私塾就不说了，家长除了交束脩和让渡体罚儿童的权利，能做的事情很少。贵族教育，比如贾宝玉入学是什么样？

宝玉一起床，早有袭人“把书笔文物包好，收拾的停停妥妥，坐在床沿上发闷”，然后服侍宝玉梳洗。之后是去见母亲、祖母、父亲，接受在家的学前教育。贾政依旧坚持“寒冷教育”，冷嘲热讽，正话反说，他的期望实际包含在众清客相公的劝说中：“今日世兄一去，三二年就可显身成名的了，断不似往年仍作小儿之态了。”

谁跟着宝玉去上学？贾政一声喝，“早进来三四个大汉”，以奶母之子李贵为首。这只是“大仆人”，在学堂外边侍候的；宝玉贴身服侍的还有茗烟、锄药、扫红、墨雨四个小厮。

贾宝玉放学回家，物质方面，起居有丫鬟侍候，开饭有厨房照应；精神方面，祖母母亲疼惜，父亲大声恫吓，薛宝钗、史湘云为首的姐妹好言相劝……一家子围着他转。

现在的一年级小学生父母，除了无法跟进学校服侍，必须身兼贾母、贾政、李贵、袭人、薛宝钗、厨师柳家的……其实还不止，因为贾政只管定期抽查功课，并不会每日批改宝玉的作业，更不要说主动买教辅、陪跳绳陪跑步、报口语班足球班钢琴班了。

更重要的是，从贾政到贾母，都是“小孩子家谁不是这么过来的”，教育体制数代之间几无变化，所以他们内心不焦虑，反过来还可以参与教育政策的制定：贾政让李贵“去请学里太爷的安，就说我说了：什么《诗经》古文，一概不用虚应故事，只是先把‘四书’一气讲明背熟，是最要紧的”。而家塾一年级的功课，又确实简单，“只留下一句七言对联，命学生对了，明日再来上书”——对于学前已经念到第三本《诗经》的贾宝玉来说，真是太容易了。或许塾师贾代儒要照顾“族中子弟有贫穷不能请师者”，启蒙阶段难度从低。

虽然上学的地方是世家家塾，但并不意味着没有风险。主要问题出在代管学中事务的贾瑞身上。贾瑞“最是个图便宜没行止的人，每在学中以公报私，勒索子弟们请他，后又附助着薛蟠图些银钱酒肉，一任薛蟠横行霸道，他不但不去管约，反助纣为虐讨好儿”，这样看来，与媒体曾报道的安徽怀远某小学逼着同学交钱喝尿的副班长，是不是很像？所以才闹出了一场大风波。贾宝玉在这场打架中没吃什么亏，所以没有惊动荣国府。试想如果宝玉或秦钟受了精神或身体伤害，贾代儒、贾瑞当得住贾府老太太雷霆一怒否？

将今日之一年级，比拟贾宝玉的入学，“全家围着孩子转”与“照顾得无微不至”是相同的，甚至现在尤有过之。而很重要的差异在于，今之家长，已经完全丧失了教育的决策参与权，老师更像贾代儒与贾政的混合体，负责教授、管理与审核评估，家长的心理地位，则更像李贵和袭人。李贵怕贾政斥骂，只好去央求宝玉：“哥儿听见了不曾？可先要揭我们的皮呢！人家的奴才跟主子赚些好体面，我们这等奴才白陪着挨打受骂的。从此后也可怜见些才好。”有了家长微信群之后，老师与家长的单独沟通变得稀少（成本也太高），各家孩子事无巨细，都暴露在所有家长的眼皮底下，自家孩子能不能“赚些好体面”，同样是一年级学生家长焦虑的源头，特别怕老师在微信群里点名，东西没带、早读迟到、上课讲话，只好没口子地道歉道谢。

袭人是典型的快乐教育派，虽说也认同“读书是极好的事，不然就潦倒一辈子”，但她细细叮咛宝玉的话是：“只是念书的时节想着书，不念的时节想着家些。别和他们一处顽闹，碰见老爷不是顽的。虽说是奋志要强，那工课宁可少些，一则贪多嚼不烂，二则身子也要保重。”不过，工课少不少，她说了不算，宝玉说了也不算。

相比之下，贾母当然比袭人位高权重，她更像家长里的反抗派，虽然拗不过男性学校教育的传统体制，但她经常打发人去告诉塾师宝玉身子不爽之类，把心爱的孙子留在家里享福。如果她活在今日，没准儿就奉行“在家教育”了。

自己的孩子，前面六年都是自己说了算，猛然间就完全丧失了教育决策权，只能跟着学校的指挥棒转，相信有不少的一年级学生家长都有一种创业私企被人收购了的感觉。这一点，教育界也在反思。上海某民办名校校长李海林当过教育局官员，也曾是上海师范大学教育学教授，他在《我想做什么？》一文中，提出“办一所适应孩子的学校”：

我曾实地考察、研究过美国的学校，我发现中美教育最大的不同（也就是中美学校最大的差距）是学校的工作机制。中国学校的工作机制是：我准备好了这一切，学生来了，“按规矩来，照标准做”。美国学校的工作机制是：我准备好了这一切，学生来了，“你想做什么，请你选”。比方学校课程，分成很多类型，学生可以自由选择，自由组合自己的课表，这就是美国学生每人一张课表的来源。“所有学生一张课表”和“每个学生各有一张课表”，这完全是两所本质不同的学校。（《教师月刊》2016 年第 8 期）

美国学校是不是都能做到“每个学生各有一张课表”，我不敢说。不过这是一种让人向往的境界。据我观察，一切跟着学校指挥棒转，不同家庭、不同父母的接受度并不相同。近年“幼小衔接”成为如火如荼的产业，而“在家教育”也获得了许多家长的认同，这正反映出家长对教育权的重视程度不同，对“独立教育”或“慢教育”的看法也有差异。

法国学者阿利埃斯在《儿童的世纪》一书中研究了“两种儿童观念的诞生和发展”，其中一种视儿童为“溺爱对象”，在五岁至七岁之前，逗他们玩，疼爱他们，随心所欲，不考虑他们的道德问题与教育问题；而一旦进入学校，“不经过渡就融入成人世界中”。当下中国从幼儿园到小学的落差，带有这种儿童观的色彩：幼儿园放任自流，小学一年级的知识教育来得太猛太复杂，对此无可选择又很焦虑的家长，就只好提前在幼儿园阶段对孩子进行知识教育，这反过来又加速了小学的知识跃进。总是听说城里“名校”的一年级老师会默认刚入学的孩子已经掌握了一百个英语单词、一百个汉字，会做加减运算……这就好像贾代儒默认所有贾家弟子入学前都知道“呦呦鹿鸣，荷叶浮萍”。而坚持不在孩子六岁前进行知识教育的父母，在孩子上了一年级后就会倍感艰辛。

另一种儿童观念在古代只属于少数人。他们意识到儿童身上的“纯真和软弱”，同时也意识到了成人的责任：一方面要保存人的纯真，另一方面要给软弱增加武装。当下的中国小学一年级，特别重视“增加武装”，语数英体全面开火，还要加上集体生活的规训。我家小儿上了半个月一年级，对那些比他小的尚未入学的玩伴，突然变得严厉起来，时时大声呵斥。问他为什么这样，他理直气壮地说：我在帮他们提前适应一年级，然后转向小伙伴："你以为上了小学，老师不会这样批评你吗？"我们无语之余，只好劝他还是要照顾难得的童年友谊，"毕竟你不是老师"。

大家知道，我并不认为自己比经验丰富的教师更懂教育，我只是属于那种喜欢慢慢来、不焦虑的家长，属于那种不想整个生活都以孩子为中心的家长。而且，我相信，虽然人类有意识地教育儿童已有上千年历史，现代儿童教育也发展了两百年，但在如何调整儿童教育的普适性与个体性方面，还有很多的空间可以探索……不说了，今天小儿的英语认读和画图日记还没有完成。

2016 年 9 月 17 日

教育部给小学生减负是“胡闹”吗？

不瞒各位，自从摆脱了应试教育的泥淖，我是对中国基础教育这事敬而远之，暂且把它留给别人烦恼，直到——我自己有了小孩。

有了小孩，我的“中国梦”就变成了：到几年后他们上学时，会比从前好一点儿吧？

教育部2013年8月22日公布了《小学生减负十条规定（征求意见稿）》，这是一件值得拍手叫好的事吗？

比较有趣的反对意见来自一篇网文，作者自称在中国接受基础教育，又跑到美国教了多年小孩。在作者看来，教育部的《减负十条》简直是胡闹，美国就是不给小孩留作业，也不实行百分制，才导致他们的基础教育一塌糊涂，不得不将自家孩子送去搞商业或政治，而靠第三世界外来人员完成基础研究。

这篇文章流露出的自得之情，充分说明作者洋装虽然穿在身，心依然是中国心。盖自近代以来，中国被列强打得丢盔卸甲，危机与危机感同样深重，恨不得一夕之间超英赶美，跻身强国之列。所谓教育救国，自然是从娃娃抓起——这里的“现代教育”，有时几乎可以等同于实用教育。比如清末学堂的“上午诗曰子云，下午声光化电”，说起来前者是传统教育，后者是“西式教育”，其实不然，前者是惯性，后者才是从天帝那儿偷来的火。从“教育救国”到“科学救国”，再到“学好数理化，走遍天下都不怕”，再到“大学还是要办的，我指的是理工科大学”，教育之路越走越窄，蜕化成一条功利主义的道路，在这个过程中被磨蚀掉的，是“以美育代宗教”，是“儿童的发现”，是“为艺术而艺术”。我国同龄儿童的数理化程度比美国、日本的小孩高得多，这是我从小就听闻的。

你会说：中国教育不是早就鼓励全面发展了吗？是，然而中国教育的所谓全面，是在每一个维度上，都发展出激烈的竞争，学习是百分制，品德是百分制，体育还是百分制！所以哄的一声，全社会都学奥数；哄的一声，全社会都学钢琴；哄的一声，全社会都打篮球……在这种教育体制下，儿童仍然是成人社会的产品，“输在起跑线上”成为最大的恐惧。

很多人，包括上述那篇文章，都质疑教育部为啥不改高等教育、不改中高考，只是给小学生减负。对此教育部基础教育司一司时任司长王定华表示，小学生减负和中高考改革将是“一揽子工程”，目前还只是第一步。分几步走，摸着石头过河，这一套耳熟能详。问题是，中国社会是结果主导的，正如很多人提到，如果终极考核不改变，只是小学减负，只会让家长们抓狂地去请家教和报补习班。中国人的适应力天下无双，你讲政治，他们就拼政治；你讲学习，他们就拼学习；你讲才艺，他们就全民学艺术……

我想根本的问题，还是在于教育的“非战化”。从百分制改成等级制，甚至像欧洲某些国家那样取消等级，就是一种非战化。说白了，战争与比赛，都是你死我活、你败我胜。可是社会不是简单的战场与操场，社会中的人可以追求互补与共赢。如果目标是打仗，那增负还来不及；如果目标是培养完整的个人，减负就需要一系列的配套改革，不仅仅是中高考。

2013 年 9 月 2 日

中小学能不能体罚学生?

我的祖父，今年 1 月 13 日去世。他今年九十六岁了。抗战中金陵大学农学系毕业后，他本来在海关工作。1949 年国民政府东迁，家中负累太多，祖父接受了遣散，留在南京。解放军渡江在即，远在四川待产的祖母害怕自己家庭上演《一江春水向东流》那一幕，焦急万分。祖父于是变卖家产，拖家带口再入四川。

新中国成立之初，祖父无以为生，摆过小摊，后来接了两所中学的聘书，当了老师。这一教书，就是三十多年。他的四个子女，三个有教书经历，三代之中，超过十五人是教师，为此教育部授予过他家“教育世家”称号。

要说祖父的教育理念，别的也没什么，唯有一条我记得清楚：绝不动手打小孩。

如果祖父还健在，给他看任大刚先生的《中小学应当拥有体罚学生的权力》，不知他会作何感想。

祖父的这种想法，不知源于何处。他的曾祖父杨福臻、祖父杨芾、叔祖杨蔚，高邮城中“一门三进士”，打不打孩子呢？实不可考。他的父亲杨遵矩，生前当过高邮教育局局长，后来在交通部管全国交通大学、扶轮中学、扶轮小学。祖父兄弟姊妹五人，有没有受过体罚？现在只剩下在台湾的大姑婆可以问了。但我从未听祖父提过体罚。他们父子与表哥汪曾祺家一样，信奉“多年父子成兄弟”，要是打得狠，怕也成不了兄弟。

祖父不打小孩，我小时候在他身边八年，顽劣之时也气得他发昏，以至高喊：“把漱口盅盅打烂！把日光灯打烂！”“你要把我气死！”但始终不曾一指加于我身。不要说这是隔代宠溺，父辈兄弟姊妹，也没听说有人挨过祖父的打。

后来我曾问过祖父缘由。他说，成年人打儿童，是欺负儿童体弱，以强凌弱，是很可羞耻的事情。

我那时还不懂得追问：如果不打孩子，就没法让孩子成才，怎么办呢？

这个问句，正是任大刚先生文章的出发点。他论证的重点是“教育离不开惩罚”：

> 主张献出“爱心”以教化顽劣学生的人，预设了两个前提：一是，所有教师都掌握了高超的教育技巧和艺术；二是，所有学生都可以接受感化，改正缺点错误。
>
> 但事实是，古往今来，大部分教师都不过把教书育人看成一种谋生的手段，并不是所有教师都具备通过语言和情感感化学生的情怀和方法；也并不是所有犯了错误或具有不良倾向的

学生都可以在教师的语言和情感引导下，弃恶从善。总有极少数学生油盐不进，冥顽不化。

这是任何做过老师的人都不能否认的事实。罔顾事实的价值判断没有任何价值。

这段宣言，听着很像“绝不放弃行使武力的权利”。不过，任先生说“基于这种认知，中国从先秦，西方从古希腊以来，主流的看法一直认为教育离不开体罚”倒也没错。走出自己的家庭，我就听见各种各样的支持体罚言论，比如“黄荆条子出好人”“状元下马拜黄荆”。任先生的文章里罗列甚多，大家自己去看。

为什么自古以来就有支持体罚的观点？为什么近代以来世界各国的儿童保护法例愈来愈细密，而愈来愈细密的保护法例仍然无法杜绝层出不穷的体罚甚至伤害儿童事件？为什么直至今日，还是有人依恋体罚、依赖体罚，要撰文宣传中小学应当拥有体罚的权利？

在群内讨论任先生这篇文章时，如水入油锅，刹那沸腾。许多为人父母者怒不可遏，觉得怎么会有这样的观点……其实这样的观点成为非主流，也只有二三十年，至少在我父母当老师的20世纪70年代，还是会有父母送孩子上学时宣称：老师，这娃儿不听话，您只管狠狠地打！打完跟我说，我再打！

你也不能说，这些父母就不爱孩子。他们心里，一定觉得这种“舍得”才是对孩子的爱。“自古慈母多败儿”“人是苦虫，不打不成”，传统智慧就是这么说的啊。他们相信，老师一定也是爱惜学生的，不然何必费劲动手打他们？放任不管才是最让父母担心的。“朴作教刑”，是老师没有放弃自家孩子的证明。

通观任先生大文，论证中小学体罚合理性的依据不外三点：一、不少发达国家仍在体罚学生；二、不许体罚带来的问题太大；三、需要一种受节制的体罚。

这三点中，第一点不太值得一驳。姑且承认任先生所举之例都存在，“不少发达国家仍在体罚学生”也可以表述为“不少发达国家禁止体罚学生”。事实上，“禁止体罚”难而“仍在体罚”易，因为体罚是“中国从先秦，西方从古希腊以来，主流的看法”嘛。

第三点，是体罚学生规则的“修正案”。比如不让教师私自体罚学生，而应“交由学校专门的机构裁定和执行，私自体罚学生是违法的，是不被允许的”，或许体罚还会加上当众执行等条款，这让人想起新加坡的鞭刑——果然发达国家仍在体罚，体罚的对象不只是学生，还包括成年游客。

重要的是第二点“不许体罚带来的问题太大”，什么问题太大？任先生说，不许体罚会导致教师不敢管学生，而不敢管又会有传染效应，“一个班刚开始只要有一个孩子捣乱，老师不管，慢慢地就有两个、三个孩子捣乱，一个班基本上就毁了”。

如果我们接下来开始吵“什么是体罚”“罚抄作业算不算体罚”“不做完作业不给吃饭算不算体罚”，那就没个完了。而且，正反双方都可以举出无数案例，来证明体罚会带来的危害，或不体罚导致的教育失败。我只想从总体上谈谈体罚与教育之关系。

我以为，体罚是一种简单粗暴然而有效率的教育手段。不只对于儿童，对于任何人都如此。最听话的人群在哪里？在监狱和集中营里。那都是开放身体伤害的地方。

人类从古以来，就在寻找“效率”的道路上颠踬起伏。组织需要效率，生产需要效率，战争需要效率，教育当然也需要效率。对于“无知孩童”，或是被视为“未完成的大人”，用身体的疼痛折磨，让他们记住何者当为、何者禁为，一定是最快捷的手段。苦口婆心讲一天一夜的道理，或许都不如一鞭子下去让人记忆深刻。

大家都知道古希腊的斯巴达，每个孩子生下来都要经历烈酒擦身，长老判为体质不行的就扔进山谷里喂狼。这也是一种效率手段，保证斯巴达成为希腊的军事强国。

独裁与民主比较，哪个更有效率？谁都知道，龙多旱，人多乱，争吵开会的时间用来搞建设，建几个长城金字塔不在话下。县令折狱和现代司法，谁更有效率？庞统半天处理百里之地三个月所有的案卷，现在一桩离婚官司都会拖个三年五载，真让人缅怀乔太守乱点鸳鸯谱那个时代。

1912 年民国国会争论各省省长是该民选还是中央指派，中央指派论者坚持，当前强敌环伺，亡我之心不死，唯有中央指派省长，方能如臂使指，成就强国。这种意见后来确实占了上风。

“效率与公正”是一个说烂了的命题。但在社会生活的各类议题中，总是会不经意间借尸还魂。主张体罚的人，可以换位思考一下：如果换成你，你愿不愿意经受一顿暴力鞭挞，来执行一些你不理解的规则？

有人会说：很多时候，儿童是理解规则的，他们只是没法忍住不违反它。是的，在新加坡乱吐口香糖就是这样一种情况。这种想法，实际上是加大违反规则的成本，让违反者望而生畏。然而，一、这种违规成本是否一定要通过对身体的侵犯加以体现？二、如果成人法则都适用于儿童，又何必颁布《公安机关办理未成年人违法犯罪案件的规定》以保护儿童？

再进一步，我们是否愿意承担源自暴力教育的那些与效率同时产生的代价？儿童心理学早已证明，童年频繁经受暴力的儿童，有更大概率在今后的生活中复制这种模式。由此付出的社会成本，又该由谁来埋单？

可以去翻翻传统社会的记录——大户人家的孩子，是被打大的吗？绍兴“全城中称为最严厉的书塾”三味书屋里，寿先生的戒尺和罚跪，就并不常用。说“阴天打孩子，闲着也是闲着”这种俗话的，不都是大杂院里的底层民众吗？打不打孩子，是教育层阶之别，正如有门第的人家，也并不用《三字经》《百家姓》《千字文》《弟子规》当作启蒙读物。

我认为“中小学应当拥有体罚学生的权力”是一种懒政思维。盖因人类社会的发展，个性与创造力的解放，正是建立在尊重每个个体，包括儿童的基础上。时至今日，打孩子的父母越来越少，体罚学生的老师再也见不得光，人类退化了吗？成才率降低了吗？相反，人类整体的创造力大大提高，自由度与古代相比也不可同日而语。人类又不傻，如果老祖宗就行之有效的棍棒教育有利无弊，又何必搞什么“爱的教育”“人的解放”？沿用或复制体罚教育，其实是在表明教育的低级、粗糙与无能。

任大刚先生说“理想主义地把教师视为‘天使’‘园丁’，而规避必要惩罚手段的教育，注定是失败的，长此以往，只能培养任性的，而不是自由的公民”，我倒觉得，即使不把教师视为天使园丁，教师以至父母的好坏优劣，也当有一把衡量的尺子，就是愿不愿意像我祖父那样，用一种看上去“少慢差费”的方式去达成教育的目的，还是迷信“一鞭一条痕，一掌一掴血”的效率手段。别忘了，“慢工出细活儿”也是传统智慧。

这个想法，说与天上的祖父听，想必他也赞成。

2016 年 4 月 13 日

为什么《弟子规》是精神雾霾?

汪曾祺的《多年父子成兄弟》现在好像入选了高一语文课本。通篇平易，但结尾是有郁愤的，或许就是对中国传统家庭的看不惯：

我觉得一个现代化的、充满人情味的家庭，首先必须做到“没大没小”。父母叫人敬畏，儿女“笔管条直”，最没有意思。

儿女是属于他们自己的。他们的现在，和他们的未来，都应由他们自己来设计。一个想用自己理想的模式塑造自己孩子的父亲是愚蠢的，而且，可恶！另外，作为一个父亲，应该尽量保持一点童心。

“多年父子成兄弟”，重点在于从上下位置的“父子”变成了平等相处的“兄弟”，是父亲自觉的“降辈儿”。你们天天抱怨孩子有话只给朋友讲同学讲，你们想过自己怎样从“天下没有不是的父母”变成儿女同气相求、同声相应的伙伴吗？想过子女成年之后，自己怎样才能继续和他们一起愉快地玩耍吗？

你看汪曾祺写的父子关系，他自己的父亲“是个绝顶聪明的人。他是画家，会刻图章，画写意花卉。图章初宗浙派，中年后治汉印。他会摆弄各种乐器，弹琵琶，拉胡琴，笙箫管笛，无一不通”。“父亲是个很随和的人，我很少见他发过脾气，对待子女，从无疾言厉色。他爱孩子，喜欢孩子，爱跟孩子玩，带着孩子玩。”

“父亲对我的学业是关心的，但不强求。我小时，国文成绩一直是全班第一。我的作文，时得佳评，他就拿出去到处给人看。我的数学不好，他也不责怪，只要能及格，就行了。他画画，我小时也喜欢画画，但他从不指点我。他画画时，我在旁边看，其余时间由我自己乱翻画谱，瞎抹。”

“我十七岁初恋，暑假里，在家写情书，他在一旁瞎出主意。我十几岁就学会了抽烟喝酒。他喝酒，给我也倒一杯。抽烟，一次抽出两根他一根我一根。他还总是先给我点上火。我们的这种关系，他人或以为怪。”

汪曾祺如何对自己的儿子汪朗，当然不便自夸，但他举例说明了父母对孩子的理解，是在出现大分歧后的理解：儿子下乡插队，春节回家带了一个“黑人”，“我们留他在家住，等于窝藏了他，公安局随时可以来查户口，街道办事处的大妈也可能举报”。因此汪曾祺责怪了儿子“怎么事前也不和我们商量一下！”。

“我的儿子哭了，哭得很委屈，很伤心。我们当时立刻明白了：他是对的，我们是错的。我们这种怕担干系的思想是庸俗的。我们对儿子和同学之间的义气缺乏理解，对他的感情不够尊重。”

你要是递给汪先生一本《弟子规》，跟他说小学都得学这个，他一定会说“什么玩意儿”，没准还补一句：“拿这书当教材的人，不能搞教育，但可以当官。”

我们来看看《弟子规》一开头是怎么规范两代关系的：

父母呼，应勿缓；父母命，行勿懒。
父母教，须敬听；父母责，须顺承。
冬则温，夏则清；晨则省，昏则定。
出必告，反必面；居有常，业无变。
事虽小，勿擅为；苟擅为，子道亏。
物虽小，勿私藏；苟私藏，亲心伤。
亲所好，力为具；亲所恶，谨为去。
身有伤，贻亲忧；德有伤，贻亲羞。
亲爱我，孝何难；亲憎我，孝方贤。
亲有过，谏使更；怡吾色，柔吾声。
谏不入，悦复谏；号泣随，挞无怨。
亲有疾，药先尝；昼夜侍，不离床。
丧三年，常悲咽；居处变，酒肉绝。
丧尽礼，祭尽诚；事死者，如事生。

每句话都是恶狠狠的规训，不由分说，理解的要执行，不理解也要执行。比如“事虽小，勿擅为；苟擅为，子道亏”，汪曾祺儿子带“黑人”同学回家，就是“擅为”。你大学毕业不考公务员而去追求理想，也可能是“擅为”。该结婚不结，该生孩子不生，还不是“子道亏”？

而且《弟子规》有自相矛盾之处。“亲所好，力为具；亲所恶，谨为去”，父母不喜欢的，你不得坚持，但下面又说“亲有过，谏使更”，那如果你认为父母的所好所恶，是“过”，该怎么办？父母坚持他们的选择，你还要“谏不入，悦复谏；号泣随，挞无怨”，这是置父母的独立性于何地？

反正打死我，我也不想让儿子吸收这种“孩童长成的必要的精神资源”（邵建老师语），我也不会要求他在我死后“丧三年，常悲咽”，我只会用鲁迅的那句话作遗嘱：“忘掉我，管自己生活。”我们的孩子需要学习规矩，但不需要饮鸩止渴——靠逻辑上都不能自洽的《弟子规》来学做好人。

最让我不解的是，教育是贯穿一生的事，你们怎么能让一个孩子在小学背《弟子规》，到了高一，又让他们读《多年父子成兄弟》，这不是在培养精神分裂人士吗？

还记得《穹顶之下》里的描述吗？我们一开始以为那是雾，那是一种自然现象，雾蒙蒙的还挺有诗意，直到有一天我们知道了何谓 PM2.5，知道了它对人体的危害，我们才开始动用一切手段——口罩，门窗紧闭，空气净化器，离开北京甚至移民——来帮助孩子们远离这一灾害。同样，不管道德宣导员怎么说，想帮助我们的孩子成为一个追求自由、崇尚独立的公民，而不是愚忠愚孝的臣民，可以从远离《弟子规》开始。

学校推行《弟子规》的逻辑何在?

邵建老师的《读〈弟子规〉的人不会变成奴才》主要不是针对我的《〈常回家看看〉和〈弟子规〉都是精神雾霾》而写。这样说，是因为邵老师文章中的几个关键词“封建”“专制”和“奴才”，我从未使用，也不会使用。

说起来，我跟邵老师对有些概念的分析是一致的。比如“封建社会”，我们都认为是个伪概念，是近几十年意识形态造成的迷障。使用更中性化的“传统社会”更准确一些，虽然传统社会也比较模糊，但大抵是指五四新文化运动前的中国社会。

说传统社会就是专制社会，也是一种简单化的贴标签。任何社会都复杂到无法用社会发展史那点儿简单框架去范围。不能理解复杂，就根本不可能有独立思想，肯定是偷懒取巧地人云亦云。不管是支持《弟子规》的人，还是反对《弟子规》的人中，都不乏这样的懒汉。

同样，把《弟子规》直接等同于传统文化，还是一种简单化思维。《弟子规》诞生于清康熙年间。即使我们不把中国历史说成“崖山之后无中国，明亡之后无华夏”那么绝对，清代也绝非一个文化昌盛的时代，相反，出于异族统治的意识形态需要，有清一代在思想上的控制远超前代。元代文人无出身之途，不免流连词曲，清代文人有登第之想、避祸之惧，遂自限限人，群以义理考据为尚。鲁迅有句痛言："失去全国的土地，大家十足做了二百五十年奴隶，却换得这几页光荣的学术史，这买卖，究竟是赚了利，还是折了本呢？"（《随便翻翻》）不要拿现代多民族国家的现状来反驳我，你们说的传统文化，主要是指汉文化，还是多民族文化？如果是汉文化，那么在清代，汉文化群体性的被压抑是显而易见的。

在这样一个时代背景下产生，被广泛用于中下层启蒙的《弟子规》，是不是一本加强思想一体、钳制自由多元的教材？这需要长篇大论的学术论述，暂且搁置。要不要在当下推行《弟子规》，才关乎我的切身利益——如果小学都得学这个，我儿辣子不吸这雾霾的日子就不远矣。

其实落到现实层面，事情变得比较简单：你们谁爱让自己的孩子学，那是你们的教育权，但要在学校推行《弟子规》，请先用逻辑说服我。

推行《弟子规》的逻辑有三层：

一、它的不可替代性。《弟子规》是不是"传统文化"的代表？不学《弟子规》，就没法亲近传统文化？

二、它的可操作性。《弟子规》里面的规范，在当下现实中，是不是都该照做，且能做到？

三、它的有效性。是不是真的"学好《弟子规》"，就能"做好中国人"？

第一点就很存疑。在中国传统社会体系中，教育从来是分层的。士农工商，士这种治人的“劳心者”，与农工商这些治于人的“劳力者”所受的教育、所用的教材，并不一致。当下奉为传统教育圭臬的《三字经》《百家姓》《千字文》《弟子规》，其实是用于中下层“劳力者”的教育为多。我正在搜集这方面的材料，这里只举一例，就是大家熟悉（邵老师当然更熟悉）的鲁迅与三味书屋。

周家虽自称周敦颐之后，但十四代中只有四人中举、一人得进士，鲁迅的祖父周介孚，两榜出身，也只做到知县，内阁中书还是捐的。所以周家不算望族，只是一般的士绅家庭。而周家的规矩是，子弟发蒙，不读《三字经》《百家姓》《千字文》，一开始就读《鉴略》，“既可识字，又可大致了解历史轮廓”，这在《五猖会》里有所描写。然后就开读《大学》《中庸》《论语》《孟子》这四书。另外，家里像《三国演义》《西游记》《镜花缘》《封神演义》等书也不缺，还有任渭长画的《于越先贤像传》和《剑侠传图》、日本人画的《海仙图谱》。当然还有阿长给他买的《山海经》、祖父指定的《唐宋诗醇》、玉田叔祖私藏的《花镜》。而鲁迅自己买的第一部书是《毛诗品物图考》。

到了鲁迅进了本城“最严厉”的私塾三味书屋，塾师寿镜吾是“本城极方正，质朴，博学的人”。三味书屋的教材很特别，是当时新刊行不久的《曲园课孙草》，系经学大师俞樾作给他的孙子俞陛云（俞平伯的父亲）看的，周作人说此书“浅显清新，比较的没有滥调恶套”——那么哪些书是“滥调恶套”？

周作人又回忆说："先生专教经书，不收蒙学，因此学生起码须得读《大学》《中庸》，可是商家子弟有愿读《幼学琼林》的也可以答应。"《幼学琼林》是一部较浅的类书，《从百草园到三味书屋》里写的"笑人齿缺曰狗窦大开"就出于其中。注意"商家子弟"一语，三味书屋门槛较高，主要收士绅子弟。商人有钱少文，子弟要入此塾，需要比本身用的教材进阶一二才行。由此可见，在彼时的蒙学价值序列中，《幼学琼林》位置远在《三字经》《百家姓》《千字文》《弟子规》之上。

鲁迅读完《十三经》之后喜读野史杂说，《曲洧旧闻》《窃愤录》《玉芝堂谈荟》《鸡肋编》《明季稗史汇编》等等。鲁迅少年时期最憎厌的书是《二十四孝图》，后来在《朝花夕拾》里有专文。

这就是鲁迅从七岁到十五岁的阅读史。那时可还没有五四新文化运动的拨弄，可是不管是他喜欢的还是讨厌的书目里，根本看不到《弟子规》的身影。鲁迅开蒙读的任何一本书，以我之见，都比《弟子规》更能窥"传统文化"的门径，而且鲁迅的书单很全面，有图有史，有鸟兽草木，有诗文小说。照此去读，比背《弟子规》不知高级到哪座山去了。

还有一个例证，我读清代的小说或其他文学作品，从未见有人提到《弟子规》，更别说在文人生活里出现了。为防自己孤陋，我又特地去问研究明清小说的一位同事，她查了书，很肯定地告诉我："《弟子规》、《训蒙文》(《弟子规》的别称)，这两个书名基本上没出现过。"小说是社会生活的投影，从未出现这两个书名，是何缘由？你当然可以辩解说，因为它像空气一样存在，故不会被专门提及，可是更像空气一样存在的“四书”却比比皆是。到了民国诸军阀提倡“读经”，也没见有《弟子规》列入其中。说《弟子规》代表传统文化，很难让人信服吧？

再说它的可行性。邵建老师说《弟子规》“渐入佳境”，对首章要“遗其形而得其神”，问题是，我实在看不出这本书有什么好，值得我们如此恋恋不舍。难道我们宁愿中毒，也要品尝河豚的美味？为了一半的好肉，就要去吃一颗烂了半边的果子？如果《弟子规》就此湮没不传，咱们的儿童教育，是否就会在迷雾中失航？

说穿了，《弟子规》就是清朝的一本《儿童行为规范》，它与当下中国的《小学生行为守则》内核很相似。以宏观言之，它们的共同问题，倒不全在于哪条哪款的具体谬误，而是我说的“单向要求”，即只要求被规范对象如何如何循规矩、如何如何正言行，而无一字涉及被规范对象的权利。《弟子规》无比地偏向父母和“长者”，鼓励年幼的人“多年媳妇熬成婆”，混成长者再来规范下一代。这非常不符合现代社会自由平等的伦理标准，也是五四新文化对于“传统文化”、传统家庭最不满的要点之一。

青岛国学学会副会长张铁西的一段话，蛮中肯綮的：

《弟子规》规诫太多。“完全权威”教育压抑了孩子的独立思维和思辨能力。教育最忌讳灵魂的压迫，《弟子规》属于国学的识字教材。不少学校教育有误区，他们认为学生不易驯服，希望通过推广《弟子规》里的训条让他们听话。我一直把国学当作教育解放的利器，而不是束缚大脑的钝器。

我还看到邵建老师的文章下有位读者评论说：

作者的观点拧巴得要死，看得我好不舒服。我是一个妈妈，如果一种食品99%是营养物质，1%是有害物质，肠胃健全的成年人对这物质不吸收，儿童未知，那么对不起，这东西绝对上不了我孩子的餐桌。《弟子规》同理，搞不明白有什么好辩解的。

关键是，现在又不是没有别的放心食物（在清朝，于中下层民众，开蒙真的没多少选择），非得嚼那经年风干不辨益害的老腊肉？拿一本几百年前的《儿童行为规范》来教当下的几岁孩童，已经令人发噱，还要说它是传统文化的代表——你若是穿越到几百年后，发现国家历史博物馆里摆着2015年版的《小学生行为守则》，讲解员说这是21世纪中国文明的代表著作，你会不会当场“哭晕在厕所”？

我还想说，情怀是好的，但逻辑很重要。邵建老师文中所举的《范爱农》一例，拿陈伯平等烈士为《弟子规》辩护，让人无法直视。

其一，陈伯平、马宗汉等人，是不是“从小就在《弟子规》里浸泡出来的”，如前所述，相当可疑。鲁迅不读《弟子规》，三味书屋不读《弟子规》，何以这些乡党就会从小浸泡于斯？缺乏证明，只能说是想当然。

其二，是烈士，不是奴才。然而，是烈士，是不是他们带弓鞋到日本就具有了充分的正当性？事实上，乡党中的一员范爱农，后来被鲁迅问及原委，也很不好意思，解释说“还不是我们师母（徐锡麟夫人）的”，带去干啥，不解释，“谁知道呢？你问她去”，他可没以此为荣。新的交通工具，当有新的适用的行为规范，难道在火车上雍容揖让，就是传统文化无时或忘的优良品质？为了让座，“即刻跌倒了三四个”是好的行为规范吗？我们的春运火车上，要不要重现这种盛大礼仪？

烈士与抱残守缺，二者并非不能兼容。谓予不信，看看下面两则材料，均抄自1912年的《申报》：

彭烈士家珍之未婚妻王氏清真过门守节，已纪前报。兹悉王氏择于阴历三月二十日于归彭氏，先假寓成都灯笼街第一百二十二号。十九之夕，亲友预贺，门外悬红灯彩，设鼓乐以迎来宾，门以内则全行素白，并延聘女伶，演唱京剧。二十正期，王氏过门，彩舆之前，一人持白布长纛，一面大书“义烈士彭公大将军夫人过门守节”十数字。继以军乐，步队马队。彩亭中供彭烈士肖像，王氏坐八抬大轿，上扎黄白绫彩，后随送亲女轿。军乐铿锵，车马络绎，街道为之拥塞，尹张两都督，均亲往庆贺，观者咸啧啧称美。呜呼！节烈萃于一门，烈士，烈士，死且不朽矣。（6月5日）

青浦城内竞新小学毕业生徐君隆德，于六月十日因患伤寒去世。其未婚妻周氏闻耗大恸，欲以身殉，经家人环伺不果，乃决计奔丧守节。即于十二日亲诣徐君灵前哭拜毕，当夜与徐君灵牌补行婚礼（俗名抱牌做亲），誓从此守节终身焉。呜呼烈矣。（6月16日）

其时已经民国了，而媒体还在表彰为彭家珍守“望门寡”的王氏，赞美与灵牌补行婚礼的节妇，你说这是人道的吗？是不是因为彭家珍是反清烈士、革命先驱，不是“封建专制的奴才”，就连这样的“传统文化”，我们也要肯定、亲近、效而仿之呢？

那些以粗言乱语詈骂我的评论者，下面我直白地说三条结论，供你们继续批判：

一、《弟子规》在“传统文化”里，也是很低端的读物。

二、学《弟子规》，不一定会成为奴才，但也谈不上“不会”。两者没有必然的逻辑联系。但是，学《弟子规》，与培养一个现代社会的好公民之间，没有正相关性。

三、强制推行《弟子规》，无异于逼人食用成分不明甚至有害的食物。

脏水也能洗干净人，被污染的食物也能填饱肚子。因此，我再说一遍：有人要学《弟子规》，有人要自己的孩子学《弟子规》，我管不着，也不想管。但我一定要为自己的孩子，争夺对《弟子规》的拒绝权。他们维护“传统文化”，常说“倒脏水不要连孩子一块儿倒掉”，但也不等于要留下孩子，就要喂他们喝脏水。

《弟子规》和“《弟子规》现象”是一回事吗？

《新京报·书评周刊》采访了龚鹏程、陈鼓应、袁伟时诸学者，他们对《弟子规》的评价也都差不多。

事实上，我从来没说过《弟子规》每一句话都不对，我也没说过它比现行小学品德教科书或行为守则更糟糕（很多人这样对比，甚至扯到语文课本，属于无意义扩大话题）。如果说“一棍子打死”，我要打死的是使用家长不认可的教材强迫孩子学习的现象，而不是《弟子规》本身。

有一句话，我在腾讯“大家聊”时说了，接受《新京报·书评周刊》采访时也说了，不知道是因为被整理者忽略，还是犯忌，都没出现在最终的稿子里。我说：

> 这次的争论涉及两个层面的权力争夺：
>
> 一、教育当局与家长之间争夺教育权；
>
> 二、不同的群体在争夺传统文化的阐释权。

关于《弟子规》好不好，有多好，能不能代表“传统文化”（这个词本身就跟“封建社会”一样，是一个被建构出来的名词，这一点不强求人人都懂），这属于第二点的范畴。我并不想过多地陷在这里面，留给徐晋如和于丹们吧。但是第二点与第一点有联系，因为《弟子规》内容的种种弊端，不能代表传统社会的文化精髓，更不能代表现代社会合理的价值观，它才更不应该成为“强制推行”的对象。选择《弟子规》作为批评对象，跟选择中小学课本里的任何一本、任何一篇，性质是一样的。只不过《弟子规》被宣传成传统文化、国学经典啥的，对很多家长的蛊惑力更强，所以选择它作为讨论对象，比较有觉世效果。

对我来说，最重要的是对教育权的卫护，别家孩子我管不着，我自己的孩子，我得让他尽量别呼吸精神雾霾。这个“精神雾霾”不等于《弟子规》本身，而是指“强制推行《弟子规》”的整套做法。这就好比 PM2.5，如果它在容器里，被排污系统净化掉，它本身就没那么大危害。《弟子规》就像是含有 PM2.5 的废气，如果处理得好、净化完全，或许还有剩余的热能可以利用——但这也得计算成本，如果成本太高，又有更清洁的能源可以替代，不利用也没啥，精神资源可不属于不可再生能源。如果把没有净化过的废气排放出来，弄得到处都是，那就是雾霾嘛。所以“强制推行《弟子规》”是精神雾霾。

这一点我一直很清楚，所以我在文章里做出了“递给汪先生一本《弟子规》”的假想。汪曾祺先生肯定是知道《弟子规》的，他应该闻所未闻的是“小学都得学这个”，别说民国，就是在前清，也没这本戏唱啊。稍微开明一点儿的人家，很少有人学这个。

龚鹏程先生说得对，《弟子规》在这方面还不如《三字经》，《三字经》还会强调“养不教，父之过。教不严，师之惰”，虽然它说的“教”和现代社会的“教”大不相同，但至少不是我说的“单向地要求”弟子如何如何。《弟子规》那种“我说什么就是什么”的威权态度，是它最招人反感的地方。大概还真是异族统治的清代才会出现这么纯粹的单向教材。至于里面的一言一句是不是可以借用于现代，实在是小焉者，那些个合理部分，直接去读《论语》、解《论语》不好吗？

有人说，不能要求家家父母都懂这么多国学嘛，让孩子学《弟子规》总比不学强。这话就太辜负我们这个时代了。你说在前清时，中下层社会没有更多的教育资源可选择，只能拿着《三字经》《百家姓》《千字文》《弟子规》教孩子，那是没办法。现在可是信息时代，世界是平的，教育的普及率、信息的易得性比百年前超出千倍万倍。可现在倒好，有人说声《弟子规》可以不学，扑上来又撕又咬的，不知道的还以为是康熙大帝放出来的阴兵。

了解上下文的话，你就会知道当我们说到《弟子规》时，其实多半说的是“《弟子规》现象”。受过良好教育的人会懂得“上下文比文本更重要”的道理。现在看起来，懂得的人没有我想象的那么多。不过令人欣慰的是，网络调查的结果还算合理，认为《弟子规》“是糟粕”和“不是糟粕”的各占一半左右，但问到“会让你的孩子学《弟子规》吗？”，超过60%的人还是选择“不学”。就是嘛，当你搞不清这种食物的成分的时候，“不吃”是最保险的选择。

行文至此，见到作家庄秋水女士的一条朋友圈，觉得贴身体己，说得极好，引在下面，以为收束：

最近在给鱼鱼找上半天的幼儿园。家附近只有一家价位合适并可临时入学，硬件也还不错。但女校长非常自豪地说她们是国学特色，要读《三字经》《弟子规》。我就有点儿犯愁。我很不喜欢让小孩读《弟子规》。为什么呢？我觉得教育孩子关键是看是“长者本位”还是“幼者本位”，前者的利益出发点是大人，把孩子塑造成盆景，在大人的花盆里，长出符合大人审美需求的“病梅”；后者则以小孩的利益为大，大人把自己当作沃土，让小孩由此长成大树和光同尘。小孩不是大人的制造物，他们需要活出自己。我想这也是古人所言“天地之大德曰生”的应有之义。

2015年3月21日

语文教材的“精华”是什么？

《出师表》应不应该撤出中学语文课本？

从西安市委党校胡觉照教授建议将《出师表》撤出中学语文课本，到吴祚来先生评定《出师表》中含有“负价值”，并抬出《止战疏》作为“抵消”负面影响的工具，这些建议的后面，无不横亘着八个我们耳熟能详的大字：取其精华，弃其糟粕。

吴祚来先生还打比方说：“文化产品与来自自然中的食品一样，都要清洗消毒之后，才能食用饮用。”这也是我们熟悉的思路。就好比为了孩子的健康，牛奶必煮沸，碗筷必消毒，室内必恒温一样。这样培养出的孩子最好大门不出、二门不迈，不然一准给自然环境折腾死。

《出师表》应不应该撤出中学语文课本？这里有两个层面的问题：

一、“无毒”的思想教育是否必要？

二、中学语文课本是否应当承担思想教育的任务？

第一个问题，自古就有争论，将来估计还会吵下去。根据我自己的成长经验，中学时接受了很多“正确观念”，后来读书，闯社会，又一一地把它们纠正过来，一想起来就觉得累得慌。中学生嘛，你教育他爱祖国爱人民，教育他忠孝节义，都可以，你这么早灌输反战思想做什么？还非得通过取消《出师表》来防止他成为好战分子？就算他念完《出师表》就一门心思想着出祁山伐长安一统中原，那也不过是个中学生狂想家，将来社会教育他的时候有的是。

主要说第二个问题。中学语文，顾名思义，应当以提高学生的语文水平为主要诉求。思想教育可以另外开“修身”课来解决。现在动不动就要求中学语文承担学生政治思想的向导工作，且不说中学语文有没有这个能力，一门课的时间有限，顾此必然失彼，语文老师不好好讲《出师表》的语法、句式、修辞、文气，却花时间气力大谈“古代人对战争与和平的思考”，如果我是孩子家长，我就去告这位老师虚假伪劣。

为了抵消《出师表》的负面影响，就非得选一篇自古从未入选过童蒙教材的《止战疏》，这是典型的“以意害辞”。依此类推，课本若选入了《阿Q正传》，也必须选入《山乡巨变》，不然你不怕学生认为农民都如阿Q、小D、王胡般愚昧、无聊、怯懦？

中学语文课本选入同主题的一组课文，以加深学生对主题复杂性的认知，的确是行之有效的经验，但这前提必须是为了“语文教学”而非“思想教育”。比如民国时叶圣陶、夏丏尊、宋云彬、陈望道诸先生选编的《开明国文讲义》第三册，选了京剧皮黄唱本《打渔杀家》，紧接着便是当时人马彦祥创作的话剧《讨渔税》，用意是要说明“文学的进化”“二黄衰歇与话剧代兴”。窃以为，这才是中学语文教育的题中应有之义。

语文教材要不要为“和谐社会导向”负责?

近日一条《语文版修订教材今秋正式使用》的新闻引起了很大争议。争议集中在教材课文的“大幅替换”上，而引发争议的焦点，又并非出版社强调的“大幅增加反映中华优秀传统文化的课文比重”，而是“延伸报道”中语文出版社社长王旭明说出的“《鲁提辖拳打镇关西》由于与现代和谐社会导向不符，被换为《智取生辰纲》;《南京大屠杀》被换成《死里逃生》”。

由于“《南京大屠杀》被换成《死里逃生》”的争议声浪太大，语文出版社不得不于5月23日发布严正声明，称“在修订过程中，我们将温书林所写的《南京大屠杀》一文换成张纯如所写的《南京大屠杀》一书的节选，课文题目为《死里逃生》”。也就是说，“南京大屠杀”的份额仍予保留，只是换了汤没换药。

就这事，我跟从事中小学教育研究的朋友聊了聊，他觉得这事几乎不太值得多谈。一是语文出版社的教材在全国教材市场占的份额并不算大，如王旭明所说，今秋全国各地有“四百多万中小学生使用语文版一年级和七年级新修订的语文教材”。

二是教材篇目调整，在中小学教学实践中是一个很小的问题。

那什么是大问题？他说“教材修订与评审的依据、教材的准入与退出机制、教材的性质地位与功能、教材设计的思路”，这些才是他认为的“真问题”。但他也承认，这些问题要么牵涉面太广，要么专业性太强，不太可以在公共领域进行讨论。

所以公众对于中小学语文教育的想象与情绪，就都集中在了某种教材一两篇课文的替换上。“《南京大屠杀》被换成《死里逃生》”被有些人解读成“做到了日本军国主义想做而没做到的事”，情绪之激烈，想象之丰富，各网站评论俱在。

还有一种意见是说，“何必告诉小学生如此残酷的历史事实？”，“我是家长，我不希望孩子过早接触这些民族恩怨史”。我查了一下，被替换的《鲁提辖拳打镇关西》是在语文版教材初中语文八年级上册的第四单元，《南京大屠杀》是在初中语文八年级下册的第四单元。小学生的父母就不要再担心了。

再看看内容。《鲁提辖拳打镇关西》《智取生辰纲》都是《水浒传》里传播最广的章节。若说它们“与现代和谐社会导向不符”，那整部《水浒传》恐怕都有这个问题。“公务员”打死不法小老板，和组团抢劫贪官赃款运钞车，哪个更让人感到不和谐，还真不好说。

关键是：“现代和谐社会导向”为什么需要初中语文课本来为之负责？语文出版社社长王旭明一贯主张“语文教育要回归‘语’和‘文’的本真”（王的多次发言，参见2014年11月亚洲教育论坛、2015年11月11日华中师范大学“妙笔名家论坛”)，这“现代和谐社会导向”是跟“语”有关，还是跟“文”有关?

如果要照顾“现代和谐社会导向”，可以用清代的做法，不选《水浒传》而选《荡寇志》，或是金圣叹窜入的“卢俊义梁山惊恶梦”那一段，充分反映犯罪分子对人民民主专政力量的畏惧之心。反正“少不读水浒”，古有明训，直接换成《弟子规》或《增广贤文》也是不错的法子。

只是这样一来，“语”和“文”更无从谈起。其实，领导或专家们要替换课文，总有他们的考虑，只是向公众说明这种考虑时，用语需要紧贴“语文教材”的本质。

这里有一个例子：夏丏尊、叶圣陶、宋云彬、陈望道共同编辑的《开明国文讲义》，乃公认的民国中学程度语文教材里的佼佼者，第三册也选了《智取生辰纲》，课后只附有作品说明与词汇解释，该单元后附的“文学史话”中，隐隐透露出了编者的用意：

小说是把全社会反映于其中的文学的表现样式……例如《水浒传》“吴用智取生辰纲”的一回中，便写着一首歌词道：“赤日炎炎似火烧，野田禾稻半枯焦。农夫心内如汤煮，公子王孙把扇摇。”这首歌词所含的意义何等深刻！明清以来的作者，更把一切社会问题都在小说中提示出来，给我们一个极深刻的印象。我们读了《红楼梦》，便会想到大家庭制度的缺陷；读了《儒林外史》，便会感到科举制度的毒害，以及人情冷暖世态炎凉等等。总之，我们如果承认文学是时代的反映，则明清小说所给予我们的时代上的认识，比任何历史书还要深刻。所以明清小说在近代文学上的地位，比什么诗词古文更重要得多。

这套教材出版于1934年，正是中国内忧外患俱烈的时代，加之编者共同的“为人生而艺术”立场，强调文学与时代的关系，看重文学中反映的社会问题，再正常不过。即便如此，这些说明尚不算脱离文学的立场，需要教师补充说明的是，何以这些小说“给我们一个极深刻的印象”，白胜唱的歌谣妙在什么地方，“智取”的描写又厉害在哪里，同样，讲《鲁提辖拳打镇关西》，重点根本不在“公务员”私自打死坏人，而在于作者描写打人过程的三翻四抖、一唱三叹。总之，经典成为经典，有它的理由，编者尽可有自己的偏好，但拿“现代和谐社会导向”当理由，实在让人发噱。

而温书林的《南京大屠杀》，选自1987年第7期《解放军文艺》。看以前的教案，重点是让学生由这篇文章，体会报告文学的写法。且不说1987年的作品体现不出史学界近年的最新研究成果，即以教学论，“南京大屠杀”这么重的一个话题，教师少不得要把许多气力用来解释复杂的日本侵华战争，这样一来语文课又替代了历史课的功能。

至于用节选自张纯如《南京大屠杀》的《死里逃生》来替换《南京大屠杀》，也看不出编者动机何在。难道是因为《南京大屠杀》里不曾提到中国军民的反抗，容易让学生感到沮丧或“历史虚无”，才换上一个“智勇双全勇敢反抗”的中国妇女李秀英的故事？

其实，看看原文就知道，李秀英勇则勇矣，“智”却一点儿没看出来，一个怀孕六七个月的妇女，面对三名日本士兵，反抗不反抗，下场都是注定的悲惨，她的死里逃生，被捅了三十七刀还能活下来，就是运气使然。《南京大屠杀》开头写的那位“静缘”，当年是十三岁的小尼姑，惨遭四名日本兵蹂躏，毕竟也活了下来。她算不算“死里逃生”？至于《死里逃生》中总结的李秀英“来自一个完全没有女性影响的家庭”，“不得不在一个只有男人的军人家庭中长大，她的父亲、兄弟和叔伯不是军人就是警察，在他们的影响下，李秀英变得很男性化”，这种经历给了她“反击的意志”，更是显得指向可疑。政府放弃了首都，军队放弃了城防，却想让“男性化的女性”承担起反击敌军现代化部队的重责？如果说在张纯如《南京大屠杀》一书中，这只是诸多故事中的一个，语文版教材单单把这个故事挑出来，又想说明什么呢？

以我的浅见，初中语文教材中不出现南京大屠杀这样的历史题材，完全没有问题。既然说要让语文教材回归“语”和“文”，就不要心心念念政治与历史。现在出现了，而且不是这篇是那篇，又怎么样呢？教材多元化是趋势，中学生的阅读多元化更是值得提倡，一两篇课文的意义，实在不用放到那么大的地步。

过分在意这样一些“小问题”，仍然是信息垄断时代的思维，总觉得微言中必有大义，受众舍此又无他途。编者和一些观者，恐怕都把这事看得太重了。玻璃心对撞玻璃心，彼此都会碎成渣渣。倒是有一种评论比较到位：语文出版社你那么大的机构，又是严正声明，能不能不要使用“日本鬼子”那么不严肃的称呼？侵略者、占领军，都比“鬼子”准确——这才是回到了“语”和“文”的正途。

2007 年 4 月 16 日

文学教育的主要功能是什么？

“如果一个人有了很好的文言功底，他写不好白话文，几乎是不可能的”，这样的话，我们现在的人，是没有资格说的。因为文言与白话的教学与使用，是两套不同的体系。1999 年王朔批评金庸，顺带着捎上南方作家，说他们用的都是死语言。从某个角度看，他说的也没有错。鲁迅说，甲学了文言文来做文言文，乙又学了文言文来读甲做的文言文，其实对于大部分人，尤其是非北方方言区的人，学白话（普通话）又何尝不会经历类似的过程？1905 年，已经在北京住了三代的《京话日报》主编彭翼仲，仍然在惭愧自己的白话不干净：

受文话的毒深了，一时很不容易改……我中国的言语不同，是第一件不好的事，不是替字母义塾吹嘴，要叫言语相同，非通行了新字母不成……唯独像我这类诗文入手的，仿佛染黑了的布一样，无论怎么洗，万万的是不能干净了，躲避了之乎者也，又遇见况且虽然，还要时常的露马脚，用点子陈谷子烂芝麻的成语……唯有《大公报》主人英敛之，和我们那位呰窳先生，瓜尔佳先生，演说的白话，是很干干净净的。

他后面提到的几位，都是旗人。有文化的旗人，同样是“诗文入手”，为什么他们演说白话，可以“干干净净”呢？因为他们从小说“京话”，很容易“我手写我口”，而对于非语言中心区的写作者，文言也好，白话也罢，都是通过教育习得，两种文体之间，其实没有什么通约性。文言好，白话也可能烂，像章太炎、严复这样的大师，也很难说他们能写出漂亮的白话文。

近世文言废而白话兴，以我之浅见，去除那些横加于其上的家国情怀，最重要的原因是，文言文过于套路化，说理言情，基本上都在典故里打转，难于再出新意。而面对西方的舶来学问，又难于精密地移译。蔡元培从启蒙角度出发，称应当“应用文用白话，美文用文言”，后来的历史发展却恰恰相反，公文那一套“等因”“奉此”，用文言表达无碍，倒还显得堂皇，现代生活中的点点滴滴，繁复曲折，用文言哪里够？等到更激进的政府，将公文也改用白话，不也迅速地形成了一套公文腔？用不用文言，倒还在其次。

都说网络语言活泼，我倒觉得它已经在迅速地套路化，虽说新词层出不穷，表情包也花样翻新，但实质都是以多种套路，来代言复杂的事实与情绪——表郁闷但称“心塞”，抓狂必曰“挠墙”——社交媒体上的交流表达，正在千人一面化。类似的弊病，可以通过增加文言文教学改良否？我不太乐观。

日本语文课本的变化历程值得我们参考：

单位：%

内容＼时期	第一期	第二期	第三期	第四期	第五期	第六期
文学相关内容	32.8	38.7	51.5	54.1	48.4	80.5
历史相关内容	10.9	12.3	13.8	15.0	11.1	无记载
科学相关内容	37.4	30.0	22.0	17.9	17.0	6.5
社会相关内容	4.6	6.0	4.9	2.3	2.3	2.6
民族主义相关内容	3.4	4.0	2.6	3.3	4.2	0.7
军国主义相关内容	7.1	4.0	2.6	5.5	14.4	0
生活相关内容	3.8	5.0	2.6	1.9	2.6	9.7

选自《近代日本教科书进程·国语》

第一期，1904—1909年，“资本主义的兴盛期”；

第二期，1910—1917年，“帝国主义阶段”；

第三期，1918—1932年，大正时期；

第四期，1933—1940年，昭和前期；

第五期，1941—1945年，决战体制下的军事教育期；

第六期，1945年之后，战后和平期。

可以看出，随着现代小学教育的发展，日本的语文教材呈现出回归文学本质的特征，而“科学”与“社会”的内容，因为有专门的理科与修身课程，比例一直在减少。“民族主义”与“军国主义”的内容，则与文学内容基本相消长。文学内容最少的是第五期，同期军国主义内容暴涨。而到了战后，文学内容增加至 80.5%，军国主义内容为 0。

中小学语文教材的编法，我还是服膺叶圣陶、丰子恺诸先生在 1932 年《开明国语课本》的“编辑要旨”里所说：

本书内容以儿童生活为中心，取材从儿童周围开始，随着儿童生活的进展，逐渐扩大到广大的社会。与社会、自然、艺术等科企图作充分的联络，但本身仍是文学的……本书尽量容纳儿童文学及日常生活上需要的各种文体词、句，语调力求与儿童切近，同时又和标准语吻合，适于儿童诵读与吟咏……本书图画与文字为有机的配合，图画不单是文学的说明，且可拓展儿童的想象，涵养儿童的美感。

我觉得，中小学的语文课，还是应该多学学文学。鲁迅说过：“学以启人思，文以增人感。”就是说，文学主要的功能，是增加人感知世界的丰富度。感知世界越丰富，就越对各种各样的人心与处境有同理心。道理上说是这样，没毛病，但如果太迷信文学，也会出问题。

林奕含在《房思琪的初恋乐园》及视频访谈里，质疑的就是这个：如果文学造诣浓厚，却用来胡作非为，那不是巧言令色是什么？

这又涉及一个“道”与“术”分裂的问题，最近有个“作家杀人犯”被捕，也是很打脸对不对？所以我一直说，如果有人把教育问题说得一清二白、别无他路，那这人基本是一个骗子。

人类有教育意识以来，也有几千年了，到现在还在摸索当中，学校教育，是提供一个教育的公约数，当然，学校与家长，都希望这个公约数最大化，但是，它不可能大到覆盖所有教育。你的小孩就是你的小孩，家长们，多长点儿心吧。

2017 年 8 月 22 日

只靠背背背，就能弘扬传统文化吗？

《中国诗词大会》与武亦姝突然就火了。

在下表示莫名其妙，站在原地摊手：少年人，背个诗词算什么本事？

是不是全国的父母都把自己过年的梦想投射在上面了？——在一大堆亲戚朋友面前，拉出个孩子来，背唐诗背宋词，一首接一首，不打磕巴也不背错字。七天一片表演梦，赢得“真有出息”名。

十几年前，一班同事去箭扣玩。晚上在农家吃饭，有师长临时提议玩“飞花令”，因为各专业的人都有，所以用了最普通的“花”“红”两个字。一桌十余人，走了八九轮，撑到最后的都是年轻人，学古代文学的有，也有学现代文学、当代文学、比较文学的。有位研究宋元文学的老先生脸上有点儿挂不住，直嚷嚷：

“不对不对，怎么回事？你们一定是昨天就知道这事，有准备吧？”

其实真没有准备，无非是拳怕少壮，年轻人心思简单，记性好，反应也快，“飞花令”不就靠这两样吗？现在你让我去跟下一代 PK，我经常连到了嘴边的人名都说不出来，只能是输输输。

再把时间提前十多年，我念初中的时候，曾经痴迷围棋，痴迷到背谱的地步，然而并没有什么用，下棋还是经常被虐成渣渣。

年轻人对文化偏好，都很舍得下功夫，也有功夫可下。背诗词只是其中一种文化偏好，还有打游戏打得棒的，看动漫看得好的，写程序写得溜的，麻油炒白菜——各人心中爱。电视台做节目聚众消费一下，也无可厚非。但非要把某种爱好抬高到“弘扬传统文化”的地步，反而就漏洞百出。

汪曾祺写过一篇小说《金冬心》。金冬心就是金农，“扬州八怪”之一。他被请去赴宴，是扬州第一大盐商程雪门给新任两淮盐务道铁保珊摆的接风宴。席上，铁保珊提议玩“飞红令”——跟飞花令差不多，各人说一句或两句古诗词，要有“飞”“红”二字，或明嵌或暗藏，都可以。

场面很热闹：

他自己先说了两句：“花谢花飞飞满天，红消香断有谁怜？”有人不识出处。旁边的人提醒他：“《红楼梦》！”这时正是《红楼梦》大行的时候，“开谈不说《红楼梦》，纵读诗书也枉然”，不知出处的怕露怯，连忙说：“哦，《红楼梦》！《红楼梦》！”下面也有说“一片花飞减却春”的，也有说“桃花乱落如红雨”的。有的说不上来，甘愿罚酒。也有的明明说得出，为了谦抑，故意说“我诗词上有限，认罚认罚！”借以凑趣的。

轮到主人程雪门，盐商真的是“诗词上有限”，说了一句“柳絮飞来片片红”。满堂哗然，一是没有出处，二是柳絮怎么可能是红的？

正在众声喧哗，程雪门紫胀面皮、无地自容之际，金冬心出场了：

“诸位莫吵。雪翁此诗有出处。这是元人咏平山堂的诗。”然后念出全诗：

廿四桥边廿四风，凭栏犹忆旧江东。
夕阳返照桃花渡，柳絮飞来片片红。

大家一听，全都击掌：“好诗！”“好一个‘柳絮飞来片片红’！妙！妙极了！”“如此尖新，却又合情合理，这定是元人之诗，非唐非宋！”“到底是冬心先生！元朝人的诗，我们知道得太少，惭愧惭愧！”“想不到程雪翁如此博学！佩服！佩服！”——像不像《中国诗词大会》？

第二天，程雪门让人给金冬心送去一千两银子。

这也是我们的传统文化。一是金冬心的捷才，能把一句不通的诗句诌通；二是官场商场上的面子工程，以及由此衍生的利益交换。

我们这个民族，不知是不是因为在远古就产生了“巫史”的传统，巫师的角色被史官代替，于是以历史为宗教，于记忆力有一种谜之崇拜。汉代开始的今古文经之争，源头就在于是采信伏生等人凭记忆写下来的今文经书，还是信奉“鲁恭王坏孔子宅”等处得到的古文经书。现在去北京国子监，还能看到一套“世界上最重的书”，是清代生员蒋衡以楷书抄写的《十三经》（当时献给乾隆，乾隆命石刻留于太学）。而在民间传说中，总说这套经是蒋衡默写出来的，所以珍贵——记忆力强真是自带魅力光圈。

具体到考试，尤其是文科（近代之前全是文科），那就是出题者与考生记忆力的大博弈。朱元璋农民出身，要求八股出题局限在“四书”范围内，其实是想帮一下买不起更多书的草根们。然而百余年下来，“四书”几乎每一句都是范文、都能背诵应考，考官们绞尽脑汁，发明了“截搭题”，就是上一句尾接下一句头，像“学而时习之，不亦说乎”“有朋自远方来，不亦乐乎”，就可以出题为“亦说乎，有朋”，这篇文章让苏有朋来写他也抓瞎。至于上一章搭下一章，这本书搭那本书，就更是胡话大全，无非是最后决出晋级者（进士）与冠军（状元），很像知识性综艺节目的玩法。

大家有没有发现《中国诗词大会》的男女比例相当悬殊？唉，当年高考我就体会过这种痛，有些女同学真的能把整本教材连同注解全背下来。念高中时我是历史科代表，但往往会在这种题上输给女同学，比如：东非肯尼亚原始人化石发现于______年。博南帕克神庙发现于______年。

这两道题当时快把我气疯了，居然有女同学能答出来！这一辈子我都不会忘记这两个数字。

问题是，光靠背背背，能济得甚事？中学生跟博南帕克神庙较劲的意义何在？我们这个社会是缺记忆力，还是缺创造力？前面说到痴迷围棋，这方面金庸先生是我的偶像。他不但肯花一千万日元买古棋盘，还把陈祖德、林海峰这些国手请到家里长住，还拜聂卫平、王立诚为师，颇有段祺瑞执政的风范。而他下棋也跟段祺瑞一样，爱而不精。好像是王立诚说过，金庸下棋不爱算，是典型的“文人棋”。然而——

“阿尔法狗”（AlphaGo）一出，讲求算路的“胜负师”全军覆没，反而是“求道派”“文人棋”不怕这条狗，因为他们追求棋形美观，棋路飘逸，我就不信“阿尔法狗”能理解什么是美观和飘逸。

金庸小说《鸳鸯刀》里面有个镖头“铁鞭镇八方”周威信，这人的特长便是记性好，记得无数条诗词成语，不，江湖俗语。现实生活每出一道题，他就能马上答出来。短短一场打斗，他的脑海中便掠过了十几条“江湖上有言道”：

江湖上有言道：“真人不露相，露相不真人。”

江湖上有言道：“小心天下去得，莽撞寸步难行。”

江湖上有言道：“善者不来，来者不善。”

江湖上有言道：“宁可不识字，不可不识人。”

江湖上有言道：“只要人手多，牌楼抬过河。”

江湖上有言道：“相打一蓬风，有事各西东。”

江湖上有言道：“晴天不肯走，等到雨淋头。”

江湖上有言道："行家一伸手，便知有没有。"

江湖上有言道："做贼的心虚，放屁的脸红。"

然而真的没什么用，打不过还是打不过，只能靠师叔救命，所以太师叔风清扬教育令狐冲道："五岳剑派中各有无数蠢才，以为将师父传下来的剑招学得精熟，自然而然便成高手，哼哼，熟读唐诗三百首，不会作诗也会吟！熟读了人家诗句，做几首打油诗是可以的，但若不能自出机杼，能成大诗人么？"

靠背背背就能弘扬传统文化吗？还"满足了大家对古代才女的所有幻想"——你家的古代才女都是21世纪穿越过去的吧？那些说看了《中国诗词大会》"才知道诗词这么有趣"的，知不知道清末民初上海有一种"诗谜"的玩法？摆摊者列出一句罕见的古诗，挖去其中一个字，然后列出四个字的选项，你可以随便押一个字，买定离手，通吃通赔。以何为正误依据？他拿出一本古书来——这是他前天到城隍庙找高手刻印做旧的。当时的上海滩啊，为这个游戏疯魔，多少人自负才学，输得倾家荡产，纷纷跳进黄浦江当浮尸——诗词是不是很有趣啊？民国的传统文化那么昌盛，一定跟诗词游戏风行有关吧？

下面两段是用来堵嘴的。

有人一定会说："只是个电视娱乐节目嘛，何必这么较真？"不扯传统文化，不扯中华文明，不写什么《想看更多的武亦姝？中央文件大力支持》，我根本不看不关心。如果武亦姝后来跟着《弟子规》，又上演"神童报国"那一套，那就得掰扯掰扯——插一句，武亦姝用“一蓑烟雨任平生”来形容自己，也没个成年人出来，基于传统文化指指谬：“少年人发悲凉之音，于己不吉，于国不祥”，用“为赋新词强说愁”比较合适吧。

又有人会说：这节目至少能让人亲近古诗词，比什么什么晚会总强过许多吧。嗯，你们为于丹辩护时，也是这么说的。你们这么热爱传统文化，总该知道孔子说过一句“恶紫之夺朱”吧？为啥孔夫子不说恶丹之夺朱、恶青之夺朱，非要跟紫色过不去呢？孔安国说了，因为“紫”是“朱”与“黑”混合的“间色”，近于朱而非正色。所以啊，这些貌似清流、实则有寄生虫的桶装水，才是该被使劲挑挑毛病的吧。

最后奉送一个小故事：我有一位世伯，是从大陆去台湾的“官二代”。他的两个女儿都在委内瑞拉长大。有一次跟他聊，问他这个钱穆的学生怎样让女儿保持与中国传统文化的联系。他说，每次写信，都会要求女儿解答问题，不是背唐诗宋词，是配合阅读解答问题，比如她们在读《西游记》，世伯就出题曰：

一、《西游记》中的道人，喜欢穿“多耳麻鞋”，请查找资料，画出多耳麻鞋的样式。

二、猪八戒被妖怪捉进洞里，捆成了“四马攒蹄式”，请画出四马攒蹄的图样，并回答古代捆人还有哪些样式。

被“肯尼亚”和“博南帕克神庙”虐过的我当时就泪奔了。啊，这才是我想了解与想象的中国传统文化，不是吗？

什么样的诗词教育才是好的？

我觉得比较有意思的是：为什么几乎说到武亦姝，都是说“父母希望用她做榜样让（逼）孩子背诗”？因看《中国诗词大会》而燃起了诗词兴趣的你们，充分甚至盲目肯定背诵诗词的你们，为什么不自己好好背背诗，而要转过身去让（逼）你们的孩子背诗？自己实现不了的梦想，就呼叫转移到孩子肩上是吗？加油吧孩子。

我们不妨来平和地谈一谈由武亦姝引发的诗词教育问题，先不管《中国诗词大会》和莫名其妙的“公众反应”了。

首先，我不反对小孩子背诵诗词。

我的朋友“肉唐僧”说：“我觉得小孩子在没有理解能力的时候多背诗词，对他今后对辞章之美和韵律之美的敏感是有好处的，这就是童子功。”这话我完全赞同。但是，“多背诗词”，当多背哪些诗词？有限定吗？

有识之士一直在呼吁电影分级，是为了在“自由表达”与“儿童不宜”之间，寻求一种制度的平衡。被爸妈拉去看过《西游降魔》和《西游伏妖》的小朋友们，你们好可怜啊。读的书其实也需要分级。中小学阅读教材里不放《废都》，没毛病吧？尽管《废都》是很有价值的小说。

诗词决不会例外，几千年积淀下来的，如柏杨说的酱缸，里面什么东西没有呢？一直以来，我们靠的是选本、课本，还有“师保”来保证儿童读物的“适宜”。

孔子删《诗》，一言以蔽之，曰：思无邪。诗可以兴、观、群、怨，可以言志，可以抒情，还可以泄愤，其中有很多东西并不适宜未成年人体会，他们也体会不了。所以儿童读诗，要选平白、浅、近的，呈现汉字的魅力、辞章之美、韵律之美，哪怕无意义都行。也就是说，儿童读诗或背诗，不是买大米，没有必要追求加量不加价。

传统士大夫家庭，很多长辈是懂这个的。他们不会使用《三字经》《千字文》《弟子规》来教自家孩子，因为那些是方便面一样的替代食品，如果有更好的营养品，为什么要舍高就低?

鲁迅的祖父周介孚，因科场舞弊案判了斩监候，就是死缓。他在杭州监狱里待死，还曾将一部木版印的《唐宋诗醇》寄回家中。书中夹有一张字条，是写给樟寿（鲁迅）诸孙的。全文如下：

初学先诵白居易诗，取其明白易晓，味淡而永。再诵陆游诗，志高词壮，且多越事。再诵苏诗，笔力雄健，词足达意。再诵李白诗，思致肖逸。如杜之艰深，韩之奇崛，不能学亦不必学也。示樟寿诸孙。

周介孚一生，用现在的话说，情商不高，从上司到亲友，得罪了无数。但他是进士出身，对诗词教育的理解，有他的独到之处。特别是他提到陆游诗“且多越事”，考虑到乡土知识教育，这是我们传统文化中的优秀之处。

他列出的读诗序列，很有道理，合乎我们前面说的辞章之美和韵律之美。

一、白居易。重点当然不是那些具有“人民性”的讽世劝上的乐府诗，而是“老妪能解”的平易。

二、陆游。陆游诗中多有向上不屈的色彩，因此梁启超夸他“集中十九从军乐，亘古男儿一放翁”；加上是乡先贤，其诗能让绍兴的小朋友增强对家乡的认识与热爱。

三、苏东坡。苏东坡一肚子“不合时宜”，但胸怀宽广，多逢逆境又能随遇而乐，词作一洗花间之绮靡，东坡肉也很好吃。

四、李白。与杜甫相比，李白更适合少年人，一是因其诗中无际无涯的想象力，一是因其任侠仗义的豪情。

总之，这几个人的诗，比较适合少年人对世界与时代的无限想象。杜甫、韩愈，可以留待成年后的自我选择。

其次，我一直坚持一个信念：每一个孩子都是独一无二的。

所以，没有一本育儿书放之群孩而皆准，也没有一套新的诗词选本，放之群孩而皆准。

为什么在丰富的资讯已几乎没有任何门槛的今天，全世界好学校的“慕课”都能在网上看到，“好老师”仍然是稀缺资源？

因为好老师会根据你的个人特点，帮你选择与设计知识的进阶之路。就像鲁迅祖父的儿童读诗法，换个家族可能不同，换个地域也会有差异。现在不是清末以前，不好好学诗，考科举会受影响，交际也进不了上流社会。如果你的小孩喜欢诗词，愿意背诗，那当然很好，但也要注意选择。是药三分毒，文字正负面的力量均很大。如果你的小孩不喜欢诗词，天也塌不下来，他可能有各种别的才能，过年不能表演背诗，背圆周率也很酷。

前两天我在群里说，最好不要劝别人生小孩。有人不服气，问：那杨老师你为什么要推荐书?

我说，我很少向某个人推荐一本书，除非我确信我了解他的需求、他的层次，才会谨慎地建议。一般我只是写出我的读后感，供人自择。须知参差多态，方是幸福的本源。这句话我特别相信。而自主的选择，才是幸福的前提。

最后，我要说，我不赞成未成年人上综艺节目。

聚光灯下，其实很残酷，竞赛的体制，也是巨大的心理压力。同是游戏，在家里玩、在学校玩，与在电视上玩，完全是不同的感受与难度。更何况电视这只怪兽，为了它自己的利益，会制造出很多的幕后情节、很多的假象。当然不排除有孩子天生大气，视名利如无物，但是，我们为什么要把赌注押在一个未成年孩子的定力之上?

我希望孩子的世界里，都是真实的交流与竞争，他做出的选择，只代表他自己，不承载家庭、学校，乃至社会与国家荣誉的重负。然而，大量的事例中，孩子仍然被视为资产，尤其那些聪明的、有才艺的、特殊的。

但这是我的主张，我作为父亲会努力地实践。至于你们，请随意。

“不理解就先背熟再说”的诗词教育有道理吗?

微信公号“外滩教育”采访了华东师范大学哲学系钟锦副教授。钟老师是叶嘉莹先生的弟子，六岁开始被父亲教着背诗。而他的主张是“太精妙的古诗词，不要让孩子过早接触”，比如，白居易、陆游、杨万里的诗，都是合适的，但杜甫、陶渊明的诗，其中妙处小孩子难于理解。对于“不理解先背熟再说”的理论，钟老师也有不同意见：

> 就像我的导师叶嘉莹先生讲的那样，人的心灵大概也和肉体一样，是可以因日久摩擦而起茧的。如若在孩子的感悟力还没有完全自主的时候向他们教授诗词，即使之后感悟力日趋成熟，孩子也会因对作品太过熟悉，再无法敏锐地体会其中的情感。

这篇报道也引起了争议。如我看到一位著名的中学教师说：他（钟锦老师）以自己一个人的个体经验而论，这就不是做学问的方法，而且，他所得出的个人经验还禁不起推敲。这位教师以自己二十多年教学经历说明：绝大多数高中生甚至成年人，因为从小读的好东西太少，长大了还把俗滥的当成至宝。

在这个问题上，我同意钟锦老师。当然我的同意，也是基于一种“个体经验”。一定有很多人从小背杜诗，日后也没有因为太过熟悉，就丧失了新鲜感与感悟力。每个人情况不同，我只说说我的理解。

记得大二时上魏晋隋唐文学史，授课的是康保成师。期末考试有两道题，印象深刻，至今难忘。一道是填空题，问阮籍是______（地名）人。大家都答不出，康师点评时笑语：你们想想我是哪里人？这个法门我一直记着，可惜一直没有机会出题，不然我一定考王念孙、汪曾祺、吴三桂、刘光第、陈铨、李宗吾都是哪里人。

另一道题是最后的三十分大题："李白与杜甫，你更喜欢哪一个？为什么？"与上一道题不同，答题的时候，心里对康师的倾向一清二楚，他讲到李白人品时的略带轻蔑，讲到杜甫时的沉郁神情，历历在目。但是我觉得康师不是要听故意投其所好的观点，因此我在试卷上写明："知道老师喜欢杜甫，但我还是喜欢李白。此与人生阅历、年龄阶段有关，或者日后我会更喜欢老杜，但今时今日，大二学生一名，我还是更喜欢李白……"

康师果然不以为忤，给了我一个高分。

这种"文艺欣赏与情感认知有阶段性"的看法，大概高中时就颇强烈。我记得在自己写的读书笔记里也评过辛稼轩"少年不识愁滋味，爱上层楼，爱上层楼"句，说少年不是不识愁滋味，是少年有自己的愁，大人看上去不值一哂的愁，有时却是少年世界里惊天动地的大事。有些人自己长大了就忘了，或是根本没有过少年，肆意抨击少年心事，似乎大家都该一出生就成熟，真是荒谬可笑。

我这种观点大抵来自鲁迅，因为鲁迅说过，年轻时该把自己的愿望记在纸上保存，将来教育孩子的时候，譬如孩子非要去公园不可，十分闹心，翻开本子一看“某年某月某日，我十分想去公园玩耍”，便可心平气和矣。

总之，成人世界与儿童、少年世界的隔膜，时时警醒自惕，总是好的，尤其是当着父母的人。

回头说诗词教育。我很欣赏介孚公的那种循序渐进的“教诗”理念，和不以精妙与否为诗教标准的做法。汉代马援教子，说敦厚周慎的人可以学，学不好也能成为“谨敕之士”，豪侠好义的人不能学，学坏了会变成“天下轻薄子”，这就叫“刻鹄不成尚类鹜，画虎不成反类狗”。其实道理是相同的。

不过要更说明一点：周介孚说这话是在清末，他心里还对“樟寿诸孙”的举业生涯有期待，而古典诗词的社会功能也还存在——所谓兴、观、群、怨，现在的自媒体也不过这几种功能，有人借此沽名求利，更是古今一式。

到了如今，我认为诗词教育已经不再是无可替代的手段。诸如领略音韵辞章之美，学习词汇之多，由此进入传统文化……首先就不再是现代人生活之必需，而是变成了一种文化偏好，或一种进阶学习。而即使想得到这些，不靠诗词教育，也未必就做不到，更不用说，“背诗”只是诗词教育的入门功夫，要不要背、背多少、背什么，都不是可以一概而论的。

道理其实很浅显。教养孩童不是做化学实验或照谱炒菜，同样试剂同样分量，投放下去一定会得到同样的结果。孩童千种百样，诗词教育的效果也就千种百样。有一位不同专业的师姐，在朋友圈慨叹女儿不爱诗，也不爱背诗，头疼。我劝她说：

“也不打紧。诗词就是老虎嘴上的胡子。”

她有点愕然失笑：“拔不得吗？”

“不是。老虎嘴上有胡子，固然威风；没了胡子，老虎还是老虎。”

这话也是从大学课堂上听来的。教《说文解字》的孙稚雏师，课程说明就写得很有意思：“教师不希望有太多同学选此课。”也是，如果中文系学生一窝蜂选《说文解字》，怕会像一大群粉丝去机场不是迎接明星而是迎候科学家，这也是奇怪而恐怖的事。

上面这话，孙稚雏师说的是书法，据说“书法是老虎嘴上的胡子”这句话是启功先生说的。

一个人书法漂亮、诗词通晓，在我们能想象的时代与社会，都是加分项。但是，加分项不是指定动作，没必要无贤愚不肖都硬要在这方面弄点儿名堂出来——这话听着像在为应试教育辩护，其实不然，应试教育里，也有很多加分项，同时还有很多减分项。当作敲门砖是没办法，应该战术上重视、战略上忽视，如果认真对待，投入过甚，就是笨人。从父母到小孩，笨人世家到处都是。

当今所谓素质教育，诗词钢琴、奥数运动、各式特长，均可作如是观。我一向认为，父母各有所限，于儿女教育、日后成就，唯尽力而已。尽力什么呢？说两点：

一是尽力让孩子接触各种不同的事物与领域，有兴趣则跟进，无兴趣则放弃；

二是尽力将孩子去中心化、去天才化，换句话就是，把孩子当普通人养，父母可以为天才预留空间，但不要耽溺于想象。

当然这个“普通”，并不是低端（否则也不会有第一条的“尽力”）。像周介孚、钟锦的观点，都是给孩童先选一些学不好亦学不坏的榜样，或者说，不必强努也能够得着的范本。如果孩子是天才，别的诗集并没有被始皇帝焚掉，尽可自寻幽径。又或是性情不近于诗，那也无妨，了解过就可以了，“不爱读诗”与“不爱做基础实验”应该等量齐观，会做饭会修下水管道应该是更高一级的技能——当然是在精神世界同样开放与博大的前提下，人尽其才，各美其美。

我知道我又理想化了。不过正如你我都目睹的，那么多年，那么多父母，不管出于什么心态，炫耀或盲从，逼着几乎每个孩子背诗背词背文章，十几二十年过去，又有那么多成年人不能写一篇有情致的随笔，说一通有趣味的闲话，到底我们童年的记诵，转化率有多高？而且一旦成年，就大赦一般地将课本与学校读物撕烧弃毁的、毕生不再染指的，又有多少？这许多白费的功夫，实不如多用些在对社会、家庭、学校的观察与思考上，或者说，用在“怎样把孩子培养成‘老虎’”这件事本身上。

2017 年 2 月 25 日

为什么八成考生都不敢跟英雄生活一天?

一直关注高考作文题。有了儿子以后，就特别关注北京市的考题。像我这样的悲观主义者，不会认为十几年后的考题，跟现在的有什么本质的不同。

北京市2015年的高考作文题要求二选一。题目1是自选一位中华英雄，写《假如我与心中的英雄生活一天》；题目2是自选一物，写《深入灵魂的热爱》。据《新京报》的调查，逾八成参与者选了题目2。

如果我来答题，或教我儿子答题，我也会选题目2。虽然其实我的兴趣点在第一类，即所谓对历史文化的理解。高考前，某网站请一些作者出高考题，然后征文。我也凑热闹出了一道，题为：

如果“穿越时空管理局”只给你一小时，时地不限。你会去哪里，干什么?

1. 讲述这一小时内发生的故事。

2. 字数不少于800字，文体不限。

你看，跟北京高考作文题目1，是不是有点相似？但是，二者的区别是什么？我出的题，明显限制更少，考生可写的空间更大。

来看看题目1的要求：“自选一位中华英雄，展开想象，叙述你和他（她）在一起的故事，写出英雄人物的风貌和你的情感。”前提设定得非常明确：英雄。出题者甚至列举了岳飞、林则徐、邓世昌、赵一曼、张自忠、黄继光、邓稼先……作为例子，这些人，不管职业为何、事迹怎样，都是与“国家、民族”紧紧地联系在一起的。市考试院相关负责人介绍：“第一题侧重写人，写成记叙文，意在引导考生和在校生学英雄、赞英雄，增加民族自豪感和自信心。”

按照这个思路，这篇作文简直太容易写了。比如，我就写我和赵一曼度过她临刑前的最后一天，让她抒发抗日志向，谆谆交代后事，再展望一下抗日事业美好而曲折的前景。只要注意一下牢房环境描写、人物细节描写，这样一篇作文，不拿高分也难。可是，这样的作文，有何惊喜可言？

我一直不喜欢、不主张作文题有太明显的价值导向。理由很简单：这不是语文课应该承担的任务。语文考试不应该查考政治立场，同样也不应该把重点放在查考历史知识上。像我出的那个题目，有的应征者就写自己穿越到了自己的小姑娘时代，尝试理解父亲的严厉。我觉得，这也是不错的构思。

我记得高三的时候，语文老师一再告诫我们：作文要保险、保险。文字粗糙没关系，价值导向一定不能出问题。要是写《假如我与心中的英雄生活一天》，写了一个不那么标准的英雄，比如李鸿章，又或是写出了英雄不那么值得称赞的一面，如郑成功的海盗生涯，那该怎么办？既为难了审卷者，最终可能还是为难了自己。

那就对付对付，不就是敲门砖吗？可是，我正打算跟儿子讲“临文以敬”，莫非还得预备一套“临文以敷衍”的另类理论？

因此，结果就是趋易避难，去写《深入灵魂的热爱》吧，虽然也不容易出新，但至少不会有一种设置感，就是人家画好了轨道，你只要揣摩上意即可。

王小波在《红拂夜奔》里，写李卫公考数学博士，不会答《周易》，就在考卷上写“大隋皇帝万岁万万岁”。考官不敢给他零分，而且因为政治正确，还得给他满分，但又不甘心被他取巧，就给李卫公的数学满分试卷打零分——这个故事告诉我们，考试价值导向太明显，就会把知识与能力考核变成政治概念游戏，“抡才大典”就变成了“抡德大会”。

我这几年一直在帮某报的“校园达人”版做“非师点评”。那里选的作文，都是老师觉得又有思想又有文采的。而我往往从文章的角度、逻辑的角度（议论文）、结构的角度，指出这些作文的问题，贯彻的还是我“教文章不教思想”的思路。其实我很明白，千年科举的法则并未失效，“不求文章中天下，只求文章中试官”。中国考生已经精明到可以揣摩GRE出题者的动机——你听过那个神话吗？“新东方”的教师无须题干，只看选项，就能选对三分之一或一半。现在神话升级了吗？是不是都能答对90%了？

可是高考跟科举还不一样。科举考试，本地主考放的是谁、房师有哪些，考生心里大致知道。都说八股文是敲门砖，还不是单说八股文本身，而是写科举时文，需要揣摩试官的趣味与喜好。越是缙绅世家、书香故地，这种信息积累得就越多，明清的状元进士大规模向江南倾斜，这是一个重要的原因。但这亦不能稳当，因此，才会有“一命二运三风水，四积功德五读书”的俗谚。

高考作文，你完全不知道你的这一篇被弥卷封名之后，会落到哪一位中学语文老师，或大学中文系研究生手里。他（她）的政治立场、审美趣味、心理状态都无从把握，所以最保险的方法，就是找到“最大公约数”，总结一套让任何一位阅卷者，都不会将你的作文打低分的写法。各地中学的语文名师，大抵都有这两把锤子：一是押题，一是保底。

所以我的“非师点评”其实没什么用，被老师质疑过，被家长质疑过，腹诽的小作者想必也不少。有时候我想，我的点评，也只不过是让大家看看，还有另外一种标准、另外一种向度。拿老师教的方法敲开大学之门，就赶紧全盘忘掉。或许那时，会有人想起我的点评，翻出来看看，想想“文章”究竟是怎样一回事。

1991年，我参加高考。那一年的高考作文，一大一小。大题是《近朱者赤，近墨者黑》，写来完全是官样文章，一段开题，三个例子，一段结尾，这就是所谓“凤头猪肚豹尾”吧。小题比较好玩，是用“圆形”随意发挥想象，写一段说明文。

估计不少考生会写“太阳”：很好套范文，又能有引申意义。那年比较出彩的是写“水井”和“时钟”的。我坐在考场里，咬着钢笔头。我最想写的是“铁环”，我们小时候最爱的玩物之一。铁环在环山的马路上滚动，在街道的青石板上滚动，在刚刚下过雨的青草地上滚动……一环一环滚过童年，它是时间，也是地理。铁环辗过的地方，就是家乡。

可是临到下笔我又犹豫。这是一个比较陌生的题材，一模二模都没写过。就算写出来了，阅卷人不知道铁环为何物怎么办？他（她）不喜欢另类的想法怎么办？还有一篇大文章在后面，我为什么要在这里耗费时间和精力？

最终我还是写了“太阳”。后来拿了多少分我不知道。但这么一篇小作文我一直记得，而且视之为毕生的耻辱。它也让我明白了一点：当你心中站着一个审判官，文章只能是套子里臊眉搭眼的蠢物。

“文章与人品”，这题目不只马伊琍能写，也不是从文者的专利。每一个写过高考作文的人，都可能变成文字世界的商贩，或弄臣。

什么是好的高考作文题?

这两年有媒体邀请我点评中学生作文，因得一窥中学作文之面貌。总体来说，尚丽、尚虚、尚单——也就是，喜欢华丽，喜欢宏大，喜欢片面论证。

“中学生作文”此处是特指，都是“一模”“二模”的应试课卷。会形成这样的风格，出题者要负很大的责任。有些题目，把李贺从天上唤下来也写不好。上有好者，下必甚焉。《儒林外史》里某人说孔夫子再生，也要学写八股，就跟爱迪生穿越到21世纪，也要学用手机一般。

当然也有些题目很不错，只是学生作文审题往往不到位，何也？多半这些题目与学生的受教内容脱节。单摆浮搁，是好题目，放在应试作文题里，就未必。

每年高考作文题一出来，总是铺天盖地的议论声、试作声、争吵声。这也难怪，文题虽小，可以喻大。从每年的高考作文题与反应中，也能看出整个社会的精神状态。

高考作文题各省皆有，同样也是妍媸不一。2013年全国卷以“同学关系”出题，可称是最扣紧时事的，虽然题干本身就有矛盾：既说“高中学习阶段，你一定在班集体里度过了美好的时光，收获了深厚的情谊，同窗共读，互相帮助，彼此激励，即使是一次不愉快的争执，都给你留下难忘的记忆，伴你走向成熟”，又称“某机构就‘同学关系’问题在几所学校做了一次调查，结果显示，60% 的人表示满意，36% 的人认为一般，

4% 的人觉得不满意”。40% 的人对高中同学关系给出了并非正面的评价，谈何“你一定在班集体里度过了美好的时光，收获了深厚的情谊”？

因此这一题目本身就意味深长，充分反映了理想化的校园生活与灰色现实之间的差距。事实上，整道题目也是在引导考生思考：如果同学关系紧张，原因是什么？如何增进同学间的友好关系、营造和谐氛围？此乃前一段全国时评作者都在尝试解答的问题，而我特别想看这些战斗在同学关系第一线的考生们，会作何应答：是依然在文中渲染美好想象，讲说人间真情，还是直面不尽如人意的现实，给出自己的答案？

北京卷“爱迪生如何看待手机”是很有趣味的话题，但注定得不到有趣味的答案。盖此为假设论证，八股时代所谓“入口气”是也，某古人如何看待手机，不仅关乎此人的职业、成就，还关乎此人的性情、认知与思维习惯。爱迪生于中学生而言，怕只是干巴巴的“电灯发明者”“发明大王”，单由此推论，爱迪生要么自己发明手机，要么改进手机，我想不出有什么别的可写。

广东卷以“捐助”为话题，让考生比较面对慈善捐助时三个家庭的三种不同态度。就我所见，这是 2013 年最好、最有话可说，也颇有现实意义的作文题。这几年，慈善的话题很多，“暴力慈善是否应当”“受捐者应否感恩”“受捐与自尊的关系”都是时时引起公众注意的议题。广东卷最好的地方，在于并列三种态度，并未明示或暗示考生该崇尚何种取向，这就留下了巨大的思考与阐述空间。

其余题目中，上海卷“更重要的事”与天津卷“___ 而知之”（填入一个字，“学”字除外），也符合“广阔”的要求。只是考场时间太短，题目过于简单，对高度紧张的考生也是一种折磨，不如广东卷收放有度。要知道，这样的大题目，放在科举时代，是要写一天的哩。

2015 年 6 月 11 日

睡个懒觉，怎么就惹到你了呢?

我没有当过中学老师。当年我读中学时，作文虽然也得夸奖，但“文字晦涩”“思想消极”的评语也拿了不少。记得有一篇说自己很向往庄子的通达与潇洒，老师在后面批：“庄周与老聃一样，主张‘绝圣弃智’，是我们应该批判的对象。”当时好似梁山阮小七，一腔悲愤无处说，现在可以借着写“非师点评”的机会评后生的作文抒抒怨气。

所以有人说我的评语“麻辣”，不过，还很少有一篇作文能惹得我怒从心头起，恶往胆边生，恨不得拿根棒子当头一下的。

这篇作文的题目是常见的材料作文。其材料是：

最近，一些大学的起床协会“火”了。这类协会主要提供叫醒服务，催促会员早起，受到了众多“资深起床困难户”的青睐。

“床协”提供叫醒服务的消息迅速在网络上传开，受到了各地学子的追捧和点赞，同时也引起了人们的热议：有人认为，“床协”能帮助“资深起床困难户”打破他们慵懒颓丧的现状，鼓励他们的进取心，值得肯定；也有人认为，“床协”是对学生慵懒颓废状态的妥协，不利于当代学生自制力的培养，应该摈弃；还有人认为，“床协”不能解决根本的问题，一个醒来也不知道干什么的人，早起又有什么意义？

题目要求“自选角度，确定立意，自拟标题，文体不限”，我看到的这篇作文，选的是议论文，标题叫《每天早上的选择》。

作者先说，高三时候“恨不得一秒掰成两秒过”，所以不会赖床；考上大学后，又变成了一年前的“起床困难专业户”，“仿佛，我已经没有醒来的必要了”。

这位同学明显既鄙视赖床，又不赞成“床协”，她（看名字可能是女生）批评说：“尽管在早上他们被起床协会叫醒，但他们清醒得如此行尸走肉，醒与不醒又有何区别？”

接着，她开始了一连串的挞伐，用语相当激烈：

“如此冠冕堂皇的起床协会只不过给了那群人一张安全网，让他们即使堕落也有个限度，至少使得他们看起来好像清醒了一样。然而，它却无法提供一张梯子，供人攀爬，以至触碰到高高在上的梦想。它不过是对人性之懒惰的一次妥协罢了，哪里值得肯定了？懒惰的衍生物，就该跟懒惰一样，遭人唾弃。

“他们为什么不能自己醒来？说到底，就是因为他们的心中已经没有醒来的目标。即便依赖于‘床协’，醒与不醒，选择还是由你。如果我不知道醒来要做什么，那我干吗要辛苦自己呢？他们还没找到那样让他们心甘情愿起床的东西，那样让他们即使再慵懒困顿也念念不忘的东西。那是什么？那就是梦想！叫醒你的不该是闹钟，更不该是起床协会，而是你的梦想。只有梦想才能把一个人真正唤醒，从身体到心灵！如果每天清晨梦想都能给你的灵魂一次淋浴，那才叫清醒。”

“叫醒你的不该是闹钟，更不该是起床协会，而是你的梦想”，这是全文的警句——其实是网上抄来的“鸡汤”。可是，这梦想是什么呢？为什么我们该为了梦想而放弃懒觉呢？作者开始了励志：

“当你很累、很想继续睡下去的时候，不妨闭着眼睛，想想你今天的任务。古诗文背得够熟了吗？昨晚的数学题真的弄懂了吗？我离梦寐以求的大学近了一步吗？如果你有赖床的习惯，不妨试试‘吾日三省吾身’，只要一想到原来竟然还有如此重要的工作排队等着自己，肾上腺素一定加速分泌，‘床协’自然与你绝缘。

“无论你是为了考个理想的大学而起床，还是为了顺利地从大学毕业，抑或是你有一个自由选择人生活法的梦想，我们每天起床，都是要去追逐一个一生都必须追逐的梦想，也就是，每天都为了成为一个比昨天更优秀更完美的人而活。”

坦白说，挺空的。梦想、优秀、完美，这都是不着边际的大词，我捕捉到了“自由选择人生活法”，可是，既然梦想是自由选择人生，睡懒觉为什么不可以成为一种自由选择呢？

我知道我不应该跟一个孩子较真，他们的世界往往黑白分明，谈论自由多元是奢侈了些。真正把我惹火的，应该是推荐教师的评语，老师这么说：

“一个生来沉睡的孩子——未成年时由父母叫醒起床，成年后到了大学由‘床协’叫醒起床——哪里能真正‘醒过来’？没有梦想的‘起床’是悲哀的。作者正是清醒地认识到了‘床协’这一现象的本质，故大胆指出‘床协’作为‘懒惰的衍生物，就该跟懒惰一样，遭人唾弃’！对于热议的社会现象，作者有着冷静的思考，掀开被华丽幕布包装的‘床协’，背后却是千疮百孔、不忍直视的‘梦想’乏力之悲。本文文质兼备，语言充满理性，分析阐释一气呵成，字里行间都是满满的正能量，诚如作者所言：‘闹钟响了，关掉再睡还是起身迎接梦想？有梦想的人不会做这道选择题，他们在做的是证明题。’是啊，‘床协’可休矣，‘梦想’须起航！”

照这对师生的看法，睡懒觉是该遭人唾弃的，有梦想，你就不会在起不起床之间纠结，不用闹铃，无须“床协”，接受梦想的召唤与激励，才是“满满的正能量”。

我的评语比较严厉，以致编辑回信希望我改写，我没同意，理由是“我痛恨不理解睡懒觉的人”。

我认为睡觉与吃饭、性交一样，属于人的自然权利。但这项自然权利，在现代社会被剥夺得很厉害。你从上幼儿园到上大学，基本是没有睡懒觉的权利的。每天叫小孩起床，不让他自然醒，因为承受不了糟糕的后果：他会迟到，在幼儿园则没早饭吃，在学校则受老师批评，同时，你也会迟到，被记缺勤、扣工资，被上司数落。我认为这就是一个孩子接受社会化的开始。

等到孩子长大、工作了，他/她就变成了又一个你。做父母的心有不忍，但就像燕郊的那些老人，他们只能用“代排公交”来换取子女多半点钟的睡眠。早上要挤公交，晚上要加班，滚滚红尘里，睡眠一点点被抠掉了。好不容易有个周末，可以猛睡一觉，上帝保佑你不会被空地上的《小苹果》吵醒。

就我所见，一生中能痛痛快快地睡懒觉的，除了多半已经不需要懒觉的退休岁月，就只有大学那区区四年辰光。其实也还是有限制，有的学校要求晨跑，有的早课会点名……不过，弹性总归大一些。有人喜欢早起，有人欢喜夜读。汪曾祺写他在西南联大时，下铺住着一个历史系的学生，他晚出早归，历史系的学生早出晚归，两人同住一年，没见过面！或许夜猫子算不得健康，但也是一种自由选择，怎么就到了遭人唾弃的地步呢？

我承认，有些人可以睡得很少，少到令我怀疑他们和我不是同一类动物。拿破仑据说每天只睡四个钟头。胡适说他比不上拿破仑，他每天要睡六个钟头——那也够少的。据说胡适当北大校长时，约一个学生翌日早上7点钟谈学问，学生误听成下午7点。次日学生下午到胡适家，胡适不在家，正在和门房争执时，胡校长回来了。胡适说：“我早上等你不来，猜你是听错了，所以下午特地赶回来等你。”这个故事是用来表扬胡适平易近人的。可是我觉得该学生是故意的。早上7点！还要从沙滩的老北大步行到米粮库胡同！我要是该学生，不听错也会记错，再不就是闹钟坏了。这个故事只能说明：喜欢早起的人，总是以为别人和他一样，不需要睡懒觉。

胡适举过一个嗜睡分子的诗：“每日昏昏睡，睡醒日已午。人家活七十，我活三十五。”胡适认为这种人要不得。胡适先生死得早，没读到路遥的《早晨从中午开始》。人生有无价值，成就如何，其实不在于睡多睡少。

比起早上赖床，午觉就更不招人待见。夜眠终归是正常规律，赖床也不过是把它拉得长一些，午觉则像是一件奢侈品，如同婚外的绮恋。孔夫子年轻时睡觉经常梦见周公，他没说他睡的是夜觉还是午觉，但想来不是午觉——弟子宰予睡午觉，夫子很不高兴，骂他“朽木不可雕也”。夫子说过，不要以貌取人，他自己却以午睡取人，真是奇怪的逻辑。

喜欢睡午觉的人未必成不了大事。诸葛武侯午睡诗云：“大梦谁先觉？平生我自知。草堂春睡足，窗外日迟迟。”同样是山东人，孔子与武侯的差距就很大。当然，武侯此诗不见于正史，但如果是有人借武侯之口赞颂午觉，恰恰说明，传统里自有一股睡懒觉的潮流在涌动。

孔子以下，对睡懒觉深恶痛绝的人很多，但也没挡住中国人成为“世界上最喜欢午睡的民族”。这一点是晚清来华的美国传教士明恩溥发现的：“从中午十二点到下午两点，整个世界就像死掉了似的。人们在各种地方展开他们的睡眠，包括街边的屋檐下、树荫下的空地上，甚至头下脚上地挂在大车边上……”（《中国人的素质》）明恩溥来自一个不睡午觉的国度，倒也没觉得睡午觉是中国人的劣根性。后来鲁迅从事激烈的国民性批判，也默契地放过了午觉，与素称温厚的胡适之相反。

孔子说过“己所不欲，勿施于人”，但他不曾想到说出“己所欲，亦勿施于人”，所以他自己不爱睡午觉，就讨厌学生睡午觉，还上升到人品的高度。喜欢睡觉的人从来不会逼着不喜欢睡觉的人睡觉，不喜欢睡觉的人却总爱谴责喜欢睡觉的人，这是我痛恨他们的原因。没有人有权干涉别人自由选择的生活方式，不管他/她是不婚、不育、同性恋，还是喜欢睡懒觉。

五四运动时期，浙江第一师范学校成立了学生自治会，马上有人向自治会提出请求，希望开除同宿舍的同学，理由是“他每天总是午睡到三点”！喂，他睡到下午3点，关侬啥事体（关你什么事）？然而他不管，就是要开除。——如前所述，不喜欢午睡的中国人不多，可是他们很容易自以为真理的化身。三千年前，老师不让你午睡；三千年后，同学不让你午睡；又一百年过去，老师与同学一起用“梦想”喊你起床。“进步”这个词，真不是能够随便说的。

2014年11月24日

见义勇为耽误高考，能单独重考吗？

南京的吴非老师，中学语文特级教师，赫赫有名。我虽未识荆，也很钦仰，因为中学教师站在教学第一线，对教育、对学校的了解，不是我们这些“半罐子观察者”可以比拟的。

可是他发表于 2014 年 6 月 9 日《新京报》的评论《世上有比考分更珍贵的东西》，却无法让我赞同。“@ 新京报评论”转发这篇文章时，摘出的段落，足以说明文章的主旨：

“今年高考前夕，江西宜春考生柳艳兵和易政勇在公交车上遭遇暴徒袭击，柳艳兵在负伤情况下，只身冲上前，夺下歹徒手中的菜刀。建议制定相关法规，以保护那些因公共利益而不能参加高考的学生的权益，让青年在维护公义时能挺身而出，无后顾之忧。”

此评论的背景是，教育部已经表态，待两人身体康复，将为他们组织单独考试。

我转发这条微博，评论曰：“这个真不能同意，这口子一开，跟特长、少数民族加分就没有区别了。”

“@新京报评论”显然不太服气，它回复说“请杨老师先看一下全文”，然后直接引了段原文给我看：

“这次对二人‘组织单独考试’，同时也可以考虑其他因公缺考的个案，制定一系列可以参照执行的补考补录条例以及严格的审查、执行程序。不能把这些措施理解为高考的‘破格’‘破例’，而应视作改革、完善高考制度的正常措施。”

我用微博或微信，从来没有不看全文就擅加评论的恶习。事实上，正是这一段编辑认为的点睛之笔，让我“真不能同意”。

吴文的主旨有二。其一，两位考生见义勇为，用行动实践了教育的目标：“教育要求学生关注社会，关注现实生活，树立正确的人生观和价值观，反对在考试作文中说假话、说大话、说空话……故而柳艳兵这样见义勇为的学生，远比‘学科竞赛获奖者’‘体育特长生’‘优秀学生干部’难得，他在关键时刻的选择，社会对他的赞誉，是对几千万中学生的一次教育。”

其二，吴非不仅赞赏教育部“组织单独考试”的决策，并且希望将这种“单独考试”制度化，以体现“对公平公义的向往”，以教育社会“世上有比考分更珍贵的东西”。他还引用了1979年高考作文题《第二次考试》的材料——报考音乐学院的学生陈伊玲，初试表现出色，复试前因参加救火，整夜没睡，成绩不理想。主持者了解内情后，激动地表示：“她的第二次考试已经通过了！”

柳艳兵与易政勇的见义勇为，无疑应当得到政府与社会的褒奖，甚至树为典型、评为社会主义道德标兵，我都举双手赞同。但是把此事与高考扯上关系，我认为这种做法充满德治色彩，不足为当世法。

两位考生是好人，做好事，所以舆论都赞成给他们报偿与奖赏。可是，用什么方式报偿与奖赏，却大有分别。不能说见义勇为者最近要做什么，因为见义勇为被耽误了，就单独给他“再来一遍”的机会。这个道理很浅显。刘翔参加奥运会比赛前，因见义勇为受了伤，奥委会能等他伤好后安排一次单独重赛吗？还是说国家体系另外发一枚单独的金牌给他？

高考是一种差额竞争，不是考级过关。任何资源的重新调配，一定会有人得益、有人受损。所谓公平，是保证内在规则的合理运行，比如，有考生因为教育部门弄错了听力材料，题答得驴唇不对马嘴，教育部理应安排重考，不然无所谓公平。但考生因为自身任何原因，包括不可抗力与正能量行为，耽误了考试，都不应该举行单独的重考。

这种想法，与发言者是否赞赏当事人的行为、是否痛恨那些“英雄流血又流泪”的社会现象，完全无关。它就是一种立法者思维，强调制度与对象内在的相关性，同时又要充分考虑各种类似情况是否成立。

如果考生见义勇为可以单独重考，理由是他保护了公共利益，值得嘉奖，那么对见义勇为的嘉奖就可以用于任何方面。见义勇为得利既多，或许人人都热衷于见义勇为。这样的中国或许会成为尧舜之邦，可是很多有才的人会因为沉抑下僚，郁郁而终，因为他们见义勇为不过别人。

这样的时代在中国德治史上并不鲜见，庄周说“圣人不死，大盗不止”，汉朝童谣说“举孝廉，父别居”，袁中郎所谓“自从老杜得诗名，忧君爱国成儿戏”，鲁迅常常戏谑的“做戏的虚无党”，其实都是德治的结果。有德者通吃，人们自然争抢“有德”的头衔，什么光怪陆离的事做不出来？因此我说“跟特长、少数民族加分就没有区别了”。

见义勇为者单独重考，只有在一种情形下是成立的，那就是高考的目标，本来就是选拔德行出众者，是一场德育的竞争。只有这样，吴文所说两位考生“虽然没有参加高考，但已经用实际行动表明了态度”才成立。否则为什么万千生病者、阻于交通者、丢失准考证者无法获得重考的机会，而见义勇为者就有此照顾呢？逻辑上说不通嘛。

古代中国强调“以德治国”，因此他们经常因德行比较而打破常规，犹有可说；现代中国崇尚“以法治国”，却搞出这样一出有德者通吃的戏码，让人说什么好呢？

“@新京报评论”的编辑肯定不服气：杨老师，我真的叫你看原文啊，吴非老师不是说了要把“单独重考”弄成“改革、完善高考制度的正常措施”吗？

OK，我可以把吴非老师的这一段话，视为一种立法呼吁。问题是，立法呼吁，就要采取立法者的思维。请问，什么叫“因公缺考”？柳艳兵见义勇为，是因公；“陈伊玲”主动参与安置灾民，算不算因公？我在高考前夕走过路过王府井，去义务献了一次血，算不算因公？参加志愿者活动，帮奥运开幕式翻牌，又算不算因公？

我不相信教育部能够有能力甄别如此繁复的情形，而且完全可以预见，这些个案的争议、申诉、辩驳、执行，会耗用大量的法律成本与社会资源。抒发一时的道德激情，是个人的自由，哪怕领导一拍脑袋做出单独重考的决定，也不过影响一两人的命运（说得好轻松），将来犹可以"下不为例"封旁观者之口，但如果将"因公缺考"变成法令或制度，那就会变成完全无法执行的恶法。谁还不能制造一场所谓的见义勇为事件？而要辨清真伪，怕要动用刑侦专家，最后，作伪者该当何罪？他对社会实在也没造成太大伤害，只是想利用不良规则牟取利益，是拘留十五天，还是收容教养？

是的，世上有比考分更重要的东西，是公民的良知。世上有比道德激情更清醒的东西，那就是立法者思维。

2014 年 6 月 9 日

高考是最公平的制度吗？

今年是恢复高考四十周年。很自然，许多人都在回忆自己的高考，尤其是“金 77，银 78”这些天之骄子。不少人都说：高考实现了公平，给了年轻人希望，让他们可以凭自己的本事追寻自己的梦想，感谢恢复高考，不然我只能在山村里终老云云。

而回到现实中，有太多的人觉得高考并不公平。他们质问为什么北京、上海的考生拥有比其他省份多 N 倍的机会上北大、清华、复旦，质问为什么不像 1977 年那样全国一张试卷定高下，质问高考是不是将导致阶层固化程度越来越深。

为什么同是高考，会出现这样的矛盾评价？高考到底是公平还是不公平？

照我看来，任何选拔人才的制度，都有它自己的内在理路与逻辑。这里面的因素很复杂，涉及“人才”的定义、选拔人才的目标、制定规则者的喜好、可操作性的难易、制度漏洞与寻租空间等。

工农兵大学生、贫下中农推荐上大学，在今天看来，可能显得不可思议。但是它也有它的理路与逻辑。它是一个实验，要颠覆既往的知识权力与知识等级。当时，先是停办大学，觉得大学只会为资产阶级培养人才，后来又说“大学还是要办的，我这里主要说的是理工科大学还要办，但学制要缩短，教育要革命，要无产阶级政治挂帅”。这是因为不办大学，就没有足够的技术人才，实在是妨碍生产。

既然是“无产阶级政治挂帅”，那政治素质当然是最重要的，出身、表现、对毛主席的忠诚度，都比智力啊、知识啊这些东西重要。工农兵不上大学，谁上？效果怎么样，是另一回事。

颂扬高考“公平”的，基本都是依靠四十年来的高考制度上了大学并且改变了命运的人。“白卷英雄”就不会说高考制度公平。反过来，有资格、有把握被推荐上大学的工农兵学员，也会认为推荐制度公平极了，靠一考定终身才是“白专道路”的典型。

我认为，既得利益者说某种制度公平，没有说服力；要非既得利益者也说公平，才能有说服力。而且，“公平”是一种会变化的感觉。盐吃多了来口糖，从女奴时代来到一夫多妻时代，女人们会觉得更公平了；再过一些日子，又会有女人觉得一夫一妻才公平。

所以，没有绝对的公平（这是废话），也没有什么恒定的公平。要说公平程度，1977 年之前的推荐上大学，与 1977 年之后的高考，并无本质区别。放在中国这么大、情况这么复杂的地方，不管怎么设计选拔制度，都会让一部分人得蜜、一部分人委屈。

科举时代难道就没有地域歧视吗？且不说各省各县的名额差异（咸丰、同治年间广东因为土籍客籍科举名额分配不均等原因，械斗无数次，死伤数十万人）、满卷汉卷的分别、在任官员或荫庇子弟单独考试、南卷北卷的差异，就说苏州为什么那么多状元——一个人会受文风的浸染，苏州出来的进士当主考，看苏州考生的卷子就是舒服，你怎么办？

所谓国家抡才大典，其实从来是一种动态的妥协与平衡。南北矛盾突出，就偏向北方一点儿；中心地区与边疆矛盾突出，就照顾一下边疆。考试就是一种政治，不然为什么孙中山和国民政府讲“五权分立”，即考试是与立法、政治、司法、监察平等的一种权利？

相比之下，现在的高考制度，问题反而可能出在它的僵化上。跟科举相比，它没法按照每年的政治需要与舆论生态调整“抡才”的尺度与份额。北京、上海明面上的确占了便宜，不管内里有多少可辩之处，其他省份就是认定这两地的考生占便宜了。一年又一年，缺乏弥补与调整（哪怕是象征性的），不公平感与绝望感就会越来越深。

高考的拥护者总喜欢说，中国如果不搞统一高考，而是各校自己招生，一定会滋生出无数腐败。你看美国尚且有“一代藤校，代代藤校”，美国很多底层民众还打心眼儿里觉得自己不配上好学校呢。这话听上去好像很有道理。但它借着这种表面上的公平，把各校的自由出题权与自由裁量权都给剥夺了。

我认为，几乎在任何情况下，多元都比一元强。1977年、1978年高考，也有很多偏才怪才，只会文科不通理科，或英语太差，名落孙山。如果当年给各高校自主招生的权力，呈现他们的办学理念——像按张伯苓理念办的南开大学就拒绝中文系——最后选拔出的人才，就会比现在占据要津的"老三届"差吗？不见得。

统一出题，统一招生，如果有一撮人买通了出题者和招生办，那么这些人之外的考生，就没有任何一点儿机会。但如果一个省有几十上百所高校出题、自主招生，要左右所有这些人的选择，难度就大多了。

从前的科举，一个人被录取了，房师是谁、座师是谁、同年是谁，清清楚楚，大肆宣扬。虽然日后不免拉帮结伙，但同时也有了连带责任。贿赂关节虽无代无之，但考官爱才的佳话也层出不穷，足以激励后进。而高考的考生与阅卷老师、招生人员之间，虽然同样有着改变命运的联系，但就像巨大机器上的几颗螺丝钉，盲婚哑嫁，互不相干。是否公道，全凭概率。

现在你还认为高考是最公平的制度吗？这根本是个话语权问题。任何群体，想要达到自认为的公平，就要加强群体的博弈能力，照顾最大多数人的公意，寻求有效的改变渠道。

照我看来，高考只能说是"目前尚属大多数人认为相对公平的考试制度"，而这大多数人，除了能拿"推荐上大学"作为对照组，根本没有经历过任何别的选拔制度，比如联考自招，更不要说不一样的大学，比如去行政化的、宽进严出的大学。

我想说，公平不公平，是要看当时当地的人心与公意。至于人心与公意如何判定，这是更大的制度设计问题，就不多说了。

2017 年 6 月 7 日

时代会变得越来越好吗？

电脑版微信上并列着两个群。一个群在争论钱锺书、杨绛身后的评价问题；一个群在激辩同性恋婚姻是否应当合法化的问题。后一个群里，有一位高二女生突然蹦出来一句话，让我深以为是："有更多的选择就是进步。"

我想，一个时代是不是比它前面的时代更好，这大概可以算一条简洁的评判标准。表达得更严谨些，应该是：在不伤害他人的前提下（得加一句，不然会有人抬杠，说加入塔利班也是一种选择），普通人可以选择的东西越多，这个时代就越好。

这条标准，也可以放在前一个群里用。在钱杨人生中的某一个阶段，选择是被二元化的，"革命的就站过来，不革命的就滚蛋"。大家都很熟悉的问题：鲁迅活到新中国成立后会怎样？答案大概只有两个选项：要么识大体不说话，要么坐在牢里继续写。

后来的时代之所以比前面的时代好，就在于大部分人可以不再做二元选择题，不用在烈士与叛徒、圣人与恶贼、成功与成仁之间做唯一的选择。北大法学院教授张千帆先生曾说："即便知识分子出于客观原因而不能说话，他们内心也应当对这种不能说话的状态感到耻辱。"我把这句话反复看了几遍，仍然不能排除歧义：出于客观原因不能说话，知识分子究竟是应当为自己（的胆怯）感到耻辱，还是为这个时代的糟糕感到耻辱？

要是我来选，"应当"主要为后者而感到耻辱。虽说每个人都是时代的一部分，但是个人毕竟渺小。身为个体要推动时代，恐怕还只能以"论心莫论事"的标准。你是在努力让时代氛围变得更宽松、选择更多，还是出于各种目的，反对更多的选择？

钱杨二先生生平学问，我均无力置喙。唯一有一点想说的是，钱锺书先生曾试图阻止《〈围城〉汇校本》的出版。对于研究者来说，有没有汇校本，差别甚大。《围城》的初刊初版，与后来的私人信件不同，毕竟是公开出版物。既已留痕世间，哪能管束自由？

昨天曾致信出版社编辑，询问正在编辑的《汪曾祺全集》中有无收录1951年所撰《武训的错误》一文。老实说，作为一个"汪迷"，情感上是不愿意看到这样一篇结结巴巴地使用新概念的应命之作放在汪先生名下的。但历史就是历史，如果都讲为尊者为亲者讳，就是减少旁人与后人探寻评价的选择，也就是把时代往不好的方向推。后来编辑回复：已收。这就是一件让人高兴的事。

在杨绛先生的回忆文章中，也曾谈过一件关乎选择的事：

抗战爆发，钱杨匆匆回国，后来被困上海孤岛，清华大学曾邀钱锺书回校复职，而钱父基博先生函招，要钱锺书去蓝田师范学院任外文系主任，顺便侍奉父亲。杨绛一力主张钱锺书回清华，但钱家上下都赞成钱锺书去蓝田。这件事，怕是有记载中杨绛先生最感“媳妇难做”的选择了。最终钱锺书父命难违，去了蓝田。

如果不是受礼法道德的拘牵，可以做出个人独立的选择，想必会获得更多的自由与幸福。然而家务之间，很多事说不清楚。至于外人，实不必拿着道德标尺横量竖量，似乎人人循规蹈矩，就能成一个清平世界。坦白说，那种一言一行都要做二元选择题的“好世界”，我一天都不想待。

这两天又是高考。关于公平的话题不出意外地又沸沸扬扬起来。而高考试卷，似乎也是“天下大势，合久必分，分久必合”，今年高考，除去北京、上海、天津、江苏、浙江这五个省份外，其余二十六个省份均选择统一命题试卷。而“天下未乱蜀先乱”的四川还独特些，并非所有科目都使用全国统一命题试卷，其中，使用全国卷的科目是语文、文科综合、外语科小语种，而数学、理科综合、英语科则使用四川卷。

高考试卷这样分分合合许多年，始终没有看到一个清楚的解释：全国卷与地方卷的差异究竟在发挥什么作用？高考名额既已分到各省，考生都是在与同省考生竞争，选择全国卷或地方卷来进行淘汰筛选，究竟会有什么样的不同结果？

所谓分卷动机我是知道，照顾不同地区不同教育水平什么的。可是效果呢？这么些年到底造成了什么样的效果，出现了什么样的弊病，以致今年又往后退了一步？

从前的科举考试，是朝廷派出分省主考，主考自己命题、自己改。朝廷不使用统一试卷，肯定不是考虑各省的教育水平参差，多半是出于各省灵活安排考试时间的考虑。所以我又想问，既然都分省出题了，为什么要统一在6月7日、8日、9日这三天考试呢？

从前科考，原则上也是要回原籍考试，但是中间有很多变通法则，可以让考生寄籍考试。为此也爆发了不少社会问题。如咸丰、同治年间广东土客两族为争生员份额爆发械斗，其规模甚至达到几十万人。这么多年过去了，类似的问题得到相应的改善了吗？

有人在说不要嘲笑毛坦厂中学。最近看一部网络小说，作者就充分肯定“毛坦厂模式”，主人公穿越后开的金手指，就是为贫穷山区带去后世的法宝题海战术，成功地让老区子弟也考上了北大、清华。这样又让我陷入了思索：要改变中国教育地区不均衡的现状，用“毛坦厂模式”管用吗？在一省录取额度固定的前提下，“毛坦厂模式”说到底也是安徽省考生“内斗”的法宝，也谈不上提高安徽教育的全国竞争力吧？

我不想试图回答这些复杂而牵涉巨大利益的问题。我只是想，迫使人们示出疯狂的违背本心的意愿的，必然是极其强烈的资源倾斜。在有些时代，可能是生命与生活资源；在有些时代，可能是教育与工作资源。而作为“知识分子”，是为平衡这种资源倾斜而呼吁，还是漠视或推动这种资源的更加倾斜，也就可以成为一个价值评判的标准。

1933 年 1 月，有一位叫“简明”的读者投函《申报》的《读者顾问》栏目，表述了自己的疑惑：他是一名即将毕业的高中生，是升学，还是就职？彷徨不定。他自己的成绩倒是名列前茅，想升学，“想得些高深的学识和修养成健全的人格”。但一方面觉得家里供给学费不易，父亲年迈，母亲也劝他早日找职业；另一方面，他对大学的作用也深怀疑虑：

升大学是否使我们学生的知识、学问、人格增高？现在的大学（私立的）大多是野鸡式的，只要缴足了学费，你课不上也可以，天天可以去看电影或去跳舞，校内的情形，真是昏天黑地，丑态百出，这样非但得不到学问知识，却把纯洁的人格染脏了，徒使社会上增加一个消费者，将来不能去改进国家，却把国家逼近了灭亡之路！就是国立大学，也时常闹着风潮，闹得天花乱坠，也不能去安心求学，完美的究竟是少数，所以进大学很危险。

编者的回复，正反讲了国立大学和“野鸡大学”的异同，说：“野鸡的大学固然是撒烂污，国立的学校又何尝不撒烂污？若果我们平心静气的来批评它们，也可以说它们‘互有短长’，然而也可以说它们‘都非好货’。”

国立学校的好处是：经费较充裕、教授比较多、参考书与实验仪器比较完备。而其坏处是“接近政府，官僚气质太重，即使有一二明达之士，亦处在一齐众楚的环境中，没有自由发挥学说的可能”。

而“野鸡大学”，编者说，一半多是在做生意骗钱，买空卖空。但如果留心考察，也会找到“相当的好的野鸡大学”：一、它的教授们有一些是富有新颖的思想的；二、它的学风不带多少官僚臭味；三、它的教材是比较自由的；四、学生比较有自由讨论的机会。这些好处都是你在国立学校不容易获得的。编者的结论是：“以记者的愚见，将来的学风一定要靠着好的私立大学来挽回。”

读史鉴今，我们今日的考生，选择是多了还是少了，还真不好说。媒体比较美国的“高考”、日本的“高考”，殊不知在私立大学没能形成一股与公立大学相匹敌的力量时，这些比较，都是空谈。昨天我教儿子唱经典儿歌，教到“小嘛小儿郎，背着那书包上学堂，不是为做官也不是为面子光，只为穷人有人欺哪……”，突然有些心虚起来，赶紧打住，只教“没有学问哪无颜见爹娘”。

2016 年 6 月 7 日

为什么人们不再称赞自己的老师?

家族里的一位长辈，一个月前在上海去世了。说起这位长辈，委实谈不上熟悉，只见过一面，读过他的几封长信（直接通信大概只有一回）。

我见到他的时候，他已经退休在家，听说每天去和票友唱戏。虽然以辈分论，他只比我长一辈，他的年龄却与去年逝世的姑婆相仿，与三十年前去世的诗人三叔祖更是多年知交。年龄与地域距离都很大，因此这些年也只是零星得到信息。直到这位大表伯辞世之后，从他儿子（我该叫大表哥）的纪念文字中，才算勾勒出一幅略为清晰的肖像。

大表伯很年轻时就当上了中学老师。这一点，他与远在四川的小舅舅（我三叔祖）竟是如出一辙，都是从代课开始，教着比自己小不了几岁的学生。不一样的是，小舅舅后来娶了自己的学生，他呢，教书时已经有了女朋友，所以虽有女学生喜欢，也就不了了之。

在教书之前，他已经考上了北京大学外文系，主修法国文学。很不幸，还未入学，就查出了肺结核。北大为他保留了一年入学资格，但一年没能医好，到第三年，便须重新考试。家里是旧政府留用人员，弟妹五个，家累太重。他必得帮着养家，就进了徐汇中学代课。

他和小舅舅真是知交。两人从业的原因都是因为要帮补家累，也都很快征服了学生，小小年纪即成校内名师。徐汇中学是上海资格最老的中学之一，校史比上海交大更长。他在徐汇中学一教就是四十年，从1960年代起担任语文教研组组长。“文革”时，他被打成“资产阶级反动学术权威”，此事后来变成他的笑谈：世间有三十出头且只有高中学历的学术权威乎？

小青年何以成为名师？在大表哥笔下，是这样的景况：

爸爸可能是最后一代名士派的中学语文老师。他上课不拘一格，天马行空，但也不是无轨电车乱开。他喜欢思辨，更喜欢带着学生和他一起思辨。上课对他来说，既是传道授业解惑，更是智力游戏。师生互游，其乐融融。学生喜欢听他的课，同事也想琢磨学习他的教学方法，但一个后来当教务长、校长、区教育局局长的老同事、老朋友听了他一学期课后，得出结论，爸爸的上课方法是没法学的，因为他的教学是彻底的非结构化、非系统化的，有内在的逻辑和条理，但没有固定的套路，完全因时因事发挥。

他不是没有机会转换职业与身份。“文革”后，《现代汉语词典》迎来第一次修订，他听说此事后，写信给编辑组，针对吕叔湘、丁声树主编的原版提了几条意见。编辑组主持人很赏识他，曾想调他进编辑组，提供一个副教授职称。不过这份工作需要举家迁至合肥，于是只能放弃。之后，上海师范学院中文系也有意聘他为副教授。就在上海，总可以了？“那个时代副教授的含金量还是很高的，已经差不多是泰斗级了，新科正教授非神即仙，凤毛麟角。爸爸考虑到自己没有学历，到了大学好比鱼儿上岸，也放弃了。”

听上去有些不可思议，但大表哥说，这很符合他的性格。“按照眼下流行的说法，他是一个任性的人。不过他不是有钱就可以任性，他是有学问就可以任性。学问对他来说是好玩的东西，而不是事业、功名的载具，著书立说更是不好玩的事情。有一段时间，他特别痴迷地质和生物，这对他是彻底没有用的东西，他钻研只是为了好玩。结构主义、解构主义、文明史、宗教史、文人文集随笔这些‘半有用’的东西更是当仁不让。家里的书从地上堆到天花板，床底下、床侧也堆满了书，甚至沙发、座椅上也是书堆，家里连走路、坐下的地方都没有，但他还是在不断地买书，杂志订了几十种。神奇的是，他的书堆得杂乱无章，但哪本书在什么地方，他记得清清楚楚，不管是王蒙还是萨特，只要有人问起什么人或事，他立刻就可以翻出一本书来，‘这本书你拿去看看’，尽管有时要大动干戈找书。病重时，他还要我到家里找出两本李泽厚和两本梅里美的书带来。”

教书是他的乐趣，尤其“思想解放”之后，摆脱了“文革”的阴霾，“课堂变得有趣了，这是他教学生涯的顶峰。他跳出课本，找来大量优秀文章，语文课上成文学评论课甚至哲学思辨课。甚至放一段音乐，让学生用文字来描述音乐的色彩。由于太离经叛道，最后还惹来一点儿小麻烦。对于他来说，课堂就是他的画布，上课是艺术创作，不光要有主题、布局、功力，更要有创意、灵感和激情，只有这样才能画出灵动的画作。很多来看望他的老学生会提起当年课堂上他的一句充满思想火花的妙语警句，爸爸有时自己也奇怪：这是我说的吗？学生非常肯定地说，是你说的，我们还记得当时你的样子”。

有趣的东西大抵不能长久。“恢复高考后，应试成为高中教学的第一要务，学生甚至学校也一门心思追求考分和文凭，知识成为有价商品，传授知识成为商业业务，学习则成为挥金血拼。教书对爸爸逐渐成为食之无味、弃之可惜的事情。指导高考复习对他不是难事，他的‘高复班’也远近闻名，但教书不再有趣。退休后，他被返聘；老朋友、老同事办学，拉爸爸去，爸爸也去了，但最后还是彻底退休了。”

你或许会想：这是儿子回忆父亲，肯定会溢美吧？虽然素未谋面，大表哥的话我信，因为我信我妈的话：“他写给琦姑的好多信我都读过。全是用 16 开宽的薄型打字纸，很长一条一条的，翻过来叠过去地两面写，正面反面的墨迹相互渗透，搞得字迹都有些模糊，读起来很吃力。吃力也要读，因为他的文笔好，信也写得很好，常对所见所闻抒发自己的所思所想、所感所悟，很有意思，很有特色，就像一篇篇耐人寻味的散文，读过一遍还想翻过来再读。”

我还信我自己的眼光。去年6月，贵阳的小姑婆（就是“琦姑”）过世。大表哥在7月给我祖父及父母写来一封长信，信里回忆了许多40年代的琐事。这是我们收到的他的最后一封信，也是唯一一封输入了电脑的信（因为需要转发给贵阳的姑婆家人）。

他在信里提到奥登：

月初，看到《奥登诗选（1927—1947）》出版了，打了两次电话给书店，知道到货。电话听不真切，好像定价二十八元，再说一次，对方纠正，八十八元。八十八就八十八吧。Auden当时就只卞之琳译过少量，汝纲便告诉我：这是好东西。时值一九四七。我工作以后，在书店碰到一本原版，发票还夹在书里，是一九五八年六月九日，又与汝琦去世的日子相距不远，都在初夏。小舅舅（汝纲）非常起劲地跟我谈好莱坞，谈格里尔加逊，谈英格丽·褒曼，谈费雯丽（他给自己初生的女儿取名字，我疑心是源自晴雯和这个费雯丽），谈朱光潜，谈沈从文，谈安娜·卡列尼娜，谈咆哮山庄（梁实秋的译法），谈冯至，谈奥登，谈穆旦，谈自己结婚时别的可以没有，必定要自制一条全黑上缀少许金线图案的婚床的被单。

这是小舅舅金陵时期对未来幸福的一个规格异常的美学憧

憬，其深层，其实和中国人对西方的婚纱尚白而摒弃大红大绿起初不予认同是一致的。我自小在外公家长大，对他的那条神圣的黑床单，一听之下，唯存敬畏之想。不过当他弄到了一本厚得无版本价值可言的《李太白全集》的时候，我又问他何以还肯花时间啃这种中国的老东西。他说：

中国也有不少好东西。—— 十六七岁时的汝絅，就很超前也很兼容了。所以他特别推崇奥登，尽管其作品在中国露面的真正只不过一鳞半爪。我此后注意奥登，所得译文也只有卞之琳、王佐良、杨宪益少量篇什，查良铮则多些，但也只有二三十首。他的诗集的像个样子的正式出版，竟是二〇一四了！

但他对小舅舅并非盲从，比如对曹禺的看法，最后还是回到了奥登：

晚间闲坐，小舅舅一时兴起，会在小姨娘和我两个观众面前，表演《雷雨》的周朴园，大概仅仅根据曹禺的台词和他在重庆观剧的印象，即兴过把瘾吧。我却由此积攒了零用钱，把曹的六本剧买下了，算是壮举。现在想想，对曹，张道藩和刘少奇同声称赞，田本相和钱理群这些严谨学人也在后来努力梳理，但我总觉得说过头了：这位万先生配不上别人给他的冠冕。不过，再想想，他配不上谁配得上呢？好像配得上的人，还没有出现。将来，将来也不会有——文学有大师的时代已经不再。这个曹禺，连巴金也不如，直到临终，总算把自己看清楚了……毛下世以后，曹在《人民日报》上（那时可以谈谈苏联之外的文坛了）著文，回忆Auden和衣修伍德与他在武汉会见的往事，居然把Auden写成“欧文”，可见这个人在他心里究竟有多少分量了——无足轻重！我见此误植，写一封信要他更正，报社转交的，当然，泥牛入海。大人物偶一口误、笔误，何须更正昭告天下，错了就错了吧。

好了，关于长辈的追忆到此为止。我并不想强迫你来了解一位素昧平生的逝者。之所以想写一张大表伯的剪影，只因为我觉得他很像我见过的很多“名士派老师”：狷介，清高，看淡功名，但对于自己觉得有趣的事业，有着近乎狂热的执着，对于世事人心，有着自己独到的眼光与看法。

所谓“名士派”，王孝伯的定义仍是经典：“名士不必须奇才，但使常得无事，痛饮酒，熟读《离骚》，便可称名士。”（《世说新语·任诞》）“痛饮酒”象征着任性挥洒的个性，“熟读《离骚》”代表学有专攻，方能震慑学生，“常得无事”是最难的，因为需要人事环境与教育制度的配合。

这样的老师，一旦出现在中小学阶段，对于诸多学生的冲击力必然无比巨大：他们几乎独自提供着一种与庸碌俗世迥然不同的人生状态。在喧嚣的洪流之中，他们是“守定”的象征，他们像风雨中的茅庐，向或许从未在家庭生活中体会过阅读、思考之愉悦的年轻学子，展示一片郁郁葱葱的精神花园。

这样的老师，大学也有，但到大学再遇上，他的辐射力就大大减弱了：选课制让他不会跟学生日日相见，科研压力让他的讲课更像是一种任务而不是乐趣，高房价让他不再住在学校附近，学生上个门费好大劲，亲承謦欬成本高昂，最关键的是，大学有太多的歧路与诱惑，每个老师对你来说都或许只是匆匆过客，他们在你生活中不会占有比男女恋人和宿舍室友更高的位置。

我的家族，自曾祖父至父亲，三代之内以教书为业者，超过十五人，曾被教育部认定为“教育世家”。其中以中学教师居多。我以亲历亲见，回首思之，倍感在少年求学生涯中，能够遇上一位品性学问皆优又特立独行的名士派老师，对一个人的成长影响有多么大！大表哥举例说，他父亲的字很好，但不是字帖那种好，而是“不成流派的非主流字体”，却很有几位得意弟子，学老师的字迹学到惟妙惟肖，这是对老师最大的钦佩了。而这样的老师，往往会影响学生一生的为人处世。

越是这样的老师，在穷乡僻壤便越是稀缺，而僻处一方之学子，尤其需要这样的老师引导。我的出生地四川富顺县，虽然僻处川南，却自古有“才子之乡”之誉，宋代有进士六十七人，明代文风最盛，进士一百三十四人，历劫入清后大衰，三百年间亦有进士十一名。我少时在彼，县城中人，随口可以数出某某语文名师、某某数学名师、某某物理名师……发小邱小石，读大学时留长发，回乡走在路上，被邑人指指点点：那不是某老师的儿子？怎么这等样儿？虽说干涉个人自由，亦足见名师在邑人心中的位置。

近年返乡，再问名师有谁，邑人往往不能答，也有苦笑一声的：好老师都被深圳、海南的好中学挖走了啊！

这话大概是以偏概全了。我相信在故乡仍有不少好老师。不过，今日之所谓“好老师”，与“名士派老师”也大相径庭了。今之好老师，会押题，会总结捷径，班上升学率高，与“常得无事，痛饮酒，熟读《离骚》”，全然两个世界。

名士派老师不一定不长于高考，就像古之名士未必不长于科考，然而名士定当不满足于科考。大表伯就是一个例子。先高祖杨芾公，曾悬联于家中堂屋：“处家总是和平才有心情能爱物，生子不妨愚鲁但求骨格可为人。”祖父每逢年节，必引此联。但你把这话丢到任何一所——漫说初高中，就是幼儿园——的家长群里试试？“生子不妨愚鲁”，你是要我家孩子输在起跑线上？

即使是“今之好老师”，僻乡能留住的，也在逐年减少。致用之世，不能强求人人守定。边远地区的好老师，应该是用比大城市、地区中心城市更高的薪水、待遇，留住的那些尚存“得天下英才而教之”理想的执教者。朋友们笑我此论迂腐：什么更高薪水待遇，只求跟大城市一样还不可得呢！

这就涉及一个根本问题：教育究竟是热门产业，还是国民事业？如果按照市场化法则，现在这种情形没有错，人才资源往条件更好、出路更广的中心地区集中流动，利于竞争与优胜劣汰；但如果像日本明治维新之后那样，视教育为国民事业，则打破教育资源过分集中，改变教育资源不均衡造成的社会固化，就成了题中应有之义。

我的一位老师钱理群，执教大学数十年，但因为痛感“大学生难以改变”，退休后曾选择去中学教选修课，希望将改变学生素质的进程提前几年。而效果，听说是不佳。想想也是，高考体制年长日久，获利者不计其数，身在其中如大表伯者尚且只能退出，外来者又何得预流？基于这种情况，再来考虑余世存学长提出的问题“为什么人们不再称赞自己的老师？”，似乎有了一点儿端倪。

先高祖杨芾1907年公派访日，撰考察报告《扶桑十旬记》，篇末总结曰：遍游日本，“目不睹悖义之事，耳不闻非理之言，问何以故？曰法律严而一也；问尽人知守法律，又何以故？曰教育普且早也”。一百年后，中国的教育，也算是“普且早”矣，何故悖义之事、非理之言，游目皆是呢？我隐隐感觉，这与“师”的缺乏大有关系。这“师”可不是教书匠，古话说，经师易得，人师难求。

如今都在谈“回不去的故乡”，说“每个人的故乡都在沦陷”。我问你，这“回不去”、这“沦陷”，与师之不存，有没有关联？在故乡那座小城、那片小村，有没有值得你铭记终生的老师？有没有这样一位师长，你过年回家，无论多忙都要抽空去看望，而入室之后，觉得如坐春风，毫不因睽违良久而无话可说，出门之际，犹如经历了一场精神沐浴，浑身爽快？

如果你有过这样一位名士派老师，你会发现，无论离乡多久、飞得多高，回到故乡，你都能够永不被自己的高度打败，能够与你做心灵沟通，甚至予你启迪的，仍然只有那位曾被家长诟病、令学校皱眉的名士派老师。为什么？一是他们有着开放的心灵，对新知识从不拒绝，对精神永存非功利的热爱；二是他们有守定的准则，不随时俯仰，不怨天尤人，更不人云亦云。有这样一位老师在，故乡还那么令人憎厌、让人无奈吗？

两年前，我去杭州做讲座，碰到一位富顺老乡，他在杭州教中学，已经十几年了。我问他，为什么不回乡任教，是因为杭州美女多吗？他挥挥手："哪儿的话，这里的学校，校长比较肯包容，我有时候上语文课，两节课给学生放一部《死亡诗社》，校长也不会管哈……"

我只能沉默，我和他都知道，越是边远的地方，学生拼杀出去越不易，学校对高考越看重，考上北大清华，就是横幅金榜游街庆祝，这是一个死循环。高考不考《死亡诗社》，在校方与家长眼里，不按着高考指挥棒起舞的老师，哪里会是什么好老师？至于称赞、尊重、影响、心灵……这些玄虚的词，会提高今年的升学率吗？

我其实也不知道，在"毛坦厂模式"与好老师之间，是否我们只能择其一？有没有一种方式，能够让中学生既享从游之乐，又不误前程？这无比巨大的问题，不知道需要多少年，才能顺利求解。就像我们这教育世家，到我这一代，堂表兄弟四个，也再没　人拿起教鞭了。

2015年2月6日

第三辑

谁的大学？

为什么报志愿应该多考虑考虑文史哲？

到了报志愿的时节，在大学中工作的朋友，谁都会被一众亲友咨询孩子该报什么专业。不过，如今我周边问要不要读文史哲的，几乎没有。张向荣博士的《学好文史哲，走遍天下都不怕》，按说是替我们人文学科张目的，该当鼓掌。然而我读完之后，却总觉得哪里不对。

“志愿的作用不应被过分夸大”我是同意的，“热门的专业总会变冷”我也同意，包括说文史哲易学难精，需要投入更长的时间与更多的精力，我还是同意。只是“学文史哲”与“学好文史哲”之间，实在画不上等号。

这个问题可以拆成两句话：一、不学文史哲，是不是就不需要学好文史哲？二、学了文史哲，是不是就理应“学好文史哲”？

所谓“学好”，其实也有两重含义：一重是学有所成，专业从事；另一重是获得文史哲学科对“完整的人”的充分滋养。前者是少数人的选择，当然需要热爱，不仅需要热爱，还需要有物质上的保障，因为从事这一行当的回报率不高，如果你要成为真正意义上的“好学者”的话。

后者呢，应该是每一个受过高等教育的人都达到的程度。然而，“应该”往往意味着“稀少”，漫说应用学科的芸芸众学子，就算是文史哲专业的本科生，又有多少人能做到“对个人灵魂、思想和价值观的重塑，也就是对生活的超越”，能做到“不知不觉间，你会发现自己的视界在扩大，仿佛山登绝顶，能看到旁人看不到的风景；你也会发现自己的感知力在增强，能感受到旁人毫无知觉的痛苦、喜悦和崇高；你还会觉得，自己对一些外在功利、世俗浮躁的关注在下降。你开始习惯于沉思，很多你曾经为之忧虑、为之困惑、为之恐惧的人和事，你都会慢慢地找到答案”？

上面这些话有点儿虚，我们要考虑国情，事实上，一位在中国接受主要教育的年轻人，能够做到：一、保持对阅读持续的热情；二、知道应该在时代与环境的大前提下理解人与事；三、认同人生的价值实现不是只有一条标准，参差多态的社会更幸福，我认为这就是“学好”文史哲了，无论他选了什么专业。

一起学球，教练说“我看见字儿就犯晕，看看电视还行”，有朋友开玩笑说：要是我家孩子看见字儿就犯晕，还不如掐死算了。

玩笑是玩笑，后面就透出一层浓重的焦虑：我们这些深受文史哲恩养的父母，对于儿女能否感知同样的恩泽，难以抱有足够的信心。视听资源的极大丰富，绘本的流行与囤积，浅阅读、碎片阅读的深入人心，让“识字”似乎变成越来越不必须、不重要了。小儿这一代普遍识字年龄后移，这是让我们无可奈何的事。

我又来忆苦思甜：在我们小时候，如果你不认识字，就意味着你与知识世界完全断绝，即使是“小人儿书”（即连环画），里面也有相当的文字含量。一个人的知识，基本上依靠自主阅读获取。“无书可读”是那个时代无数偏远地方好学者的哀鸣。

现在则是无数信息与知识都在往你眼球前、耳朵里涌，千方百计地喊着“选我，选我”，在这个时代长大的孩子，真正是知识世界的“小皇帝”，大家都来供献、奉养你，变着花样儿给你做滋味佳、易消化的吃食，只要你打赏少少银两。

有一个词，我怀疑已经成为“死词”，哪位帮我查查《现代汉语词典》还收录吗？就是“涵泳沉潜”。它与“信息快速处理反应机制”之间的区别，就像商业电影与艺术电影的区别：前者两分钟必须有爆点，后者常常一个空镜头就是两分钟。时间并不公平，不同的使用方式是一道选择题。

我曾经也是对文史哲、对人文思维的乐趣充满信仰的少年。但既是公众言论，我们确实不能只讨论小众选择，而是要针对“大多数的可能性”。鲁迅在报纸上主张少读或不读中国书，私下却给许寿裳的儿子开国学书目，就是这个道理。

先说一点很重要的判断：学历在下沉，选择在延后。民国时高小毕业生就业无比正常，后来就是初中，高中，本科，研究生……也不知道是社会进化，导致人可以用在学习阶段的时间越来越长，还是时代多元，让人习得谋生技能、选择终生路向的节点越来越靠后？

好大学都在改，一年级实行通识教育，到了二年级甚至三年级才确定专业。不怕来不及，研究生基本上快成必修学历了。总有一天，高考之后选志愿会成为“从前我们是这样的”那种怀旧报道吧？到那时，高考完就是选学校，大学新鲜人先听遍所有基础课程再说。

我一向有个信条，自己发明的：“本科靠自己，硕士靠氛围，博士靠导师。”虽然过了一二十年，想来还可以让现在的学子借镜一下。是不是只适用于人文学科？不保证，试试看。

“本科靠自己”，说的是本科要培养良好的学习习惯，比如建立自己的阅读路径，自己动手查找资料——而不是等着老师开书目，再从资料中选择要研究的题目。不怕浅，不怕重复，关键要通过这种浅层但逐渐深化的研究确定自己究竟对什么问题感兴趣。“对什么专业感兴趣”只是大而化之的说法——现在书店摆放图书，都不敢将书分为“文学”“历史”“哲学”等大类了，“小说”都不行，得是“中国当代小说”这么细的分类，对“专业”感兴趣不如对“问题”感兴趣来得实在。所以一个人的学术兴趣是从小问题开始，多去探索几个“为什么”，基本弄清楚了这些“为什么”，自己想学的（而不是父母、老师要自己学的）是啥，也就浮出海面了。

“硕士靠氛围”，因为硕士阶段已经入了研究之门，或至少应该窥见门内的风景。但是，不同的学校、不同的氛围，培养出来的学生，意识、眼界都迥乎不同。同样是读了四年本科、三年研究生，有人早就进了门庭，已经学会了一套太祖长拳，有人离大门还有二里地。所以本科考得不太理想的同学，就更得加油靠自己，靠考研究生转换一下氛围。

“博士靠导师”，你可以说是要靠导师扶持提携，介绍工作、参与课题什么的，而更重要的是，导师是你自己选的，你也是导师选的，希望互选的前提不是他有资源、你有姿色，而是师生有共同的学术兴趣与学术思路，前人所谓“家法”，大体如此。如果要“学好文史哲”，没有自家面目根本要不得。自家面目如何得？不外是师承与自觉共同作用的结果。

以上述信条为基础，再来反观高考后的报志愿，可依可援的操作法则就比较清楚了：

一、尽量选择中心城市，尽量选择高档次学校。“211”以上，根本不要去想“好不好找工作”这种假命题，什么专业都行，反正人生选择已经延后了。

二、如果没法选好学校，那么尽量选择挨好学校近的地方，至少可以蹭课、蹭讲座、蹭图书馆，在好学校找个男女朋友也是打入内部的捷径。

三、本科专业反而尽量要选出路广、转型易的，给自己留一个二次选择人生的机会。千万不要选那种只要选了，要么一条道走到黑，要么虚掷四年光阴的专业——文科里面，文史哲都是万金油，所以我们可以从另一个角度理解“学好文史哲，走遍天下都不怕”。

大学教育的功利化，非自今日始，亦无可能至今日终。闹得最厉害的时候，我读本科的中山大学，谣言风传，说中文系要改名“大众传播系”，历史系要改名“旅游观光系”（确实开了导游专业，专科），哲学系要改名“行为管理系”——这些或是笑谈，图书馆系倒确实先改名“图书情报系”，再改名“信息管理系”，也不知道有没有促进就业的功效。

我也曾经是急功近利的年轻人。现在人到中年，回首漫漫学途，最大的遗憾就是念中文系，却没有去完整地学一遍跟社会隔得几乎最远的古文字学。后来才知道，这样的学问，用处不是一般的大，所谓“国学”以小学为本，果然不是说说而已。

2017年6月29日

北大拒绝某些高考状元说明了什么?

北京大学招生办近日表示，在2013年高考志愿填报咨询阶段，北大明确拒绝了少数企图向北大索要巨额奖金、进行讨价还价的所谓“高考状元”。招生办负责人表示：“北大要用实际行动切实坚守教育工作者的良知、责任和诚信，使教育回归本质。”

此言一出，为北大叫好的有之，为“状元”抱屈的亦有之。叫好的说，岂能让学生这么早就钻到钱眼子里去？抱屈的说，双向选择何必道德指责？人家漫天要价，北大就地还钱，谈什么“良知、责任和诚信”？

我支持北大此举（这几年北大的作为很少得到我的支持），然而也觉得“良知、责任和诚信”有点儿虚头巴脑，倒是“使教育回归本质”可以说说。

教育的本质是什么？我觉得是：理性指引下的规则。

有一年我去英国剑桥大学，发现有的草坪上竖着牌子，上面写着“student only”或“member only”，陪同的同学介绍，这些草坪只有学生或院士才能踩。

乍一听有点儿诡异，但这就是学院或大学的财产，规定什么人能踩、什么人不能踩，是学校当局的权利，不存在什么“北大是全国人民的北大”。更关键的一点在于，规则是公平的，首相或总统来了，仍然不能踩。

另外，访问剑桥大学图书馆也让我很感慨。英国有法律规定，任何出版社出版的新书，必须送一册至剑桥大学图书馆，付不付钱我没问，但这个举措，反映了知识呈现的公平：不管一个人要找什么书，他总能在这里找到。

我想，教育不仅是要教授给学生知识，还应该给他们一个理想的氛围，所谓“理想”，即一切事物尊重规则，实现公平。我们常说大学应该是“净土”，应该是“象牙塔”，其实就是这个意思。不管社会环境如何，大学当为澄明清华之境。

当年蔡元培任北大校长时，王兰等几位女子上书希望北大开招女生。蔡元培批复说确实没有不招女生之理，遂开中国大学招女生之先河（此时大多数戏园子还不收女客）。办《北京大学月刊》时，文科教授说中国文字该竖排右写，理科教授说横排左写才便于写公式与外文，争执不休，蔡元培出面裁断，文科论文竖排右写，理科论文横排左写，合为一册。他不是在和稀泥，而是尊重规则与理性。

现下大学为人痛恨诟詈，很多时候在于大学里规则荡然，潜规则横行。“高考状元”向北大或别的大学索要巨额奖金（据说尚有别的要求），请问有规可据否？无规可据，应之则大学为失格。世上没有不透风的墙，这些“状元”们的新同学，甫入燕园，未尝炙学问之美，已先睹规则之崩，怕只好念《动物农庄》以自解：一切动物生来平等，但有些动物比别的动物更平等。

有人为之辩解，说是“申请”而非“索要”巨额奖学金，又说是以商业谈判的方式。既是申请，请问可以公示其姓名、要求否？商业谈判更是笑谈，这是新生入学，不是公司并购，莫非还要整成个商业秘密，非等北大A股上市那日不得公开？

还有人说，考生能够跟北大讨价还价，说明北大的招生垄断已被打破。这我不反对，但好比从西周的垄断过渡到春秋战国，虽然算是推进，未为至善，因为“春秋无义战”，大家越来越不守规则。合久必分，分久必合，最终还是要重新制定并固守规则。前几年北大清华争抢“状元”，实在是急功近利的坏示范。孔子说：“尔爱其羊，吾爱其礼。”“状元”们是羊，规则是礼。要使教育回归本质，就须爱礼重于爱羊。

2013年7月24日

穷人家孩子要不要上大学？

穷人家孩子要不要上大学？如果十五年前提这个问题，就是“脑残”。那之前，应该是越穷越是要上大学，一上大学就跳了龙门。大家去看看《人生》《平凡的世界》《女大学生宿舍》，包括《一地鸡毛》，都可以明白上大学对穷孩子的重要性。但今时今日，这个题就不好答了。因为“大学”不再是当年的大学，“穷人”也不是当年的穷法。这就需要具体情况具体分析。

以前的大学，确确实实是国家提供的公共品，为一切有资格（主要是高考分数上线）的人创造各种条件入学，而且一包到底。而现在的中国大学，性质比较模糊，有公共品成分，也有很浓的产业色彩，这就让入学资格、师生关系、毕业出路等等，都发生了质的变化。

而以前的穷人，不论在农村还是在城市，发展道路是单一的，招工当兵上大学，都不会比现状更差，也没有多样化的道路可供选择。想摆脱穷人身份，上大学是获利最丰的投资，所以有很多悲壮的例子，什么“复读八年”之类的。现在呢，并不是说上大学就不吃香了，不然衡水中学、毛坦厂中学也不会声震全国。但是，现在的争上大学，有一定的盲从成分与跟风效应，大学水分多，希望与现实的落差有可能很大。像“蚁族”也是从前没有的现象。

说一个现实的例子。我妈以前教中学时有位学生，那时候我小，对我特好。有一次她联系我，说她和老公都下岗了，生活比较艰难（当年她也就是读完初中），现在女儿考大学，考得不好，听说这分数来北京可以上某某民办大学，托我打听。我打听了一下，发现这所大学在昌平，就业出路也不佳，学费还不低，一个学期好几千。这时要是劝她女儿上大学，就会面临这几年他们夫妇骨头榨出油，几年后女儿变蚁族的巨大可能性。你说我敢劝上大学吗？我只能摆明利害让他们自己选。孩子还特别迷成功人物，开口闭口王石、马云。

还有一些乡下亲戚，孩子学习不好，想学电脑学绘画，不是听说搞电脑来钱快，就是听说考美术录取分低。坦白说，我觉得那些吹得天花乱坠的民办学校或不知第几流的高校，真的像在骗钱。这种时候就得劝亲戚谨慎再谨慎，毕竟这是胜过买房的大投资，搞不好血本无归呢。

当然这不该怪穷人家长们信息不完整或太理想化。问题的症结（至少是症结之一）是中国目前一些大学定位相当模糊，门槛又低，既坚持不了精英化，又不能提供廉价的平民教育，而且与中学教育不能构成连续的系统教育，特别浪费资源，让人们（不仅仅是穷人）感到无所适从。昨天有个读者微博私信我，说她本科读经济专业，想考历史专业研究生，家人以就业难为理由坚决反对，她一直在哭啊哭，觉得自己到大三才知道想要什么，却无法取得家人的认同，不知道该怎么办才好。

什么才是大学教育的理想图景？我不是专家，也思考得不成熟。我能想到三点，随便说说：

一、增大学生与家长在教育博弈中的权重。薛涌一直在鼓吹的“教育券”，真的可能是一个方向。学校办得好不好，不说全靠学生评，至少学生的投票要占一个相当的比例。让每个考生持有教育券，在考上某档高校时生效，教育券的多少决定该档高校资源的多少。换言之，以政府力量为考生一方加大博弈的砝码，就不会只是“学校选考生”的单向选择，无论穷富，学生的选择权都会加重。

二、普及身边的廉价教育，并且提供转换性。这个是从美国的社区学院借鉴的。既然中国的城镇化趋势不可阻挡，那么配套的教育资源则是题中应有之义。像我前面说的北京某某民办高校那种，实在没必要办在北京。如果欠发达地区就有廉价的高等教育可以选择，而其学分又可以积累，让学生有再次深造的机会，这样则既可以鼓励学生有一个良性的向上流动，又能降低初始阶段家庭的教育成本。我觉得这也是政府应该努力的方向，不要老想着举国办一两所世界一流大学，一来世界一流不是用钱堆出来的，二来以它们的知名度、美誉度，完全可以从社会获得资金支持，教育预算应该大幅度向社区教育倾斜，让多数人在家门口就能上大学。

三、把读大学变成学生自己的事而不是家长的事。现在上大学跟买房结婚差不多，家长包办性非常强。问题是，十八岁就成人了，家长的选择真的是适合孩子的选择吗？孩子上不上大学、上什么大学、选什么专业，应该是他们自己的事，包括毕业后找工作的风险评估与风险承当，都应该是一个成年人自己的事。为什么中国小孩不能工作几年再考大学？如果家长与孩子合意，直接上当然也没问题，但总的来说，上大学应该和结婚、生育一样，回归个人选择。要相信个人的选择是最理性的、最不浪费资源的。

再补一句。如果上大学还是家庭信仰，产业化愈演愈烈，那么，台湾地区那种考 20 几分就可以上大学的景况绝非不可能在大陆上演。到时只是就业竞争下延四年，就业危机转嫁给家庭，穷不穷倒是都能上了，但这是毫无意义的高教泡沫。

2015 年 4 月 24 日

贫困生能不能穿耐克鞋？

这篇文章的题目叫作《妈妈给我买了一双耐克球鞋，学校就取消了我的贫困生助学金》，但其实是第三人称表达，主角是“我大学的时候有个同学”，文章说，这位贫困生同学过生日，妈妈“省吃俭用几个月，花了五百块钱给他买了双打四折的耐克牌篮球鞋”，从老家快递给他。学校得知后取消了他的贫困生助学金，“原因是他既然都能买得起耐克球鞋了，还算什么贫困生”。作者认为，耐克球鞋代表母亲“沉重的爱”，以此为由剥夺那位同学的助学金毫无道理，作者最后的结论是：“贫穷已经剥夺了一个人在这个世上的很多种快乐，请不要再以贫穷去肆意践踏他们的尊严。”

这篇文章所述的事实未知真假，但这不妨碍它的迅速传播，并毫无意外地让读者分成了两个阵营。一方认为“贫困生就该有贫困生的样”，学校的做法无可厚非；另一方认为“贫困生就不能追求美好生活吗？”，并反问：难不成每天都要穿得破破烂烂，你们才能感受到他的穷？

通常这样的论辩，都饱含着观者的情绪与生活体验。比如，支持学校决定的人，会举出生活中有多少用着 iPhone、穿着耐克、领着助学金的“贫困生”，以此证明如果学校不根据种种生活迹象来判断一个人是否贫困，那很可能难以将助学金发放给最需要它的人；反对这种决定的人则强调贫困生的认定有着种种数据上的限制，岂能依据一双耐克鞋就任意取消？

在信息不全的前提下，判断单一个案的是非毫无意义。一个省吃俭用买双耐克鞋的家庭，和一个不买任何奢侈品牌，却把钱攒起来投向别处的家庭，谁更需要扶贫，还真不好说。至于说各类限制条件，也无法排除作假的可能性，开着豪车去领低保的新闻事例，同样累有所闻。

如果纠缠于事件细节，就会陷入“五百元的耐克球鞋是否就意味着尊严”这种情绪化的争论之中。反之，我们可以从这桩未知真假的事件中提纯出一个比较普遍的问题，那就是：来自社会或个人的对于贫困的资助，附加各种对受资助者的限制，是否正当？

现在有个词叫“精准扶贫”，针对的就是过往所谓“粗放扶贫”，查了一下，后者指的是“扶贫中的低质、低效问题普遍存在，如：贫困居民底数不清，扶贫对象常由基层干部‘推估’（推测估算），扶贫资金‘天女散花’，以致‘年年扶贫年年贫’；重点县舍不得‘脱贫摘帽’，数字弄虚作假，挤占浪费国家扶贫资源；人情扶贫、关系扶贫，造成应扶未扶、扶富不扶穷等社会不公，甚至滋生腐败”。

这些现象，大家从生活中、媒体上、影视剧里，都能有所感知，道理也很容易明白：扶贫款是“不拿白不拿”的，自然就容易出现“白拿谁不拿”的现象。而要严格核准“贫困户”，其核查与监督成本会非常高，地域、家庭之间的各种差异（比如他们对扶贫款的使用偏好）更是难以量化。前一段时间甘肃的“杨改兰事件”，媒体发现杨家被取消低保待遇，最有可能是因为“人缘不好”，这就很能折射出扶贫实践中的问题。

因此，对资助金加以种种限制，也是降低核查与监督成本的无奈之举。二十年前，挂职扶贫的同学说，一头牛，是作为生产工具发放的，但有些贫困户把牛杀来吃了，又来扶贫工作组哭着要，搞得他们焦头烂额。近年挂职扶贫的同事说，现在的办法是买牲畜，政府出大部分钱，但贫困户自己也要出一点儿，以此防止这种旋领旋吃的扶贫依赖，似乎也有一点儿效果。

类似的例子还有以前“希望工程”捐款搞“一对一”：一是锁定帮助对象，并要求受捐助人与捐助人之间保持通信联系；二是捐款只投向学校，以充学杂费，不直接发到受捐助人手里。

其实美国救济穷人的“超市券”，也有这样的限制，即拿着这些券只能买维持基本生活需要的食品或衣物，没法用来购买奢侈品。

不过，“耐克球鞋”还不完全属于上述情况，因为这双球鞋并不是用助学金去买的。我们假设该同学的家庭贫困并非作假，那么，父母愿意将菲薄的收入用来干什么，买肉吃还是买球鞋，仍然是一种个人自由。如果他们相信一双耐克球鞋能带来欢乐与尊严，节衣缩食在所不惜，旁人的非议如“贫困生应该有贫困生的样”就没有什么道理。

可是，为什么许多人都接受不了这种“贫困者的自由”呢？这就要谈到整个社会对贫困的认知。有一篇《贫穷的本质》的书评（豆瓣网，署名“伊卡洛斯”）写道：“穷人所陷入的困境与很多其他人所受到的困扰似乎是一样的——缺乏信息，信念不坚定、拖延。的确，我们并不贫穷，受过良好的教育，见多识广，但我们与穷人的差别其实很小，因为我们的认识比我们想象中的要少得多。我们的真正优势在于，很多东西是我们在不知不觉中得到的。我们无须担心我们的明天是否面临生存问题，换句话说，我们几乎用不着自己有限的自控力及决断能力，而穷人则需要不断运用这种能力。”对于普通家庭的母亲来说，要不要在儿子生日时买一双打折的耐克球鞋，或许关乎家庭教育（“他的表现值不值得这种奖励”），或者个人观念（“大学生打球需不需要那么好的鞋”），而对于故事里这位贫困家庭的母亲，这次购买行为涉及了她的财富观，或者是情（儿子喜欢）与理（家庭层次难于负担）的纠结。

长期以来，人们习惯于认为贫困家庭理应精打细算，“好钢用在刀刃上”，却往往容易进一步为贫困家庭设定“精打细算”的具体内容，而忽略了贫困家庭像普通家庭一样，有自己的消费偏好——普通家庭有的偏好投资房产，有的喜欢搏杀股市，有人为了学区房和子女留学不惜举债，有的则愿意把钱花在出国旅游与健康投资上……并不是像有人说的，今天的贫困家庭有所不同，过去的贫困家庭照样有选择偏好，老舍在自传体小说《正红旗下》里曾叙述他母亲分配每月微薄收入的情形：

母亲喝了茶，脱了刚才上街穿的袍罩，盘腿坐在炕上。她抓些铜钱当算盘用，大点的代表一吊，小点的代表一百。她先核计该还多少债，口中念念有词，手里掂动着几个铜钱，而后摆在左方。左方摆好，一看右方（过日子的钱）太少，就又轻轻地从左方撤下几个钱，心想：对油盐店多说几句好话，也许可以少还几个。想着想着，她的手心上就出了汗，很快地又把撤下的钱补还原位。不，她不喜欢低三下四地向债主求情；还！还清！剩多剩少，就是一个不剩，也比叫掌柜的或大徒弟高声申斥好的多。

老舍母亲为了“清白旗人家”最后的尊严，宁愿克扣家人的用度，对此决定，“二姐”也表现出了懂事的认同：“奶奶！还钱吧，心里舒服！这个月，头绳、锭儿粉、梳头油，咱们都不用买！咱们娘儿俩多给灶王爷磕几个头，告诉他老人家：以后只给他上一炷香，省点香火！”母亲叹了口气：“唉！叫灶王爷受委屈，于心不忍哪！”“咱们也苦着点，灶王爷不是就不会挑眼了吗？”——对尊严的维护甚至超越了对神明的信仰。

但这种“人穷有骨气甚至人穷更有骨气”（“穷且益坚”）的美好，只是社会主流喜好弘扬的特例，更多的情形下，贫困者是“人穷志短，马瘦毛长”。对此，主流社会的认知相当矛盾：

一方面，媒体与公众喜欢表彰“自强不息”的贫困者，甚至制造出种种“贫贱者最高尚”的神话；另一方面，很多人对贫困者的个人选择总是放不下心，动辄横加干涉，包括他们在接受捐助后是否应该“感恩”，也是不少人用来衡量这些人是否是“好的贫困者”的重要指标。

这种社会心态的另一面，便是对“暴力慈善”的无限宽容。从陈光标硬把钱往穷人手里塞，到快播主播们在直播中的发钱作秀，他们明明是在消费别人的贫穷，却还是有大量的辩护者：他们总归是在做慈善嘛。“穷人有没有尊严”的命题，在这样一些事件中展现得更为淋漓尽致。

关于扶贫或捐助，比较政治正确的说法是“授人以鱼不如授人以渔”。这当然是对的。不过，扶贫的执行者是否有足够的正当性去规定何为“鱼”、何为“渔”，经常会成为一个问题。我当然不赞成所有的捐助都无条件，但捐助条件最好事先规定好并明示受捐助者。尤其是公益性捐助，执行者是被公众隐形赋权，若没有明显违背公平的事实，不应以“不像贫困者样子”或“人缘不好”这样的理由改变既定的捐助。

2016 年 11 月 8 日

大学有权利限定学生的生活方式吗？

据人民网报道，广西大学网站主页发布了一条关于正式启用学生公寓门禁系统的通知，其中一条新规称，“从 2013 年 5 月 30 日起，学生公寓管理服务中心将根据刷卡记录，每天对晚归、未归、一天未出门（住宿异常）的学生进行统计，报送校学生工作处及各学院学工组”，这些学生有可能被处分。

这条规定引发的评论迅速两极化。批评者说：“这不是将大学当成监狱吗？”“一天不出门就异常了？谁规定每天要出门？”赞成者则称：这条规定对正常人完全无妨碍，大学宿舍管理应该严格。

大学宿舍应该怎么管？宽松好还是严格好？怎样是合适的分寸？似乎并无标准答案可选。

大家现在总喜欢谈民国大学如何如何，民国名校中最宽松的应该是北京大学，有人回忆道：“你爱住在学校里，可以（只要你有办法弄到房子）；你爱住在家里，也可以；你爱和你的爱人同住在公寓里，更可以。你爱包饭，可以；你爱零吃，也可以……推而至于：你爱上课，可以；你不爱上课，也可以；你爱上你爱上的课而不爱上你不爱上的课，更是天经地义的准可以！总之，一切随意。”

清华大学似乎走了另一个极端。从它的前身清华学堂开始，就对学生实行严格的管理，据梁实秋回忆：“每天早晨七点打起床钟，赴盥洗室，每人的手巾脸盆都写上号码，脏了要罚。七点二十分吃早饭……饭桌上，也有各人的学号，缺席就要记下处罚。脸可以不洗，早饭不能不去吃。陈先生常常躲在门后，拿着纸笔把迟到的一一记下，专写学号，一个也漏不掉。”

学校规定每星期必须写家信一封，“交斋务室登记寄出”，即使家住北京者也不能免；规定一星期洗澡至少两次，洗澡前需要签名；路上吃东西，禁止；看小说，禁止。与广西大学异曲同工的规定，是强迫运动：“下午四时至五时有一小时的强迫运动，届时所有的寝室课室房门一律上锁，非到户外运动不可，至少是在外面散步或看看别人运动。”

梁实秋显然很赞成这种严格的管理，他甚至感到可惜，因为到“高等科”，学校就不再强迫学生遵守此规了！清华学堂入校是十四岁，毕业是二十二岁，实际上是高中本科连读，高等科正相当于北大的本科。如果只看本科，两校的差别就没有那么大了，这也是后来西南联大成立，两校管理体制能够和衷共济的基础。

清华学堂管理的严与松，界线正好划在“是否成年”这道坎儿上。对未成年人须加约束，不可任其养成不良习惯，几乎是教育界共识。然而一经成年，问题就来了：成年人有没有选择“不良生活”的权利？

民国大学里的管理人员和校工，见到诸学生，一般都要称“先生”，所以才有“神仙、老虎、狗”之说：教授是神仙，学生是老虎，职员是狗。在这个差序格局中，学生显然享受一个成年人对自己生活的自由处置权。一百年风水轮流转，而今的大学里，学生日渐小下去、小下去……

大学生宿舍熄不熄灯谁说了算？

清华大学美术学院女生李叶可在网上倡议废除宿舍熄灯制度，她自己制作的海报上写着：“拜托！我都成年了！我可以没有男/女朋友，但我不可以被熄灯！”“不熄灯，需要理由吗？”媒体调查说，近六成学生支持——其实就是说，四成多不支持，双方比重差距并不大。

不熄灯党的理由，当然是大学生已成年，有权安排自己的作息时间，强制熄灯不人道，而且即使熄灯，要考试或赶作业的同学仍然会使用手电或应急灯，反而对身体造成伤害。

熄灯党的理由也很清楚：不熄灯会影响集体宿舍中他人的休息。某些校方称：有些学生不熄灯的话会通宵玩电脑。

如果我年轻二十岁，还在大学读书，一定会热烈支持李叶可。因为对于习惯晚睡晚起的人来说，晚上 11 点熄灯后实在煎熬，蜡烛和手电实在伤眼，睡又睡不着。那时很多宿舍都有开“卧谈会”的风气，谈着谈着就有人睡着了，但也有人越谈越兴奋。

后来我毕业、参加工作，又考回校园读研，就没法忍受熄灯的痛苦了，宁愿花钱在外面租房住，也不愿意忍受宿舍的群居生活——不同作息时间的互相干扰，也是我抵制群居生活的原因。

研究生宿舍平时晚上12点熄灯，周六周日不熄灯。我的一个师弟深受其苦，他宿舍有一哥们儿每周六日必通宵玩游戏，一边玩还一边喊：“把失去的时间夺回来！”他后来被逼得周六日晚上要去别的宿舍借宿。

如果考察一下学生宿舍熄灯制度，会发现它来自一百多年前的“军国民教育”。这个理念，中国从日本引进，就是为了有足够力量抵御外侮，恨不得全民皆兵，所有学生哥招之即来、来之能战，因此平时必然进行军事化管理，什么熄灯、晨练、检查内务，都是军事化管理的遗迹。

但熄灯制度不仅仅是学生与学校之间的博弈，就算学校搞“大民主”，完全由投票决定，我估计双方也还是会势均力敌，而且是死磕到底的局面。

能不能跳出“熄灯/不熄灯”的二元对立思维？很明显，让一些早睡的人，和一些晚睡的人，达成妥协，不是不可能，但会是一件劳神费力，而且双方都委屈的事。因此又回到我谈过的一个老话题上：能不能让学生自由选择宿舍？

学校将宿舍分为熄灯区和不熄灯区，学生从大二起（大一作为尝试期），可以根据自己的生活习惯选择申请意向，包括睡觉是否打鼾、个人洗浴及洗衣习惯，都可以列入参考范围，再根据这些信息进行自由组合。将怎么住、跟谁住的选择权，尽量地交给学生个人，这样会不会能尽量地避免群居生活的痛苦和矛盾呢？

反过来，如果某高校有志于保存传统，恢复“军国民教育”的理想，至少可以在招生简章上写清楚：本校实行军事化管理，每晚准时熄灯断网，请考生慎重考虑。

至于担心不熄灯区的学生会通宵玩电脑，有这种顾虑的校方应该多想想自己的教学管理和考核制度有哪些问题，为什么一直通宵玩电脑的学生，还可以一直待在贵校里？

“非‘211’毕业生不要”算是就业歧视吗?

2013年11月15日，一条旧闻引起不少人关注：2007年，深圳某银行招聘，规定应聘者必须来自“211”大学。深圳大学某学生写信给章必功校长，校长安慰：银行招聘人员素质低，不必在意。第二天，他让学校财务处撤回学校在该银行的所有存款，“如果银行再不改，就号召两万多学生的家长把存在这家银行的钱全部提出来”。涉事银行很快修改了招聘启事。

大部分人当然是觉得章校长此举大快人心，令广大非“211”高校学生扬眉吐气。不过“名门痞女”洪晃的看法独异于众：“我认为歧视的定义为，以先天性特征作为选择标准，比如：不要华人，不要非洲人，不要丑的，不要肤色暗的，等等。似乎挑学校并不是歧视吧。校长的责任是把学校办好，让自己学生拿着文凭好找工作，不是跟不录取自己学生的公司叫板，这种心态真的不对劲。还有，什么叫‘211’大学？”

不少网友与洪晃争辩，她又加了几句解释：“原则上来讲，用你自己无法改变的特征去择选你，比如性别、种族、肤色，这是歧视。但是根据你的能力去挑选不是歧视，是择优录取。正常情况下，你考上什么样的大学靠你的能力，这个大学在社会上的地位靠的是校长和教授们的能力。不要你就是歧视，是一种坏心态。”她还举自己为例：“我大学毕业找工作，也吃过不少闭门羹。主要是我去找的工作明确要求要有某种学历。我没觉得是歧视，只是想要不要去再学个文凭回来。”

“非‘211’不要”究竟算不算歧视？查查“歧视”的定义：“歧视（prejudice）即：人对人就某个缺陷、缺点、能力、出身以不平等的眼光对待。”毕业于何种等级的高校，自然是“出身”之一种，因此可以算是歧视。

然而，歧视是无所不在的。现实就是，即使你以非“211”高校学生身份被招进银行，领导、同事看你的眼光肯定跟看“211”高校毕业生有所不同。要改变他们的印象，你需要表现得更杰出、更努力，章校长也只能帮你到这儿了。

洪晃的话并不是没有道理。我们不妨置换一下：某银行的招聘要求是“非本科生不要”，然后某专科学校说：你们搞歧视，我们撤回存款，还要号召家长取空储蓄！你觉得这种做法还会引起公众同情吗？

这里的区别或许在于：教育资源的倾斜本身是否达致公众认可的公平。本科专科之别，一是个人高考分数之差，二是学习年限与目标之别，本科的个人投资额度、个人努力程度都超过专科不少。招聘单位有理由将学历作为预估个人能力的指标，也不太会引起公众抗议。

但“211”不一样。章必功校长就直言非常讨厌“211”与“985”这两个数字，因为“他对把高校分成三六九等的等级制不满”。有人说，美国大学不也有排名吗？事实上，理想的大学排名应当是自由竞争的结果，而且应当细化到专业。我们常说某大学一般，但它的某专业在国内排名非常靠前。如果你用“211”一划，将某大学的所有专业全部排除在外，岂能服众？

“211”的痼疾在于，它是由教育部组织评估的结果，而且相当固化，并实行教育资源高度倾斜，有些大学的有些专业再差也能坐享其成，有些大学的有些专业则无论多努力都无缘无分，难道这会是一个鼓励学科竞争、鼓励人才培养的体制吗？

再进一步分析：即使我们都知道，重视“211”“985”是许多用人单位，尤其是国企的潜规则，但将“非‘211’不要”这样的条件公示于众，本身就会伤害公众对教育公平的期待。因为按道理讲，“211”和非“211”高校的本科毕业生，学历是一样的。只是因为教育体系自身无法做到“宽进严出”，又人为地将教育资源强行划分，希图“造大船”，才制造出中国特色的“211”，以此为区分标准，实难让人口服心服。

我能理解用人单位希望减少筛选成本的苦衷，但也应该考虑到公开宣示歧视条件，的确会寒掉多少非“211”高校毕业生的心，毕竟，“211”和“985”们，总是毕业生中的少数。

在十八届三中全会公报里，醒目地写道：“全会提出，实现发展成果更多更公平惠及全体人民，必须加快社会事业改革，解决好人民最关心最直接最现实的利益问题，更好满足人民需求。要深化教育领域综合改革，健全促进就业创业体制机制……以促进社会公平正义、增进人民福祉为出发点和落脚点。”我希望用人单位学聪明一点儿，不要将出身歧视公布明示，伤害公众情感，更希望教育部能“放水养鱼”，让各高校在更自由平等的环境中竞争，博取社会口碑，而不是终年诚惶诚恐地迎接上面的评估小组。

2013 年 11 月 15 日

大学毕业生为什么找不到工作?

2013年毕业的高校学子特别悲催，“谢舍友不杀之恩”的惊魂未定，又一头撞上了“史上最难就业年”。六百六十九万的总数量，不足三成的签约率，同学们这心啊，拔凉拔凉的。

毕业生为什么找不到工作？有近因，有远因。“GDP增速放缓”是最容易的结论，“学生们择业标准太高”是最方便的责怪，“扩招遗毒、文凭泡沫”更是最耐用的理由，毕竟蛋糕就那么大，吃的人越多，越多人吃不着。

我们都知道民国那会儿就有“毕业即失业”的说法。按说，那会儿大学生才多少？找工作也这么难？1931年中央大学毕业生才二百多人，有一半找不到职业；1934年山西省报告，三十余年来山西专科以上毕业生八千九百零五人，失业者超过四千七百人。

中国社会传统的教育观念，总觉得书念得越多越好。从社会角度来说，未必。套用“恰当技术”的说法，一个社会的“恰当高学历人群”是随着社会的发展程度浮动的。最近读《洪业传》，书中写到洪业担任燕京大学教务长，规定学生成绩平均不够乙等，就得退学，实施第一年，四百多学生中就有九十三人被迫退学。很多人来替子女求情，洪业说："一个人没受大学教育的话，还可从商做生意，受了大学教育，他就觉得从商是降低自己的身份，如果成绩不好的学生留在学校继续读书的话，以后会成个对自己对社会都无用的人。"

洪业这话听上去冬烘得很，现今时本科学历算什么？但事实上，当学历标准被强行调高，就意味着学历对应的学力被稀释了。而社会对于学历象征的能力也开始出现判断混乱。到底一个研究生是不是比本科生能干？每个 HR 都会告诉你说不一定。可是研究生比本科生多读了三年，他的时间成本与学习成本都大大超出本科生，他当然觉得自己有理由要求更高的位置与薪酬。

这种社会需求与学历追求之间的错位，又被地域的巨大落差进一步放大。据说 2013 年上海的毕业生有七成要求留沪，纵观全国的毕业生，想来北京的比例也不会差太多。不能怪毕业生好高骛远、不肯下放，他的专业、他的学识，到别的地方有足够的发展空间吗？每个人心里有一杆秤。如果解决就业危机只需要改变毕业生及家长的心态，那教育部派于丹老师巡回演讲不就行了？

民国为什么也有"毕业即失业"的说法？其实这正是一个社会不平衡发展的产物。1937 年之前在《中央日报》登出求职信息的一千四百六十七位大学生，对于薪酬的要求几乎没有低于一百元的。而这样的期望只有在上海、南京这样的商业发达城市才有可能实现。现在也是一样，离不开的北上广，回不去的故乡。

GDP增速放缓了，失业率提高了，“急中国”也该停下来想想了：我们究竟需要多少大学、多少大学生？

2013年5月20日

中文系学生怎样才能让人看得起?

我在念高中的时候，读过李亚伟的名作《中文系》:

中文系是一条洒满钓饵的大河
浅滩边，一个教授和一群讲师正在撒网
网住的鱼儿
上岸就当助教，然后
当屈原的秘书，当李白的随从
当儿童们的故事大王，然后再去撒网

有时，一个树桩般的老太婆
来到河埠头——鲁迅的洗手处
搅起些早已沉滞的肥皂泡
让孩子们吃下，一个老头
在讲桌上爆炒野草的时候
放些失效的味精

这些要吃透《野草》《花边》的人
把鲁迅存进银行，吃他的利息

当一个大诗人率领一伙小诗人在古代写诗
写王维写过的那块石头
一些蠢鲫鱼或一条傻白鲢
就可能在期末渔汛的尾声
挨一记考试的耳光飞跌出门外
老师说过要做伟人
就得吃伟人的剩饭背诵伟人的咳嗽
亚伟想做伟人
想和古代的伟人一起干
他每天咳着各种各样的声音从图书馆
回到寝室

后面还有一段颇有专业气息的描写：

教授们也骑上自己的气泡
朝下漂像手执丈八蛇矛的
辫子将军在河上巡逻
河那边他说“之”河这边说“乎”
遇到情况教授警惕地问口令：“者”
学生在暗处答道：“也”

中文系也学外国文学
着重学鲍迪埃学高尔基，在晚上
厕所里奔出一神色慌张的讲师
他大声喊：同学们
快撤，里面有现代派
中文系在古战场上流过
在怀抱贞洁的教授和意境深远的
月亮下面流过
河岸上奔跑着烈女
那些石洞里坐满了忠于杜甫的寡妇
后来中文系以后置宾语的身份
曾被把字句两次提到了生活的前面
…………

那时还有一篇小说，流传也广，是周昌义（后来畅销书作家“周洪”的主力之一）写的《永别了大学》，里面也是各种五迷三道。读高中的我读了这些，却无动于衷，因为我家里有一堆中文系毕业的。明明爷爷奶奶都是金陵大学农业系的，在没上过大学却热爱文学的诗人三爷爷影响下，父亲和一位姑姑、两位叔叔最终都上了中文系（父亲本科俄语系，研究生中文系），而且还纷纷进入高校任教，成了李亚伟笔下被网住的鱼儿。我看着这些“中文系”们，生活里并无别人想象的诗意或文气，所以对我来说，中文系很早就被去魅了。

所以一开始要报考中文系，我是拒绝的。既然上了文科班，最好的出路就是读法律或经济。中文系就业出路好？那不就是因为学出来的都是“万金油”？西汉扬雄曾经说过：“雕虫之技，壮夫不为。”

如果当年的高考制度如现在一般，考完出了成绩再填志愿，或许我真的就去了别的专业。当时是考前填志愿，在各种妥协与纠结之后，还是填上了“中文系”三字，似乎在判簿上注明了命运：一生中有十一年用来学中文，还有十三年以中文为职业基础。

而今回头再论中文系，我觉得先要破几个传统的误解，再来谈“中文系到底该学什么”。

第一，中文系不止学语文。我的一位硕博同学，本科是学高电压的。考上中文系研究生后，他的同学打电话来：“你怎么又跑去学语文了？”很多人一辈子跟中文相关的交道，就止于中学语文，所以他们可能觉得大学中文系就是中学语文的升级版吧。这也是敝国中学以下教育与高等教育不能对接的弊病，暂且不表。

第二，中文系不专门培养作家。这个误解由来已久。贤如从前的南开大学校长张伯苓先生，也不免误认，中文系顶天了也不过培养出几个张恨水来！故此很长一段时间，南开都不设中文系。西南联大三校合一，中文系教授基本上来自北大与清华。听说从前的北大中文系系主任杨晦先生，每次在新生开学仪式上，都要讲这个问题。中文系可能会出一些作家，但设立这个系不是为了培养作家的。

第三，中文系不只是学文学。现在据说全国已经没几个“中文系”了，都改名叫了“文学院”。但换汤不换药，一定要记得中文系的全称是“中国语言文学系”。不同学校的中文系，专业设置也不一样，我在中山大学读本科时，全系只有一个专业“汉语言文学”。北京大学的中文系本科就分中国文学、汉语语言学、古典文献学、应用语言学四个专业——而且听说近年来，文学已经不再是最吃香的专业了。还有一些别的大学，中文系会包括对外汉语专业、秘书专业什么的。李亚伟的《中文系》基本上点到了中文系要学的专业课，其中不仅包括古代文学、外国文学、现当代文学和文艺学，诗末尾出现“后置宾语”这个专业名词，让我们知道至少还得学“现代汉语”“古代汉语”这两门课。我上本科时还学过“《说文解字》研究”“古文字学”“文字学”“社会语言学”“应用口才学”等等。

我考北大中文系研究生的时候，有一门考试叫“大综合”，有一百多道填空题和二十道选择题，大概可以反映他们希望招收的学生要掌握哪些知识。题目里不仅有“林震是______（小说）里的人物，《长恨歌》里的女主角是______”，也有“屈折语以______语系为代表，日语属于______语系，______语”，还有“雍正的庙号是______；高宗纯皇帝是______的谥号”。因为考题广且细，及格率每年都不高。

为了写这篇文章，特意到网上搜了搜，发现不出所料，很多的评论觉得中文系“专业性不强”。陈平原老师说过，他以前坐火车从北京回广东，根本不敢说自己是学中文的，否则邻座会跟你讨论“最近《人民文学》上某篇小说如何如何……”（文学的80年代啊），他只好一早声明自己的专业是天体物理，果然一路清静。洪子诚老师也讲过，担任中央电大主讲教师，别的学科发言时，他和谢冕老师不敢置一词，一讨论到中文，学法律的、学经济的、学哲学的，甚至学数学的，人人都有话说。这就难怪每年的高考作文题，特别受人关注。

中文系可学的东西很多。语言学、古典文献，敢说专业性不强？即使是文学专业，古代文学的皓首穷经，文艺学或文学理论的淹杂博极，现当代文学（含民间文学）的五花八门，哪个都够你在里面泡个七八年的。但是这么讲意义不大，我得承认，中文系的一个特色，就是哪门专业都是坑，但是比起别的系来，你可能更容易从坑边绕过去——如果你只想混个毕业文凭，在中文系应该难度偏低。很多别的系的同学一听说中文系的日常任务就是看小说，就生气地嗷嗷叫；再听说认出一两个甲骨文就可以评教授，更是气得鼻孔朝天。其实没那么容易，你进来就知道了。

我想说的，是我心目中的中文系应该培养出什么样的人。

顾名思义，我本科的专业名称最准确：汉语言文学。中文系的所有专业方向，没有不以汉语与汉语文学为核心的。汉语因为是敝国大部分人的母语，所以人人都觉得自己懂。事实确乎也是，无论你是什么专业、什么职业，你总是需要母语的表达。即使是程序员，代码之外的世界还是需要母语表达，客户需求又不会用代码告诉你！经典的笑话是这样的：

妻子让程序员丈夫下班路上买六个包子，如果见到卖西瓜的就买一个。晚上，程序员丈夫兴冲冲地托着一个包子回家。妻子问为啥只买一个，他说：因为见到卖西瓜的了，就只买了一个。

从纯逻辑来说，程序员丈夫并没有错，后一句可以看作是对前一指令的补充指令：买 6 个包子→ IF 见到卖西瓜的→只买 1 个。问题是，生活语言不是程序语言，它的灵活性之强远不能只用逻辑分析，而到了文学语言，就更复杂了。中文系某教授检查读小学的女儿的作业，发现“小羊在山坡上吃草”是正确的句子，“山坡上，小羊在吃草”则被小学老师判为病句，不禁勃然大怒。

很多人可能认为中文系毕业生应该个个辞藻华美、腔调文艺，其实不然。会使用华丽的笔调只是在中文系接受的训练之一种。就像我总强调的那样，上下文比文本重要。我认为的中文系合格学生，应该懂得在大部分场合“如何得体、有效地表达”自己的想法。

中文系毕业后，有当秘书的，有考公务员的，有成编辑记者的，也不乏作家写手。总的来说，他们都必须用适合自己职业的方式，来表达自己或客户的想法。这种表达要获得有效性，不仅要考虑到自己 / 客户思想的准确性、完整性，还要考虑到读者 / 受众的文化偏好。如果把一篇深度报道写得像网络小说，把一则公文写得像抒情散文诗，那肯定是不合格的。

你可能会说：嘁，这很了不起吗？单这么说，好像没什么。但你要知道，“得体、有效的表达”这种探索是无止境的。

不管你做哪一行，或许看上去与文字无关，但表达仍然无处不在。你讲一个产品，能有乔布斯的境界乎？你做一次报告，能有肯尼迪的水平乎？一部《红楼梦》，主线爱情故事还没有偶像剧复杂，为什么几百年来被人反复咀嚼每个细节，被称为“清代百科全书”？你看里面每场对话、每篇文字，基本上都恰如其分，同样是代书中人物作诗，薛蟠的搞笑诗好办，香菱学诗要有生涩感，宝钗的诗要有雍容度，黛玉的诗要往出尘的方向走，而刘姥姥的村言村语，也不是那么好模拟的。

一个善表达的人，腹笥要特别广。中文系出身的人，应该对什么学科都感一点儿兴趣，因为你探索的是语言和表达，而语言和表达后面，站着的是一个个、一类类的人。揣摩某一类人会怎么想事、怎么说话，这是最能体现想象力的所在。有个北大中文系1985年的毕业生，叫梁左，写的相声和剧本都很棒，又能出彩儿又有回味。他去世之后，朋友王朔揭发说，梁左有一套宝书，从不借人，营养主要从里面来。梁左不是张充和，他的宝书不是《四部丛刊》，而是一整套《文史资料选辑》，那里面也是包罗万象，各种人物各种文体各种逸事，什么都有。有时我跟同学逛旧书市场，有同学看我挑的书，会问：这书有什么用？跟专业有关吗？我觉得中文系毕业的人不该问这种问题，如果你把每本书看作一种表达，那么，没有什么类型的表达是中文系的人不需要了解的。只是各人的兴趣有偏向而已。

孔子有名言：“言而无文，行之不远。”我认为这里的“文”不要简单地理解为“文采”。古汉语中的“文”通“纹”，是修饰之意。孔子说的是，表达没有经过修饰，就不能流传广远。而要想让表达流传广远，则必须用独特的表达方式来击中受众的内心。从这个意义上说，很多搞传销的、卖成功学的，都是某种表达方面的大师。表达的层次当然有价值的差别，毕竟靠鸡汤诗、青春小说斩获中学生粉丝，与以智力结晶获得全世界同行的尊敬，虽然都是某领域的顶尖人士，价值高下仍不可同日而语。当然有那天纵奇才，能掌握多层次的表达能力，既能上电视口若悬河地忽悠中学生家长，又能笔力万钧地拿个诺贝尔奖、茅盾文学奖、鲁迅文学奖，但那可不是中文系教得出来的。

要之，中文系的合格毕业生，至少该掌握某一种“得体、有效”的表达。如果能够掌握多种得体有效表达，那就是杰出系友。表达不仅仅是要嘴皮子要笔杆子，它的基础是各种各样的知识，还有对世道人心的把握。陈平原老师在《语文之美与教育之责》里说他理想的中文系毕业生特色是“聪明、博雅、视野开阔，能读书，有修养，善表达”，在我看来，前面一连串形容词都是为最后一句“善表达”服务。中文系毕业生若不善表达，难免会被人看不起，因为你没有技能来证明自己所学。很多不善表达的中文系毕业生，一生都很纠结。有次聊天，一位师兄说，他要把自己的专业书，全部藏在地下室里，决不能让儿子看见，再走上这条邪路——这么不喜欢的专业，却是一辈子的饭碗，这真是个悲剧。

2015 年 6 月 20 日

留不留？往哪儿留？学什么？回不回？

最近有两则新闻，一则是一位留日女学生的妈妈，在女儿被害后，在微博上疯狂转发“大V”微博，希望大家帮助追查杀害女儿的真凶。另一则是八十一岁的中国老人被遗弃在亚特兰大机场，据说她的女儿和孙女给她买了11月6日回国的机票，11月3日就把她送到机场，让老人独自在机场等候三天。在航空公司与当地华人的帮助下，老人才登上了归国的班机。

自然，就有媒体梳理近年来的留学生负面新闻，校园暴力、跑步失踪……留学是近年持续发烧的热门话题，只是，在所有的媒体报道中，我们很少听见作为主体的“留学生”说了些什么。

比如那位被害留日女学生的妈妈，据她的自述，2011年，“我有个想法，想让女儿去日本读书”，然后到处找亲友借钱，遭到亲友反对……2011年她女儿已经成年了，为什么不是“她想去日本读书”，而是妈妈“想让女儿去日本”？

被遗弃在亚特兰大机场的老人，据说是一位退休教师，先支持清华大学毕业的女儿到美国留学，帮女儿把大孙女带到十二岁后，随她移民美国，为了孙女上大学卖掉了北京的房子……为什么父母要为了已经成年的子女在美国的未来，投入这么大的成本呢？

前段时间热播的电视剧《小别离》，我们也无法从中看出子女一代自身非要留学不可的动机：方朵朵成绩尚可，却被编剧硬安上了“考试恐惧症”；张小宇完全是被亲爸后妈送瘟神一样送出去的；琴琴本来是个学霸，母亲却认为出国代表着更完美的前途……整部剧看下来，“子女留学”完全是一种功能性情节，因为到后来，朵朵成了大神级网络作家，自愿选择回国；小宇在国外触犯法律，被学校开除；琴琴也没有出去——似乎大家也过得挺好，出国这事，似乎只是用来为家庭剧制造矛盾以便解决矛盾、推动剧情的工具。

不过这样的叙事，倒是折射了目下留学热潮的一种现实：留学更多的是出于父母的选择，而非出自子女的强烈意愿。

相比之下，最“迫不得已”的原因，反倒是十八岁的新留学生王若冲在自传体小说《飘二代》里轻描淡写的、似乎是天经地义的表达：“国务院公示一年了，也没能给妈妈拿下户口……咱们大学得出国了。”

在北京上学的“飘二代”们，没有办法留在北京高考，回户口所在地去考，在全国高考不同题、不同范围的前提下，也特别不现实。“出国”似乎就成了唯一的救赎之途。

可是，这仍然不是留学应有的本身目标，不是吗？我们不是因为求智而留学，也不是因为热爱而留学，我们是将留学当作了一盘生意，还是家族化生意。从托福班到国际班，到几十万一年的学费生活费，都是一种投资，留学生只是投资的负载体。一旦出了问题，不管是被人杀害，还是遗弃老母，都算是血本无归。

还是在《飘二代》里，高中的高考班同学喊出了充满情绪的几句话：

“你们国际部不就是有钱吗？学习不好不高考花钱出国，你他妈凭什么跟我们这儿横啊？”

这或许代表着一种偏见。然而，留学变成一种工具、一种投资，真的是正常的现象吗？或者说，留学作为投资，是一种风险如何、收益多大的投资？

中国之官派留学，始于同治十一年（1872），那就是著名的“留美幼童”。而私人留学还要早些，策划幼童赴美留学的容闳，跟着传教士去美国，距鸦片战争结束才不过数年。

从人数上看，留学自然是越往后越多，越往后越普及。据《大留学潮》作者张倩仪女士统计，自19世纪90年代至20世纪50年代，60年间，留美、留欧、留日的学生加起来，也不过40余万。教育部数据显示，从1978年到2015年底的37年间，走出国门的中国留学生累计达404.21万人。

《2016年中国出国留学发展趋势报告》指出，以中学生为主体的低龄留学生发展迅速，截至2015年11月，赴美就读的中国中小学生数量已经高达34578人，占在美就读的国际中小学学生的52%，并继续保持两位数增长比例。

也就是说，改革开放之后，中国留学人数已是从晚清到民国留学生总数的10倍，而与1870年设计为留学15年的120名留美幼童相比，中小学学龄的人数更是增了近300倍。

你当然可以将之视为中国教育发达、社会开放的表征，然而，稍知中国社会现状的人都知道，很多家庭都是咬着牙甚至欠着债把孩子送出国去的。那么，对于国家与社会而言、对于家庭而言，这是值得的吗？

诚然，中国从基础教育到高等教育，都很难说得上尽如人意，不过，从留学的性价比考量，从留学的风险成本考量，留学肯定不是一门稳赚不赔的生意。

当下中国的留学，与房地产有相似有不似。相似之处是中长期投资，大都出于某种焦虑情绪的驱使，不乏盲目跟风的成分；不似之处，则是教育投资毕竟与别的投资不同，它不止与政治风向、经济环境、社会发展相关，个人作为投资对象，可谓至关重要。

可是留学的普及化，与房地产泡沫一样，一般人已经忘记了留学目的为何，似乎只要一留学，无论怎么留，都比不留学要强胜万倍。《小别离》中的三个家庭，家庭、孩子状况差距悬殊，但对于“出国比不出国强”这一观念，谁也不会质疑。

我们还没有等到“留学一代”对这片大潮的反思，不过留学不是新鲜事，现在的社会情绪与风气，与20世纪20年代、30年代相比，颇有似曾相识之感。钱锺书曾在《围城》里把留学比作“出疹子”，放在某个阶层内部，似乎真是如此。费孝通则在《留英记》里比较过留学与科举的不同："以留学与科举相比还有点不同：封建时代有资格大做其金榜题名美梦的人范围似乎广一些……留学却没有这么容易。这是个资本主义的玩意儿，讲投资，比成本。"——这意味着什么？意味着留学不只是留不留的问题，留学质量的参差，有可能是最后能否收回成本的关键因素。从前是"穷文富武"，范进考一辈子中不了举，不过是个人蹉跎一世，如今一旦留学不成功，就有可能造成一两个家庭的悲剧。

但是社会情绪与风气确实鼓励着留学的梦想，如陈之藩就将"留学"与"中状元"相提并论，季羡林则将留学比作"宝塔结顶"，之所以"牵动着成千上万青年学子的心"，不仅仅是因为留学归来会增加个人的就业能力，可以"骄其同侪"也是很重要的一点：

"如果没有金光闪闪的博士头衔，则在抢夺饭碗的搏斗中必然是个失败者。这可以说是动机之一，但是还有之二。我在国内时对一些趾高气扬不可一世的留学生看不顺眼，窃以为他们不过在外国炖了几年牛肉，一旦回国，在非留学生前就摆起谱来了……这个动机说起来十分可笑，然而却是真实的。"（《留德回忆录》）

作为一项投资，每当这种情绪性因素大到一定程度，则是投资人必须警惕的时候。教育扩招若干年，只是将竞争延后，还制造出了许多"大学生贫困户"，现在年年都是"最难就业年"，连"慢就业"这种个人化选择都成了某种提倡。那么留学大潮，是否也只是教育危机下的一种蜂拥而上？最终耗费的巨大成本又会让多少家庭埋单？

如何判断留学是否盲目，无非是看个人留学的后果，能不能做精准化的评估。教育家舒新城20世纪30年代拼命报考英语系的心情，放在现在的大部分留学家庭，恐怕也不会过时："至于学了英语，是否可以留学，到哪里去留学，学什么，'学成归国'可以替国家做些什么，那时完全不曾想及。"

所以，留不留？往哪儿留？学什么？学完之后能做什么？在国外做还是回国做？这些都是投资之前的必须考量。人们容易盯着获益者、成功者，却看不到月亮背面的阴影。

一百三十多年前，李鸿章在关于幼童留美的奏折中称"(留美幼童)虽未必皆为伟器，而人才既众，当有瑰异者出乎其中，此拔十得五之说也"。用鲁迅的话说，这是"国家的话"，不是个人的话，一家就一两个孩子，有什么"拔十得五"可言？

张倩仪女士在《大留学潮》的序言中道："但愿新的留学潮，不必蹈前人艰难的步履。"中国留学一百多年，经验固多，教训更伙，后人当三思之。

2016年11月17日

留学生觉得美国真好，为什么还要回中国？

纵观古今，除了清末的短暂时光，尤其是有了“庚款”之后，留美始终是留学的主流。

留日学生多数还会嘲笑日本的贫穷、破旧与俭省（打起仗来才知道人家的钱用到什么地方去了）。民国的留美学生，不论是公费还是私费，几乎是一面倒的赞叹。他们大抵像经济学家何廉那样：“我在美国的头一个星期……睁大着眼睛到处逛，对看到的事物常常感到惊奇，印象深刻，一切都使我兴奋。”（《何廉回忆录》）

如果在国内，就算上的是清华这种与美国关系密切的学校，在踏上大洋彼岸之前，“听说”也早已灌满一耳一脑：

听说人民生活程度是很高的。普通工人每天总有三四块钱的工资，吃的大餐，穿的西装，住的洋房，比我们中国有钱的人，着实舒服得多呢！

又听说人民的知识程度也是很高的，差不多没有一个人不读书，不识字的。……

又听说世界上最大、最高、最多的东西都在美国。……交通最便利，铁路最多，公路最长，恐怕也要算美国了。

听说要发财到美国去，要读书也到美国去，要看奇闻壮观，到美国去，要吸自由空气，也到美国去。那时我一听见这样的一个新兴的自由国家，不觉神驰心往了。所以那年毕业清华预备上美国的时候，我心中的快乐，真是非笔墨所能形容呢！（陈鹤琴《我的半生》）

陈鹤琴赴美时，是1914年。同船的旅伴是陶行知。这两位，后来都成了中国最有名的教育家。

第二年，江苏无锡的一位母亲变卖心爱的首饰，送儿子去美国留学。钱不够，她儿子在马萨诸塞半工半读了一年，才考上洛杉矶波莫纳学院。这位十八岁的年轻人到达新大陆时，兴奋得将空间换成了时间：

船终于在美国旧金山靠岸了，不到一个月的时间，我觉得我不仅跨过了一个太平洋，而且跨越了整整一个历史时代——从一个等级森严、思想禁锢、毫无民主自由可言的半封建半殖民地社会，进入了一个注重科学、讲究民主自由、平等博爱的资本主义国家。历史在我的面前揭开了崭新的一页。（陈翰笙《四个时代的我》）

如果说这些民初留美的学生，是为美国的文明、先进、自由深深折服，对于在民国时期的战火与艰辛中挣扎了三十多年的人，美国却仍然是一个可望而不可即的榜样。第一个竞选美国国会众议员的华人邵品剡 1948 年一踏上旧金山的土地，立刻觉得："街道整洁而有序，楼宇高大宏伟，很富有现代感。我马上就感受到了旧中国与这个新天地的差别。我自言自语道：'在这片新国土上，我期盼着享受新的生活。'"(《回忆在中美》)

20 世纪 40 年代与 50 年代之交，大批留美学生归国。我们以往简单地拿爱国主义来解释这种现象，但设身处地想一想，第一次、第二次世界大战对欧美社会的冲击，中国民族国家意识因为对外战争的苏醒与凝聚，全球争取民族独立与反殖民浪潮，加上对欧美式资本主义的反省，同样也会影响中国的留美学生。

代表这种心态的言论，反而出自留学英国、1943 年才初度访美的费孝通。早在 30 年代，感受到"全盘西化"威胁的中国知识分子已经大有人在。1935 年 1 月 10 日，王新命、何炳松、陶希圣、萨孟武等十位知名教授联合署名，在《文化建设》杂志第一卷第四期上发表《中国本位的文化建设宣言》一文，率先提出了"没有了中国"的命题：

中国在文化的领域中是消失了；中国政治的形态、社会的组织、思想的内容与形式，已经失去它的特征。由这没有特征的政治、社会和思想所化育的人民，也渐渐的不能算得中国人。所以我们可以肯定的说：从文化的领域去展望，现代世界里面固然已经没有了中国，中国的领土里面也几乎已经没有了中国人。要使中国能在文化的领域中抬头，要使中国的政治、社会和思想都具有中国的特征，必须从事于中国本位的文化建设。

这份宣言引发了一场“东西文化观”的大论战。十年之后，费孝通在《初访美国》中又重复了相似却更深入的问题：

我相信这是每一个认真为中国文化求出路的人，说得更狭小一点，每一个认真要在现代世界里做人的中国人，多少会发生彷徨的一个课题：我们是维持着东方的传统呢？还是接受一个相当陌生的西洋人生态度？东方和西方究竟在什么东西上分出了东和西？这两个世界真是和它们所处的地球上的地位一般，刚刚相反的么？它们的白天是我们的黑夜，它们的黑夜是我们的白天？它们的黑暗时代是我们的唐宋文采，它们俯视宇内的雄姿是我们屈辱含辛的可怜相？历史会和地球一般有个轴心在旋转，东西的日夜，东西的盛衰是一个循环么？我们有没有一个共同的光明？这光明又是否全盘西，或是全盘东？这又会成什么东西？

至少，中国的教授们有了《访美寄言》里夜谈时的共识：文化是一个整体，你不太可能只要文明、富强，却拒绝文化背后的一套容易格格不入的法则，“你要他们的大工厂，就会有大都市，有了大都市，女人的腿就会架在教授的头上。你怎么可以截长补短。这本是一个东西，一套。要就要，不要就关起门来。门关不住了还是要开，你怎么办？”。

费孝通不是不喜欢美国的“自由”，不过他认为“liberty”更应该译作“解放”。美国独特的建国历史，留下了极度崇尚经验主义的民众性格，比如他拜访过的一位叫杜洛斯的农民：作为主人，杜洛斯对中国客人们很热情，但他不会说“中国人怎么怎么”（就像很多中国人认为法国人都浪漫、德国人都严谨那种），也不肯随便恭维客人的祖国。他摇着头说：“我不知道。我没有到过中国，我也没有和中国人接触过。有很多东西，好的或是坏的，我不能相信，我没有意见。”费孝通很赞美这种“拓荒精神的余绪”。他认为，正因为美国民众相信看得见、摸得着的事实，所以美国的广告/媒体才会如此发达（如果民众好骗的话，传媒就不用那么讲技术、花那么多钱了）。也正因为如此，在哪怕千钧一发的危机中，美国还是有反对派的存在。

然而，费孝通认为这种对自由、民主、平等的爱好，有时会流于“孤僻与忧郁”，进而不觉得有跟别人合作的需要，也不喜欢别人干涉自己的生活，因此也特别厌恶政治与权力。这种精神适合拓殖时代，但在科学发达时代，个人越来越变成社会中的一个配件，成果依赖集体活动的配合，“美国精神”有可能让个人与社会处于对立地位，这是“美国文化中的一个裂痕”。

在1945年，社会学家费孝通已经看到了“老龄化社会”的危害。因为整个社会崇新，重标准化，不重经验与传统，所以虽然美国生产速度惊人，却是“年轻人的天堂，老年人的地狱”。费孝通说：“在一个使人会怕老的文化中生活究竟不是玩的。一个社会不给老年人一个安心之处，也就使每个人心里永远得不到着落。你想：若是你明明知道你总会被人奚落，掉在冷宫里受罪，而且这运命一天近一天，你能平心的过日子么？一个人若把老年看成不幸，我觉得，他决不能真正安心过日子的。”

由此出发，费孝通对母亲节也很反感：“‘一年只有一个母亲节！母亲们还是这样高兴。’我忍不住加了一句，‘我幸亏不生在美国。’”费孝通觉得在中国社会可以“不怕老”，但整个社会为此付出了不轻的代价。

其实，也很难说中国社会就“不怕老”了。四年之后拍摄的《哀乐中年》里，我们可以看到石挥饰演的陈绍常是如何不肯做享福的老太爷，而要努力焕发人生的第二春。虽然这在其时还是一种比较前卫的主张，但在接下来相当激进的社会/家庭现代化实验中，自近代以来“崇新”“重少”已经逐渐深入骨髓的中国社会，更信仰“新就是好”。

费孝通们在中美文化比较中的困惑，并没有在随后的七十年中得到解决。相反，美国化作为全球化的实质，变得越来越强势与庞大。而今，一个某种意义上更像是美国摹本（大都市最为典型）的中国，何以让留美的学子看到美国的好之后，还能转身回到故乡呢？

这里面微妙却显著的文化变异，可不是“以前的人更爱国”或是“教育的失败”这种不着边际的说辞能解释清楚的。

2017年5月22日

第四辑

该不该群嘲上一代？

逼你结婚，是为了国家，为了社会？

“过年逼婚”是个老话题。不知道是不是时移势易，社会逼婚的力度加大，反弹的声音也更强烈，在上海闹市区，几位女青年公开打出了标语：“妈，过年回家别逼婚。我的幸福我主宰！”

关于这个话题，腾讯《大家》专栏已有两篇文章，一篇是毛利女士的《想反逼婚，先证明你不是废物》，毛女士反问“凭什么要求父母理解你呢？”，她觉得两边都有道理：

> 去城里上班的年轻人，想说服老家父母，我并不是你种的庄稼，也不是你养的种猪，不能随随便便开花结果，我可不想为人类繁殖添砖加瓦。但要是想想父母辛苦供子女念书，归根到底，还是希望给子女创造一个好的繁殖环境，让后代拥有更优渥的生活条件。这边闹着说我的幸福我主宰，即便断子绝孙也不沦为繁殖机器，好像也不是那么回事。

为什么“不是那么回事”？没看懂。我们姑且认为，会逼婚的父母，都是抱着种庄稼的心态，辛苦地供子女念书是为了“创造一个好的繁殖环境”（列位，要是你爸妈逼婚，拿毛利女士这段话给他们看，看他们承认不承认）。但即使是最会种庄稼的老农，也不能保证春种一粒粟，就必定秋收万颗子。且不说天时无常，旱涝难期，倘若庄稼有灵性、能说话、能行动，它们会不会争取它们的自由？会不会像萧红《呼兰河传》里说的那样，“黄瓜愿意开一个谎花，就开一个谎花，愿意结一个黄瓜，就结一个黄瓜。若都不愿意，就是一个黄瓜也不结，一朵花也不开，也没有人问它”？

毛利女士试图证明：独立是自由的前提。我觉得这话有点儿倒果为因。前段时间有位十三岁女孩反对父母生二胎，以死相胁。虽然我不赞同这种做法，但即使是被监护、无完全民事行为能力的子女，也有表达见解与参与家庭事务的权利不是吗？一个成年还在啃老的子女，难道就该任由父母摆布？

父母曾经有这样的黄金时代。陶希圣《潮流与点滴》述及在中国的大家族里，纵使子女经济已足自立，但仍然所有收入都须上交，不能自留分毫，当然，所有支出也是执掌者拨给，即使他已经外出在上海做事，每月汇回家的收入还是直接交给母亲，加入家庭总收入，由母亲统一分配——像不像一个小型的计划经济体？这样的家族体制中，婚姻当然不能自专，鲁迅在 1918 年曾引过一位青年的诗《爱情》：

我是一个可怜的中国人。爱情！我不知道你是什么。

我有父母，教我育我，待我很好；我待他们，也还不差。我有兄弟姊妹，幼时共我玩耍，长来同我切磋，待我很好；我待他们，也还不差。但是没有人曾经“爱”过我，我也不曾“爱”过他。

我年十九，父母给我讨老婆。于今数年，我们两个，也还和睦。可是这婚姻，是全凭别人主张，别人撮合：把他们一日戏言，当我们百年的盟约。仿佛两个牲口听着主人的命令：“咄，你们好好的住在一块儿罢！”

爱情！可怜我不知道你是什么！

鲁迅评论说：“这是血的蒸气，醒过来的人的真声音。”从“人的解放”角度来看，家庭包办婚姻戕害人性，自然是不可接受的。在“拜爱情教”教徒看来，父母决定配偶，就更是毁灭人生的做法，怎么能接受没有爱情的婚姻？

我一向主张婚姻与爱情要分开看。无爱的婚姻并非不能成立，事实上人类历史上的大多数阶段，婚姻都不以爱情为必要条件。婚姻主要是一种合作投资行为，两个家族为之投入情感与资金，收获子嗣、更多的经济利益与更大的家族势力。理性的投资行为，岂能让小儿女的任性来干扰进程？以此反观那位十三岁女孩反对父母生二胎，也完全可以否定她的做法：当子嗣意味着劳动力、合作资源与家族希望时，下位者的反对简直是大逆不道。

因此，虽然中国有梁祝化蝶的千年传奇，但“两情相悦”

始终只是婚姻制度的补充而非要件。而个人自由的实现，则端赖家族体制的解体、社会结构的转型。在易卜生与鲁迅的时代，“娜拉出走以后”只能是“堕落，或回来”；一百年后，女性与子女，即使从家庭出走，也不至于只拥有同样悲催的两个选项。

很多家庭伦理剧里，都会有“偷户口本”的桥段。这种怪象，便是家族体制的孑遗。两个人结婚，为什么需要户口本呢？这就给家长干涉未离家子女的婚事留下了一条通道。有形的制度之外，还有无形的精神羁绊。不少人一面反对过年，不想回家，一面又不得不抢车票，挤火车，带着红包与礼品回家去，被唠叨被逼婚。

张石先生的《中国的“逼婚”和日本的“不婚”》从社会的角度，为“父母逼婚”做了辩护。他将逼婚称为“社会性观照”，认为：“在现代社会中，其实真正意义上的‘逼婚’是不存在的，父母和亲戚的所谓‘逼婚’，是不是应该说是一种‘急切的温情劝告’呢？”

以日本年轻人的“不婚”与低出生率为鉴，引入国家利益与社会利益的维度，张石先生总结出了“逼婚”的正面意义：

如果你从反面理解它，会觉得它干涉了你的隐私和个人意志，但是如果你从正面理解它，它也正在为你提供更宽广的选择空间，因为所谓“逼婚”，绝非刚性的与不可违背的。我们也绝不能嘲笑中国父母在严冬酷暑中，在公园内外举着牌子，为子女的婚姻奔忙，这不是一种陋习，而是一种爱，一种温情，而且可能这些老人自己也完全没有察觉到，他们正在尽一种社会责任——他们正在阻止在都市化和现代化的大潮中不断加剧的少子化和高龄化的危机，他们对孙子的向往，也是社会对未来的信心。

“逼婚”在当下中国，确实已经没有了制度性保障，它的威力，更多来自融合了亲情与传统伦理观的社会意识形态，一篇题为《反逼婚的实质是反家庭维稳》（作者赵思乐）的文章指出：传统家庭伦理复苏，带来家庭父权上升，与青年人新生的自主意识和诉求形成冲突，于是青年人要求改变的反抗力量在家庭拉锯中耗散。这就是可以称为“家庭维稳”的新常态：

家庭内部对子女的维稳工作主要体现在两个方面，一是逼从事“靠谱”的职业，比如公务员，或成为央企、国企、外企职工，而绝对不能是NGO（非政府组织）工作者、记者、作家、艺术家，恐怕很快连律师也不行了；二是逼婚逼生，把青年人纳入更紧密的家庭结构中，新的家庭成员（妻子、丈夫、孩子）也有意识或无意识地成为新的维稳工作者。

两相对照，不难发现，张石先生的论调，正是当下“家庭意识形态”的一部分。虽然我不明白为什么“被逼婚”会提供“更宽广的选择空间”，但他的结论很明显：父母逼婚，对于缓解中国社会的少子化、高龄化危机大有裨益，作为被逼婚者，不仅应当体谅父母或许并不自觉的为国分忧之举，还应该让渡所谓“个人幸福”，帮助中国避免遭遇日本那样的困境：“‘隐私’的盾牌抵挡了对个人空间的介入，同时也遮住了寻找侣伴的视野。”

那么，我们为什么不回到家族聚居的社会？赋予父母对于经济、婚姻的掌控权利，不仅可以克服少子化、高龄化危机，还可以不再让父母“在严冬酷暑中，在公园内外举着牌子，为子女的婚姻奔忙”，为了国家，为了社会，为了父母，你们就不能放弃一点儿“个人幸福”吗？

这是一种国家主义的思路，就好像在北大“燕京学堂风波”中，会有燕京学堂支持者说“决不允许为了古建筑破坏国之大计”；又好像左派痛斥《色，戒》的作者张爱玲与李安是“依然跪着”，因为他们书写了一个在国家民族大义面前因为私人情感犹疑动摇的女性。

这里不展开了。“集体 vs. 个人”是十余年来中国社会无数争议性话题的症结所在，估计还要争个几十上百年。我只想提醒一下“张石先生”们，账不能只算一面，“父母逼婚”对个人自由的干涉与妨害，会带来什么样的恶果。

大家族之所以解体，计划经济之所以崩溃，最大问题就在于它们无法刺激与发挥个人的主体能动性。我小时候，我妈总批评我在家里没有“主人翁意识”，地脏不扫、被乱不叠，当时十分委屈又无法辩驳。后来我才想通了问题何在：我对家庭事务没有任何决策权，怎能要求我有主人翁意识？她应该反过来要求我有“螺丝钉”的觉悟，不要因为个人内务的脏乱差，影响“家容”。

简单地说，在大家族与计划经济时代，不太需要个人的创造力，大家都是在按经验或指令做事、生活。每一个成员的最理想状态就是不给国家、社会、家族添乱，该结婚结婚，该生子生子，全国全家一盘棋。每个人都活在“社会性观照”的光辉之下，孤独、抑郁、自闭什么的，都是不健康的小布尔乔亚“颓加荡”情绪。

如果我们想要这样的社会，就可以接受这样的体制与意识形态。如果我们想要一个多元的、自由的、充满活力的社会，那就要承受多元选择带来的某些“恶果”：有人会错过最佳婚龄、最佳育龄，有人会辍学创业，有人会选择抽烟、熬夜、睡懒觉，有人会频繁跳槽，更换居住城市，折腾不止……资源在自由流动中寻找最佳配置，而不是由一种老大哥式的“观照”来确定分配方案。当然这会是我们常说的“现代病”“都市病”，但这是社会宽容、鼓励自由与创新所必需的代价。

当然你可以说：我们不要极端化，我们要吸收集体主义的优点，也保留个人主义的好处。这种说法无疑伟大光荣正确。但我总觉得利弊相生，每枚硬币总有两面，不可能只取精华，糟粕全弃。

有时候，要求别人从根本上放弃自由选择，不如用制度或政策来诱导个人改变。年前亲戚聚会，有人提问：“听说生二胎的，国家负责一半的费用？”这当然是谣言，但也不失为一条可思议的道路。要解决少子化、高龄化等危机，不一定要用逼婚的手段，提高婚姻福利也是一种解决之道。你们这么在意亲情，就别让任何伤感情的“逼”出现在家庭内部好吗？

2015 年 2 月 16 日

生或不生，是一个辩题吗？

身处一个价值转型的时代，又不巧是一个多元主义者、反本质主义者，其实也是蛮痛苦的事。比如生孩子这事，我觉得那些认为“一定要生孩子啊，不然人生不完整”，或是认为“这个世界这么坏，我才不要带他来受苦”的朋友，都比我义无反顾，大义凛然，极致彻底，耿直撇脱。

结婚前，跟准太太讨论过生孩子的事。我是这么表述的：我觉得不管父亲有多么负责任、多么爱小孩，生养儿女，付出代价最大的必定是母亲。所以我认为生不生、几时生，都应该由女方决定。如果生，我一定配合，尽量分担辛苦劳累；如果不生，我保证没有怨言，并且会帮着阻挡来自父母与社会的压力。

我以为我这样想、这样说很“尖头鳗”（gentleman），哪知针无两头利，说多了也落埋怨：你这是在推卸责任嘛。我始而愕然，想想也对，同席吃饭，点菜那个人压力最大，点得好，不过得识趣的人几句恭维，点得不好，就毁了一个饭局。再大到治国，是一边倒还是改革开放，领袖是那么好当的吗？当一个庸众固然轻松自在，可是生孩子这事只与两个人直接相关，二分之一又成了庸众，不太好吧？

可是我确实没办法拿主意。见过多少女的不想生、男的坚持要生，搞到产前忧郁、产后忧郁、生不出来也忧郁的情形。我只好再积极一点儿，人家说“要不咱生？”，就帮着设想生了会怎么样怎么样，降低期望值，“儿孙自有儿孙福”；人家说“要不不生？”，就说不生也好，省下钱财、时间、精力咱们环游世界，养儿防不了老也防不了老年寂寞，无非是为社会做贡献。总之是减压，不管怎么选择，都是车到山前必有路，别担心莫彷徨。

太太其实想得也并不复杂。她自己当时正在忙博士论文，跟着又是答辩、毕业、找工作，这问题不妨搁置。从内心来讲，她从小就不想生孩子，听到小孩哭闹会很烦。只是……不巧她跟我一样，也是个怀疑主义者。你现在确定自己不想生，但你能不能保证到了生不出来的年纪，仍然不想生？如果到时候想生，但是又生不出来，岂不是很悲催郁闷？

我们所谓学术圈里，不生孩子的人确实不少。我们师辈里就有好几位。不过，他们的人生也没有足够的说服力，前辈们确实学术上卓有成就，推算起来跟没有小孩不无关系，只是也不乏到了晚年心生悔不当初的事例。说来说去，人的想法真是很难从一而终，年龄、境况、身体一变，难保生育观不会与时俱进。

有时，头天太太会说，要不咱们将来还是生一个？第二天出门，坐公交，后面有个小孩一路哭叫吵闹，于是头天的念头马上又打消了。下回有个什么什么事，又会来一次反复……但是这种犹豫不可能永远持续下去。我们不迷信什么最佳育龄是二十五岁之前，不过晚于四十岁会增加生育的危险系数。最后还是得做出决定。

在生育这件事上，学术女性的压力比其他群体要更大一些。最近有一则新闻：一位年轻妈妈因为担心五个月大的女婴吵闹干扰邻居，用手断续捂住女儿的口鼻，不料导致女儿机械性窒息致死。这当然是人伦惨剧。不过《现代快报》报道时，使用的标题是《硕士妈妈捂死女儿获刑3年》，文中说这位妈妈“虽然是研究生，但日常的家务基本不会干”。我不知道这场惨剧是否与母亲的学历真的有可证的逻辑关系。一位朋友说，这则新闻实际上想说的是：“看吧，让你们这些女人读什么研究生！连孩子都带死了！活该！”

这则新闻的表达，以及下面的许多评论，反映了部分媒体与公众对高知女性的污名化倾向。抛开这个不谈，高知女性群体，因为其成长的特殊性，学习与研究占有的时间与精力，校园生活的简单与依赖性，确实可能会使她们中的许多人日常生活经验不足。更重要的是，高知女性身上的智力投资巨大，她们多半会对自己的事业发展、价值实现有更高的要求。而中国社会的现状是，生育的重责似乎理所当然地压在女性的身上。这二者之间，几乎必然地存在强烈的冲突。

以我目见，解决这种冲突的途径无非有这样几种：

一、将养孩子的重担转嫁给父母。好处是安全高效，坏处是会衍生出歉疚与冲突。

二、聘请靠谱的保姆。好处是花钱买时间，但寻找合适的保姆，难度不下于寻找一个合适的博士论文题目，而且很难保障“亲子时间”。

三、自己带。好处是避免了以上弊病，坏处是至少三年时间很难从事研究性质的工作。

四、不生。好处不用说，坏处是需要对抗家庭与社会，还有自我怀疑的压力。

我太太后来是为什么改变主意要孩子的，至今我都没有仔细问她。她内心是否有清晰的答案，也不好说。这件事，决定之前左思右想，愁肠百转，各种成本产出、伦理主义，抉择的难度甚至超过“得了癌症要不要化疗放疗”，一旦决定了，怎么生养是更大的问题，路还长，连穿不穿尿布、去不去超市都有多少不相干的人横加干涉，慢慢抗战吧。

我始终觉得，做人的理想境界，永远都是举重若轻。孩子不应该成为家庭的中心，否则你就放大了生孩子这件事的风险，将鸡蛋全都摆到了一个不知道什么材料编成的篮子里。有人说他生活中八成的幸福感都来自孩子，我登时被吓到了，倒不是对这位朋友的幸福偏好妄加评判，而是推己及人，觉得危险至极，“盲人骑瞎马，夜半临深池”，因为孩子是太不可捉摸的未来，你总不能说，无论他如何生长、做些什么，你都一样幸福吧。

有些爸妈以孩子为中心的执着程度，时时超越我的想象。我的朋友中有一些暖男奶爸，能够一手带孩子，从凌晨到深夜，甚至让太太工作自己辞职。我虽不能至，心常钦佩，视之为社会进步现象之一。没想到一位女性在微博下评论："这不正常，（父亲主带孩子）孩子的皮肤会变得不好。"我晕且无语，也只能写个"服"字。

生不生孩子，这不是一个辩题。但是现在整得像个辩题，"生孩子利大于弊" vs. "生孩子弊大于利"，双方各持己见，不可开交。其实这个命题，跟"豆花该吃咸的还是甜的"差不多，完全是个人选择。有人生孩子是因为憧憬，觉得幸福感会大幅提高；有人生孩子是因为恐惧，怕自己将来后悔，或显得太另类。至于根本不去想"不生"这个选项的传统派和一早就把"不生"刻在碑上的"死丁族"，反而比勉勉强强、犹犹豫豫的骑墙派，有可能获得更多的幸福感。毕竟豆花可以咸甜兼收，孩子不能又要又不要。

2015 年 1 月 26 日

为什么不该骂一个有罪的孕妇？

近来有些案件，明显让周围的人都呈现无语的状态，如陕西富平医生卖婴案，如佳木斯夫妻奸杀少女案。这两起案情，就目前可知信息，实在超越普通人的理解范围，很难用理性分析与还原疑犯的行为逻辑。

正因为此，我倾向于将这两案视为难得一见的特例，而非普遍的人性之恶。否则，随着两案的广为人知与震动人心，本已脆弱的医患关系会雪上加霜，而面对倒地的老人、孕妇，是否能够以“佳木斯案”为借口，置之不理？

以上情况会不会出现，是对一个社会理性程度的考验。令我觉得更骨鲠在喉的，是“佳木斯案”发生后，与丈夫共同杀害胡伊萱的谭蓓蓓在医院中的状况。

相信一个正常人，面对谭蓓蓓利用胡伊萱的同情心犯下的恶行，都会感到不解、厌恶与愤恨。然而谭蓓蓓是一名孕妇。何以中国法律会规定孕妇不判死刑，也可以不实行审前羁押，即使判刑，一般也允许监外执行？推其法意，除了对孕妇的人道关怀外，最根本的还在于对无罪的新生幼儿的权利保护。

而以下的画面很难谈得上保护：不断有人围集在谭蓓蓓的产房外，吐痰，责骂，甚至扔东西。产房门关上后仍不断有人窥视。也有值班医生指着谭蓓蓓鼻子骂“禽兽不如”。

一般认为，孕妇的情绪、环境与待遇，对新生胎儿的健康会造成重要的影响。虽然谭蓓蓓是一个如此可恨的女人，但让待产的她处于充满义愤的群众甚至医生的围观指责之下，恐怕也违反了文明社会给予孕妇某种赦免权的原意。新生儿也没有义务为母亲的罪恶承担责任。

如果社会制定、认可了某种规范，就应当将之无差别地适用于所有对象，这才是“法律面前人人平等”的真义。法律不只要提供纸面上的合法性，也要将这种规范落到实处。围观人群的道德义愤可以理解，但任其泛滥造成伤害而不加管制，确实可以视为法律的缺位。

人类社会发展六千多年，最近一两百年才将废除私刑写进了法律，在中国，更是二三十年前才从法院布告上去掉了“不杀不足以平民愤”这样充满道德感的词句。在法律与民意之间的调适，还有很长的路要走。

日前看到今年全国考试大纲的一道材料作文题。称某先生遗失手机，拾者先不欲归还，后不仅归还，而且不接受酬谢，原因是他看到某先生手机里的短信，发现某先生之前向灾区捐款若干，大受感动，“不能用贪心对待爱心”。

这样的事是有可能发生的，但如果将之提炼成作文题，并蕴含某种价值取向，就会搞出问题来。首先必须明确，拾物不还是不对的，不主动寻找失者还可以说囿于时间精力付出，失者来电却不接、关机，则已是心怀贪念恶意。其次，如果是因为失者道德高尚，才将手机还给失者，这是典型的用道德感混淆物权。

至于“佳木斯案”后，谭蓓蓓的妹妹被退婚，她丈夫的弟弟小生意做不下去，父母东躲西藏，两家父母均不愿抚养婴儿，这些结果，大抵是基于周边浓厚的道德压力，虽然是旁人无法干涉的自由选择，但还是让人惋叹，毕竟，让无辜者承受一桩案件的外溢效应，并非大快人心的美事。我更愿意看到，无辜者不为他人（即使是亲人）的罪恶埋单。

2013 年 8 月 14 日

后'吃了太多的苦，他们不希望自己的孩子也吃这些苦……"

这个我真不太懂，如果说的是三代人而不是个体，现在五十几、四十几、三十几岁这拨人吃什么苦了？没有大的动乱，赶上了社会转型期，个人奋斗神话层出不穷……跟他们的前一代、前两代相比，这几代算安逸的了。或许有些"90后"觉得，物质不富足，选择太稀少，社交又贫乏，见识太可怜……这些是吃苦。

唐德刚在《胡适口述自传》里提过"恰当技术"，就是对于发展中国家来说，某个阶段有其最适当的技术，并不是越先进越好。1980—2010年这三十年，就知识而言，就对社会与自己前途的把握感而言，就奋斗的价值满足感而言，对于普通人来说，其实是一个逐渐递减的过程。

前几天聊天，有朋友提到写《创业史》时的柳青，还有柳青的学生，写《白鹿原》时的陈忠实。你说，他俩写作时谁更有自信，谁心态更稳？柳青那时笃信合作化道路会给中国农民带来灿烂的明天；陈忠实则不得不去清末的乡村寻找精神资源，找朱先生与白族长这样的人强强联手。

你一定会问我：你反对嘲笑上一代？你这个老顽固。

不对。我是赞成嘲笑上一代的。每一代人都要经过"弑父"这一关。"杀掉父亲"，下一代才能长大成人，迎来自己的时代。我甚至认为，判断每一代人整体的精神高度，标准该是对上一代叛逆的烈度。这不就是创造力？

可是，"群嘲"就是两回事了。因为从清末到现在，这个社会始终没有解决“任个人而排众数”的问题，也就是鲁迅说的：中国人只有“群体的自大”，没有个体的自大。以前的社会，人们习惯依附一个集体，媒体也只展现集体规范中的杰出者。但就舆论来说，现在的中国社会，几乎已经是一个后喻社会——就是以年轻人的价值观为先的社会。因为大家要讨好年轻人，要挣年轻人的钱。年轻人说什么、喜欢什么，就是什么。这样的舆论场里，大家还是在“群嘲”的话，只能说是“群体的自大”了。

不只是父母逼婚，年轻人也在嘲笑“单身狗”；“90后”小编觉得大学毕业后立刻嫁富豪、早早生子就是“人生赢家”；年轻人在三线城市里争公务员名额，学非所用也没有关系；年轻的夫妇啃老啃得理直气壮，父母给的，天经地义。

我也认识很多有个性的、有想法的“90后”“00后”，但是你要判断一代人的精神姿态，只能看他们中的主流心态，尤其是并没有高压逼迫、可以自由选择时的心态。

“中国一向就少有失败的英雄，少有韧性的反抗，少有敢单身鏖战的武人，少有敢抚哭叛徒的吊客；见胜兆则纷纷聚集，见败兆则纷纷逃亡。”（《华盖集·这个和那个》）

我不能说年轻一代也是如此，但至少，在“群嘲”里是看不到的。希望大家以独思为荣，以群嘲为耻。

2017年9月5日

两代之间和平相处的关键是啥?

台湾主持人蔡康永凭借《康熙来了》红遍两岸之前，主持过一档小众节目，叫《两代电力公司》。写博士论文那阵儿，我靠这节目度过了不少郁闷的时光。

节目形态很简单，就是找两拨人，一拨是四年级、五年级（就是大陆说的“50后”“60后”)，一拨是七年级（就是“80后”)；前一拨主要是明星，好多是现在《康熙》的嘉宾班底，后一拨都是大学生之类的素人（后来混进娱乐圈的好像只有小甜甜)。每一集，两代人面对同一个题目进行辩论。

比较惊悚的，也是影响比较大的一集，是一个七年级小孩子放话说：如果爸妈坐飞机，摔下来，可以赔一千万，怎么选？结果他说：当然选摔飞机啊，一千万嘞，爸妈有什么用?

行，我不用在这儿复述，你也能想象节目现场有多混乱、那孩子多被千夫所指，连同龄人都不挺他……这个节目常常有这种对骂的场面，我觉得有意思的是，几乎每一集都是，下一代说起爸妈，就是一脸不爽，然后就遭到对面一阵痛骂：你们年轻人就是如何如何……比如，年轻人说不想服兵役，叔叔伯伯们就一脸激愤地谈起保家卫国的意义……

我觉得这个节目，就是东方家庭两代关系的一种娱乐化的展示。这种公开互斥，或私下腹诽的场景，日复一日（如果住在一起）、年复一年（只是春节团聚）地在大多数家庭上演，想起来就头疼，还无从摆脱。

前几天熊太行师傅（为什么别人都是“先生”“女士”，说起他就会自然而然地加上“师傅”二字？）写了一篇《你对父母的了解还不如那个卖假药的》，很多人夸好。我对这篇文章，表示有保留的欣赏。欣赏，是因为熊师傅论证了理解父母一代心理的重要性，这在子一代声音占据主流舆论地位之今日，很有必要；保留，是因为熊师傅举例太轻松，说穿了就是一个“哄”字。看完我跟别人开玩笑说，卖假药的哄老人，他保持着工作心态，当然必须敬业地哄、专业地哄，而谁能一天到晚在自己家里保持工作心态呢？

如熊师傅所言，两代之间的分歧主要集中在：消费习惯、政治观点、养生与健康和个人问题。但是，家庭矛盾的产生，一般主要不在于“分歧”，而在于分歧之后的“评判”。比如，父母希望儿女结婚，儿女认为事业未成、火候不到、真爱无觅，不肯结，这是“分歧”，而接下来父母长吁短叹、亲友群聚施压安排相亲，甚至参加大型“父母相亲会”，这就变成了一种“家庭意识形态”的伦理压力，不肯结婚的儿女就会有负疚感甚至负罪感。你看新闻里武汉的方小姐，被奶奶悲情飙泪催婚，虽然后来知道奶奶是与妈妈合谋演戏，但她不会表现出受骗的愤怒，反而表示“会装作不知道，争取在年底给奶奶一个惊喜”，而这个惊喜就是“应该在奶奶还健康的时候，赶紧找一个还凑合的人结婚”，这就是负疚感所致。自命具有孝顺美德的中华儿女，谁愿意看见老人在祥和幸福的春节还要演悲情苦戏呢？你说这不是“逼”，啥才是“逼”？难道非得上吊抹脖子吗？

所谓“评判”，就是“judge”，我们常在美剧里听见演员大喊“Don't judge me！”（别评判我！），他们如此激动，可见这是一个忌讳。但在东方悠远的集体主义氛围之中，亲族之间的互相评判似乎不太算一回事。两代之间各方面都有巨大分歧，随之而来的评判，则将两代拖入对立与争执的深渊。

“评判”的心理基础是，我不把你视为独立个体，而是视你为我的一部分，即使是你的个人事务，我也要评个子丑寅卯。评判还只限于亲族范围内，若是父子血亲，接下来的便是“干涉”，既然怒其不争，我便越俎代庖，替你决断。从专业、工作到婚姻、子息，东方很多父母都喜欢包办式决定，子女软弱一点儿倒还好，如果碰上争独立争自由的反传统派，就会酿出很多悲剧。

不要以为我反对“评判”，就只是站在子一代的立场说话。在我们这个社会，子女对父母的“评判”乃至“干涉”，照样俯拾皆是。那些三十好几还待在父母家里，连哪怕象征性的房租、饭费都不肯交的啃老族，我都懒得谴责了。即使是公认的孝顺儿孙，对父母就没有评判与干涉吗？

你帮父母报了个老年旅游团，让他们七天九国欧洲游。可是父母不喜欢同团的人，觉得行程太满太累，对于到处看教堂也兴趣不大，还心疼团费太高，但是说起来是子女一片孝心，只好拼命点头：开心！开心！

你推开家门，发现客厅里又坐着两个推销保健品的，欢声笑语，你怒其不争，连喝带骂，把推销员赶出门去。回过身来着实把爸妈数落了一通。你满心都是为父母好，担心他们受骗上当，但有没有考虑他们的颜面，还有他们想为自己做点儿主而不可得的挫败感？

你对于看《春节晚会》、《新闻联播》、国产电视剧，以及跳广场舞，都非常不屑，觉得没有品位。你嘴上不说，表情里全是对父母爱好的鄙薄，这一切落在爸妈眼里，他们是何心情？这个毛病我有过，还曾嘲笑上一代“用电视剧指导生活”。其实用电视剧，还是用福柯理论指导生活，有本质的不同吗？不拿自己的准则去指导别人的生活，才是正确的做法。

我们常常在亲情的掩护下、爱心的旗帜下，忘记了无论父母还是子女，只要他们不因疾病丧失思维能力，成年的他们都有权决定自己的生活方式。别抬杠，我没说眼瞧着父母按下ATM机的按键给骗子打款，还抱着不干涉主义笑看风云；也没说子女在家吸毒，父母也得关起门来装不知道。只是，在可以自由选择的安全范围内，“不评判”是避免冲突、保持独立的基本要件。

要达到“不评判，不干涉”的家庭状态，光靠一方的退让、屈服是肯定不行的。谁都会说，家庭是人生躲避风浪的港湾，啊，温馨的家庭！可是，如果港湾里的船只，都是主奴关系，或上下级关系，那就是军港。要想不让家庭变成军港，就得“容忍对方不顺眼”，压抑彼此的控制欲、改造欲。大到国家，小到个人，这是永恒的道理。

公共空间的大部分原则，移植入家庭，也是可行的。比如，让张天师愤愤然为之辩的放鞭炮与跳广场舞，诚然不必上升到国民性层面，作为个体选择，同样也属于“别评判我”的范畴。但现代社会的伦理底线是“不损人利己”，因此，要求放鞭炮、跳广场舞噪声不得扰民，也是正当的诉求。在家庭内部，同样如此，保持个体的独立，同时应该尽量不给别人添麻烦。比如，子女夜归事先当说明，父母也不要刻意等门。不必要地增加彼此的心理负担，也是一种“添麻烦”。

当然，要做到这样，很困难。困难不仅来自两代相处的惯性（孩子再大也是孩子），更来自社会意识形态的塑形。一旦两代之中有人脑部被植入“什么就该是什么样的”这种毒素，就等于是动摇了家庭和睦的基石。说到社会对家庭观念的标签化塑形，我特烦两首歌，一首是《常回家看看》，一首是《时间都去哪儿了》。

我亲爱的姨妈生前，就批判过《常回家看看》：凭什么是“妈妈准备了一些唠叨，爸爸张罗了一桌好饭”？妈妈只会唠叨？你们爸哪会做饭？为啥非得“生活的烦恼跟妈妈说说，工作的事情向爸爸谈谈”？妈妈只懂家长里短，就理解不了你们的工作？

我进一步地质疑：为什么总是用唠叨加诸儿女？朋友来了有好酒，儿女来了有唠叨，这对吸引儿女心甘情愿回家看父母，是起正面作用还是反面作用？好饭怎么定义？大鱼大肉？如果儿女正在节食减肥，父母眼中传统的“好饭”会不会是一种负担？如果儿女觉得生活烦恼、工作问题属于个人隐私，因为各种原因不想让父母担心、不想谈，是不是就算不孝顺？

《时间都去哪儿了》标榜的是一种全心全意无自我的奉献，“时间都去哪儿了，还没好好感受年轻就老了，生儿养女一辈子，满脑子都是孩子哭了笑了”。如此倾生奉献，让儿女如何报答？我不否认中国有很多父母确实是这样的状况，就是《常回家看看》也描述了常见的回家模式，关键在于，这些真的是值得歌颂的吗？

而今据说传统价值回归，“孝”又成了完美无缺的品德标准，还评过“演艺界十大孝子”什么的。我想，我们不能完全忘却中国的现代化进程中，为什么会出现“非孝”的思潮。而“孝”的内容是不是应该与时俱进？孝，加上对应的“慈”，父慈子孝，是否意味着抹杀每个家庭成员的独立性，放任家庭成员之间的互相评判与干涉？

传统的孝道，如果真的那么美妙无瑕，怎么会有这样的传说？——“郓州寿张人张公艺，九代同居。……麟德中，高宗有事泰山，路过郓州，亲幸其宅，问其义由。其人请纸笔，但书百余‘忍’字。”（《旧唐书·孝友传·张公艺》）怎么会有“不哑不聋，不做阿家翁”的俗语流传？大家族聚居，是传统社会经济共同体的追求。大家族到了现代，已经离散为核心家庭，孝道是否也该改上一改？

有一种意见认为：《常回家看看》难道讲述的不都是实情吗？有什么好批评的？持这种观点的人完全没有理解“叙事也是观点”的传播之道。同样是拍部纪录片谈论雾霾，知识都是正确的，数据都是精准的，但我可以用这些材料来呼吁“清除雾霾，从我做起”，也可以用来陈述“雾霾是工业化的必然代价”。重点不在于你讲了什么，而在于你以什么立场、什么态度去讲。

《常回家看看》看上去只是在叙事，但它从第一句话开始就在“要求”听者。我们抄一段吧：

找点空闲 找点时间
领着孩子 常回家看看
带上笑容 带上祝愿
陪同爱人 常回家看看
妈妈准备了一些唠叨
爸爸张罗了一桌好饭
生活的烦恼跟妈妈说说
工作的事情向爸爸谈谈
常回家看看 回家看看
哪怕帮妈妈刷刷筷子洗洗碗
老人不图儿女为家做多大贡献呀
一辈子不容易就图个团团圆圆

一首歌词，就像一部小说，总是有一个叙事者。流行情歌一般喜欢用“你”“我”这种代词限制叙事。不管多少听众会将自己投射或代入其中，它仍然是一种个人叙事。而《常回家看看》的叙事者，不是歌中的任何一方，不是父母，也不是儿女，而是站在旁边的一位“道德宣导者”，宣导者要求你、规训你：你“应该”常回家看看，把工作的事情、生活的烦恼向爸爸妈妈说说谈谈，因为呵，“老人不图儿女为家做多大贡献呀”，“一辈子不容易就图个团团圆圆”。

谁都知道，随着中国社会老龄化的加剧，“空巢”作为家庭问题日益突出，但什么才是有效的解决之道？把这种社会问题伦理化是最简单省事的：你们这些当儿女的，多回家看看不就得了？那好，我们一起高歌《常回家看看》，一起谴责不孝儿女，是否就能让这个广泛的社会问题应声而解？

事实上，排除那些需要政府或社会救济的极端案例，比如刀架在脖子上也不肯回家看看的，中间的大部分个案，都有着各种各样的苦衷与无奈。它们可能不够震撼，但应该更普泛——事实上，这些中间个案也是《常回家看看》这种道德宣导针对的现象，因为它已然预设：常回家看看，非不能也，是不为也，从我做起，常回家看看。

我们平心静气地想想，作为子女，与父母有二十年的相处，有割舍不断的亲情，如果家里让他/她感到温暖、熟悉、亲切，他/她又有能力与时间，他/她为什么不愿常回家看看？还需要大张旗鼓地宣导？如果是力有不逮，那不是宣导能解决的；如果是心有不甘，我不相信那么粗暴的宣导能有效果。

我身边有不少朋友都是这样：在外地的时候，觉得想回家、该回家；真回了家，又住不长、待不住。反过来，不少父母也一样啊，他们去大城市跟孩子一块儿住，可总是“住不惯”，要不是帮忙带孙子孙女，或者生活不能自理、要长期上医院，他们宁愿回老家住自己的老房子。

这种现象是人之常情，不是吗？谁愿意总是生活在“别人家的规矩”之中？古之四世五世同堂，为什么要强调“百忍”？因为一大家子共同生活，只能有一种规矩，规矩的制定者自然有最大的自由，其余那些规矩的执行者、服从者，难道不会觉得委屈、觉得不自在？从前是无处可逃，只能多年媳妇熬成婆地代代传承，一旦大家族体制崩溃，人可以独立选择自己的生活方式，“活在别人的规矩之中”就变成生命中不能承受之重。

所以我认为问题的关键是怎样让“常回家看看”变得有吸引力。没有人唱一首《常出去走走》，“民众应该经常出游”也没有入法，可是一到节假日，国内国外旅游胜地，满坑满谷，这又是什么原因呢？

王小波在小说中写道，如果单位要求职工某天回家必须行房，房事就会变成一种让人厌倦烦闷的例行公事。我想，如果子女们回到家里，没有催婚逼生那些伤感情的事，每个人能够最大限度地选择自己的生活方式，比如想熬个夜、睡个懒觉没人干涉，两代的交流，没有压制与强求，家庭成员有共同的爱好与品位，能一起读一本书、看一部电影，分享家乡美食也分享社会观察，政治观点不怕碰撞，审美情调各美其美，这样的家庭，怎会没有吸引力？有多少子女，会把回这样的家视为一种负担、一种不得不尽的义务？

我这些话，也只能说与识者听。前两天有位在香港学新闻的研究生发私信问我，现在面对逼婚的父母，应该怎么办？我回复说：婚姻之事，最好听从自己的内心，至于父母，劝得一个是一个。劝不动父母，可以劝自己，等自己当了父母、当了大爷大妈，不要再去评判、干涉儿女，不要一辈子活下来只为了儿女，不要老把他们当小孩管，也不让他们随意插手自己的生活。儿女回家的时候，与他们像朋友一样交谈，吃一顿家常便饭，给一些生活工作上的建议，如果没听，也不恼。大家商商量量，有“你”有“我”，练书法也不用老是写“忍”了，郑板桥“难得糊涂”也挺好看的。

2015 年 2 月 28 日

从“五四”到今天，中国家庭进步了吗？

2017年开年，两样物事刷屏，一是东方卫视播出的《中国式相亲》，一是彩虹室内合唱团推出的《春节自救指南》。这两样物事很有趣，且都是发源自中国现代化最成熟的城市上海。

有人在怒斥或怒嘲“中国式包办婚姻”，有人在热捧传唱“怎么会放弃我的理想，变成我讨厌的模样”。我呢，觉得这两者合在一起，可以让人好好想想“中国式家庭”的前世今生。

“家庭革命”的理念起自五四新文化运动，此前的辛亥革命虽然建立共和，家庭观念方面却几乎没有变易，政府、报章表彰烈士的一种手法还是通过表彰“节妇”实现的：如果你有一个未婚夫为国战死，家庭、舆论都鼓励你从此守节不嫁。

新文化运动只是“提出”而非“实践”家庭革命，像《伤逝》中涓生与子君的悲剧是常见的，鲁迅另一篇小说《幸福的家庭》更能看出当时“新青年”的窘况。文艺新青年笔下的理想生活与现实生活交织映射，益显其讽刺。

主人公构思理想的家庭生活十分艰难，首先是地点：

“北京？不行，死气沉沉，连空气也是死的。假如在这家庭的周围筑一道高墙，难道空气也就隔断了么？简直不行！江苏浙江天天防要开仗；福建更无须说。四川，广东？都正在打。山东河南之类？——阿阿，要绑票的，倘使绑去一个，那就成为不幸的家庭了。上海天津的租界上房租贵；……假如在外国，笑话。云南贵州不知道怎样，但交通也太不便……湖南也打仗；大连仍然房租贵；察哈尔，吉林，黑龙江罢，——听说有马贼，也不行！……”他又想来想去，又想不出好地方，于是终于决心，假定这“幸福的家庭”所在的地方叫作A。

为了节省篇幅，我们略去主人公犹豫纠结的各种选择，只列出确定的“幸福的家庭”之要素：

家庭中自然是两夫妇，就是主人和主妇，自由结婚的。他们订有四十多条条约，非常详细，所以非常平等，十分自由。而且受过高等教育，优美高尚……。东洋留学生已经不通行，——那么，假定为西洋留学生罢。主人始终穿洋服，硬领始终雪白；主妇是前头的头发始终烫得蓬蓬松松像一个麻雀窠，牙齿是始终雪白的露着，但衣服却是中国装……

他们是优美高尚，很爱文艺的。但因为都从小生长在幸福里，所以不爱俄国的小说……。他们都爱看《理想之良人》，你也看，我也看，——他们一人一本，这家庭里一共有两本。

他们都是大学毕业的，高尚优美，高尚……。男的是文学家；女的也是文学家，或者文学崇拜家。或者女的是诗人；男的是诗人崇拜者，女性尊重者。

幸福的家庭的房子要宽绰。有一间堆积房，白菜之类都到那边去。主人的书房另一间，靠壁满排着书架，那旁边自然决没有什么白菜堆；架上满是中国书，外国书，《理想之良人》自然也在内，—— 一共有两部。卧室又一间；黄铜床，或者质朴点，第一监狱工场做的榆木床也就够，床底下很干净。

所以主人的书房门永远是关起来的。有事要商量先敲门，得了许可才能进来，这办法实在对。现在假如主人坐在自己的书房里，主妇来谈文艺了，也就先敲门。——这可以放心，她必不至于捧着白菜的。

“Come in，please，my dear.”

如果去除时代因素，其实跟我们当下赞美、向往的家庭也没什么两样。夫妻都有高等教养，有共同的文艺爱好，有合乎他们品位的房间与家具，各自有隐私空间，而且彼此平等、尊重。

可是在理想之外，“白菜”一直干扰着作者的梦境，他拿白菜来打扰他的主妇——并非一个乡下不识字的村姑，相反，她当年也是反抗家庭禁锢的热血青年。“那时也是晴朗的冬天，她听得他说决计反抗一切阻碍，为她牺牲的时候，也就这样笑迷迷的挂着眼泪对他看。”

毁掉他们梦想的，自然是经济条件。以当年的教育状况，能接受高等教育的都是中上层家庭子弟，但是家庭不会再支持一个叛离的子女，所以鲁迅给“娜拉走后怎样”的答案是：

“堕落，或回来。”

张爱玲后来在《走！走到楼上去》里不无讽刺地说：“中国人从《娜拉》一剧中学会了‘出走’。无疑地，这潇洒苍凉的手势给予一般中国青年极深的印象。报上这一类的寻人广告是多得惊人：‘自汝于十二日晚九时不别而行，祖母卧床不起，母旧疾复发，合家终日以泪洗面。见报速回。’”我有位旧同学的硕士论文专门研究20世纪30年代上海青年的自杀现象，黄浦江里，好多是离家出走的“上漂”，不肯妥协的斗士。而留在家里或回归家庭的青年同样很多，甚或更多，只是舆论轻视他们、无视他们，他们不符合浩浩荡荡的文明潮流。

大家庭本来就是很现实的组合，表面的亲情只是暂时性的掩盖，底下终究是经济合作模式才能长久。要想从大家族中脱离出来，成为独立的个体或核心家庭，出路何在？对独立自主理念的认同是其一，获得经济的独立是其二。前者易而后者难，所以新文化虽然“政治正确”，却无法改变主流的家庭形态。

陶希圣是特别典型的一个例子。他虽然毕业于五四时期的北京大学，也到了外省工作，但妻儿都在大家族中，他的收入除自用，要先交给主持家族事务的祖母，再由祖母统一分配。后来他到上海，自恃可以养家，与家族爆发矛盾，妻儿净身出户，一个新的核心家庭在上海重新开始打拼。

以前读这段记载，是站在陶希圣与新文化的立场上，如果反过来想想，子女本身就被视为家族的资源，像陶希圣这样的北大毕业生更是优质资源，家族供他上学受教育，他毕业后的收入、他的婚姻，自然都须纳入家族的统一规划之中。陶希圣携妻儿逃离，自己与外界都认为是解放，家族却视之为不义。

像陶希圣这么激进的并不多见，更多的新派男士选择双轨制：初婚由家族做主，妻子留在家族内部侍奉父母、抚养孩童，自己再在外面大都市里找一段自由恋爱和自主婚姻。民国政府与社会对此的态度都是默认不究。

在上海这样开埠日久的商业都市，婚姻的社会性质更加明豁。你看《围城》中的方鸿渐，本来定亲是父母之命，但未婚妻病故，准丈人愿意拿嫁妆资助他出国，方鸿渐接受这笔资助，自然就接受了一个不言自明的义务：他此后的工作与婚姻，前岳家要参与意见。这一点，方鸿渐与方家及其亲友都没有什么异议。换句话，方鸿渐这个“留洋博士”也是小银行主周家的一笔投资。

但即使是有史以来最激进的家庭实验，也不可能像“五四”的理想那样，限定每一桩婚姻的爱情含量。新中国成立之后历次修订《婚姻法》，都只能规定“结婚必须男女双方完全自愿，不许任何一方对他方加以强迫或任何第三者加以干涉”，挡住的是二诸葛和三仙姑那样的公开干预，但在赵树理 1949 年后创作的《罗汉钱》里，到乡里结婚的程序是这样的：

办事员问：你为什么和他／她结婚？

男／女答：因为她／他能劳动。

“能劳动”是婚姻成立的合法理由，充分说明婚姻与家庭的经济基础并未改变，新的劳动力不仅服务于核心家庭，也服务于大家族，乃至生产队。农民知识分子赵树理对此很不满意，但他也没有办法真正改变这种状况。

有人总结了上海女性那三十年的择偶顺口溜：

上世纪50年代：一嫁工人二嫁干，至死不嫁庄稼汉。

上世纪60年代：嫁工人，怕下放；嫁干部，怕定量；嫁军官，怕打仗；嫁农民，吃得胖。

上世纪80年代：一套家具，二老归西，三转一响（自行车，缝纫机、手表和音响），四季笔挺，五官端正，六亲不认，七十元钱（工资），八面玲珑，九（酒）烟不进，十全十美。

与此同时，在明面的舆论上，人们看到的是《被爱情遗忘的角落》《沉重的翅膀》《挣不断的红丝线》，而暗地里涌动的，是推动社会争先恐后寻求富裕的经济动力。比较上面几句顺口溜，我们会发现，前两句是对重新划分后的阶级的认同，而到了80年代，“佳偶”的阶级身份已经模糊，经济水准成为最重要的择偶条件。

世界上没有无缘无故的爱。女性个个想嫁金龟婿，对方难道没有要求？韩寒（又是一个上海人）那首饱受诟病的《乘风破浪》主题曲并非首次引进中国，1979 年在日本发布之后，80 年代它的身影就出现在中国的小说如《大篷车》中，当时被译为《男子汉宣言》：

你每天早上，不能比我起得晚；
你每天晚上，不能比我睡得早；
打扮起来要漂亮，饭菜做得要香甜……

此时社会上的婚姻，达成了一种奇怪的和谐：80 年代人的父母从那场激进的家庭革命实验中走来，即使是单位干部，宿舍是公家的，家具是公家的，生老病死，一概由公家负责。他们很难将自己的权力与经济资源（如果有的话）转移给下一代。高考与改革开放，让固化的阶级体系开始崩塌与重建，个人奋斗获得了前所未有的机遇与空间——这是大家回想起来，觉得 80 年代“更平等”的主要原因。因此年轻人是“自由”的，自由地追逐爱情，也自由地追逐欲望。文学作品中宣扬的爱情至上，跟生活中的择良而栖，似乎并不矛盾，中国人从未像 80 年代那样普遍相信爱情。

三十多年过去了。社会结构一直在调整与重组。近几年来，很多人都有一种“回潮”或“倒退”的感觉。怎么父母之命又变得重要了？怎么“拜金”的观念敢于赤裸裸地站上台面了？五四运动一百年，中国人怎么又回到了“爱情！可怜我不知道你是什么！”的可悲境地？

先说说我的两个结论：

一是“五四”以来对爱情的呼唤、对人性解放的吁求，其实大体只存在于文学作品、社会舆论与意识形态之中。在铁一般硬、冰一般冷的经济法则面前，这吁求只是海面上可爱的泡沫，一旦被驱散，就只剩下冰山一样的经济法则。

我一向认同，婚姻与爱情，并不互为必要条件，当然更不是充分条件。世上有很多不涉婚姻的爱情，也就有很多无须爱情的婚姻。

二是家庭又成了社会基本的经济共同体。现代社会的最高理想是个人的彻底解放，就像《幸福的家庭》里描写的那样，不追问经济来源与外在限制，我们都可以活在A城，说英文也吃“龙虎斗”，想与配偶讨论文艺就讨论文艺，不想讨论了则有“一间自己的屋子”。然而这个理想想在现实中实现，靠个人，很难（少数人才能做到）。只有家庭有可能提供相对良好的教育资源、相对富足的生活条件，以及相对顺利的阶级延续。

这个结论的背景亦有二：一是孩子作为中国家庭的中心，物质条件迥非往时可比；二是社会对年轻一代的结构性压迫也日益严酷。他们要怎么样才能抵抗这种压迫，维持自己的生活水准？难道像五四时期那样组织工读互助团，过阿米特人那样的共产式生活吗？

更麻烦的是，价值观急剧变化的转型社会，代际之间的价值认同时见冲突。如果两代的价值认同一致，那反而好办了。

你看某些村的村长可以世袭，村长父亲为村长儿子找到一门县里或者更高官员的亲事，村长儿子会以没有爱情与共同语言为由拒绝吗？我想大概连高加林式的纠结都不会有吧。

现在典型的家庭代际冲突有两种，一种是《春节自救指南》式的，一种是《中国式相亲》式的。

在前者的语境中，成年子女不愿接受家庭/家族给予的资源，也不愿成为家庭/家族的资源。他们纠结的是长辈们寄托着荣光的攀比，和自以为是的强加。子女们想选择的无非是刘半农式的“作揖主义”：

> 不想跟别人做对比（怎么会放弃我的理想）
> 为什么要替我做决定（变成我最讨厌的模样）
> …………
> 各位亲爱的家人 我有我自己的人生
> 对不起对不起对不起对不起
> 老王 谁要跟你去攀比 前程自己拼才有意义
> 收起我们的分歧 团圆才是我们的话题

它代表的是中国社会里精英主义的面向，用歌中亲戚的话说，“是不是读书读傻了”。这种观念是政治正确的——已经政治正确一百年了，但就像希拉里面对特朗普，卡梅伦面对脱欧，它在今时今日，显得软弱而无力，而借助伦理诉求与带有情感色彩的对手，却高高在上地蔑视着它的浪漫与虚无。

而《中国式相亲》是另一种。那里面，父母、子女、相亲对象，都是自愿的，排除综艺节目“演”的成分，这是一个坚固而自足的闭环，它排斥不合乎优生法则与经济规律的另类选择，比如男女年龄不般配，女方不能照顾或辅助男方家庭（包括干家务、理财），男方不能提供相当的经济基础，等等。颜值或许重要，或许不重要，这也是家长们经过理性而细密的考量的。

《中国式相亲》凸显了家庭作为社会制度而非人伦乐园，作为资源共同体而非情趣组合的那一面。对于秉持“五四”以来精英理念的先锋人群，这样的展示当然构成了冒犯。但是，现实总是在冒犯理想，只有个人独立的实现，这种冒犯才会是推动理想实现的动力，否则现实就是湮灭理想的河流。

如果社会本身不能提供多元选择与适合独立发展的环境，不能让最有勇气的年轻人有物质有尊严地去呵护梦想，认同《中国式相亲》的年轻人就会越来越多，当然，美、日、韩，以及中国台湾偶像剧灌输的“爱情至上”“个人奋斗”会被他们偷偷珍藏，当作一剂解痛的鸦片。他们给《春节自救指南》点赞，用实践《中国式相亲》获得的资源给彩虹合唱团和情感专栏作家们打赏，独立是一个遥不可及的梦，而生活是一场演好自己的戏。如果这是一代人的悲哀，那它就将是写入历史的悲哀。

2017 年 1 月 22 日

鲁迅当年怎样做父亲?

世间有些人，在还没有做父亲时，就敢于对“怎样做父亲”发言。比如鲁迅。

1919年10月，鲁迅写下《我们现在怎样做父亲》。这一年，鲁迅三十八岁，但是还没有做父亲。他的儿子要十年后，方会在上海出生。

我手里的这套《鲁迅全集》是家父购用的，《我们现在怎样做父亲》收在第一卷的《坟》里。这套书陪着父亲，从读研究生到教书二十五载到退休（中间我读本科时，借用了一年），相信这篇文章已是读得烂熟入味。父亲一直很佩服鲁迅“怎样做父亲”的观念。

来看看父亲在哪些地方，画了代表重点的波浪线：

自己背着因袭的重担，肩住了黑暗的闸门，放他们到宽阔光明的地方去；此后幸福的度日，合理的做人。

独有对于孩子，却威严十足。

本位应在幼者，却反在长者；置重应在将来，却反在过去。

只是有了子女，即天然相爱，愿他生存；更进一步的，便还要愿他比自己更好，就是进化。

开宗第一，便是理解……第二，便是指导……第三，便是解放。

鲁迅这篇文章，代表了“五四”诸贤的观点：爱护儿童，尊重儿童的特殊性，保护他们不受自然与社会的伤害。这里面有些话当然是不易的真理，比如父母于子女，“愿他生存”，“愿他比自己更好”。我们自己在电梯里碰到陌生人，除非对方是老外，不然一般都是看着脚尖，或掏出化妆镜、手机，总之很尴尬地盼着赶紧到站走散。但如果其中一人携了孩子，似乎自然就会教他/她打招呼，喊叔叔喊阿姨，旁人也就配合地逗一逗孩子。这说明我们知道什么样的态度更友善，什么样的相处更和谐，只是自己做不到，却希望孩子能做得更好。

有意思的是，“五四”诸贤发起新文化运动时，大都还没有子女。他们主张的“儿童的发现”，主要来自西方传来的现代教育观念，自觉真理在手，虽无实践经验，说话的时候也能斩钉截铁地“第一第二第三”。也是在1919年，胡适长子胡祖望出生，胡适写了一首《我的儿子》，里面说：

树本无心结子，
我也无恩于你。
但是你既来了，
我不能不养你教你，

那是我对人道的义务，
并不是我待你的恩谊。
将来你长大时，
这是我所期望于你：

我要你做一个堂堂的人，
不要做我的孝顺儿子。

这都是很让人耳目一新的话，完全打破主流社会亲子关系“施与报”的模式。我自己在辣子出生后，也在博客上抄过这首诗，但抄写时心中滋味，并不像“五四”诸贤那么理直气壮，而是多少有些迷茫，也有一点儿恐慌。

“五四”诸贤对传统父子关系的批判，就是鲁迅所说“革命要革到老子身上”，之所以有效，是因为传统中国对亲子关系的定位，经常显得强横且偏执。有句话叫“天下无不是的父母”，又说“父要子亡，子不得不亡”。当然父对子的义务也是一管到底，只要没有分家，学业、工作、嫁娶、日用，都是父亲包办。中国传统的大家庭，其实有点儿像计划经济时代的单位。好处是事事有人替你安排，坏处也是事事有人替你安排。

比如朱自清的名文《背影》，写于1925年，记叙的是1917年冬在浦口与父亲分手的情景。这一年朱自清虚岁二十，刚从北京大学预科考入哲学系。朱自清父亲朱鸿钧四十八岁。

从《背影》的叙述中，也可以窥见父子两代的理念冲突。按说十九、二十岁的儿子，“北京已来往过两三次”，但父亲无法陪伴则已，一旦在侧，便事事都不放心：本来说好让熟识茶房送站，也已“再三嘱咐，甚是仔细”，终于还是不放心，自己要去。到了车站，儿子买票，父亲照看行李，又忙着跟脚夫讲价钱，上车了，帮儿子拣定座位，嘱咐完儿子又嘱托茶房。然后，就是著名的“买橘子”场景——虽然是父亲坚持这样做，但二十岁的小伙子坐在车上，中年肥胖的父亲穿着厚厚的棉袍与大褂，“跳下去又爬上去”地穿过铁道又穿回来。这幅图景，实在让人有些不舒服。舐犊之情固然动人，但无理由的事事包办，受者未必真能坦然欣然。

朱自清写《背影》时，距彼时已经八年过去了。中间父子失和，暌违经年。回忆前事，字里行间满满都是歉疚与感恩。但若是往日重来，年少气盛的儿子是否就能意识到自己“聪明过分”，不笑父亲“迂腐”呢？未必。有了时间的间隔、叙事的过滤，“终于忘却我的不好，只是惦记着我”的，又何尝只是父亲这一方？

读李泽厚《回应桑德尔及其他》，书中提到孟子所谓“父子之间不责善”，李泽厚解道，这是因为父子之间倘以理念上的“善”互相要求，则容易破坏家庭间的和谐关系。儒家文化强调纲常，讲“父父子子”，也不能完全视为只要求子一方尽义务，“亲亲相隐”便是双方之间的情感优先考虑。所以“虎毒不食子”是普遍现象，“大义灭亲”倒往往来自子一代，比如《归来》中的女儿举报逃犯父亲，又或是前些年新闻里的女儿举报父亲包二奶。“我要你做一个堂堂的人，不要做我的孝顺儿子”，那么，为了一些“好名词”，如理想、事业、爱情、自由，是否就该牺牲掉父子之间来之不易的感情？

以此反观“五四”诸贤的亲子观念，也就可以看出某种偏颇之处。胡适与鲁迅，主张的都是绝无回报要求的无私的爱，理由是后代延续了生命，就已经完成了养育的目的，所以要求子女“孝”只是一种利己思想，要不得。这种思潮从东汉孔融的“父母无恩说”，一直到五四时期施存统的《非孝》，也是余韵不绝的“传统”，只不过并非主流。在批评者如汪长禄等看来，他们是在主张儿子们“白吃不回账”，也不是道理。

问题是，无论传统中国或现代社会，父子之间的天伦之情，并不是能够“一二三四”算得清清爽爽的，因此也就很难要求一方只付出，而不求任何回报（至少是情感上的回报）。无私奉献、劳而无怨，是圣贤的境界，以之要求普通人，则未免太过苛求。

鲁迅后来有了自己的儿子海婴，他还能不能坚持自己十年前的理念？有些是做到了的，如“无恩”，他在 1931 年儿子一岁半时致信友人，说“我不信人死而魂存，亦无求于后嗣，虽无子女，素不介怀。后顾无忧，反以为快。今则多此一累，与儿只书箱，同觉举重，每当迁徙之际，大加擘画之劳。但既已生之，必须育之，尚何言哉”。“既已生之，必须育之”，这就是胡适所说“但是你既来了，我不能不养你教你”。

虽然说来无奈，“养你教你”却不是苟且敷衍的事。鲁迅对海婴，跟时下无数父母一样，对于孩子的愿望总是尽力满足，比如玩具，比如不强迫他做不喜欢的事，比如不介意他弄乱自己的书桌，海婴批评“这种爸爸，什么爸爸”，鲁迅也不以为忤。在鲁迅看来，这或许是践行自己的教育理念，但在有些人眼里，这不过是老来得子后的溺爱罢了。这样说的人有之，这样想的人怕更多，以致鲁迅要专门写一首《答客诮》（回答客人的讥讽），为自己的爱子之情辩解：

无情未必真豪杰，怜子如何不丈夫。
知否兴风狂啸者，回眸时看小於菟。

这里又有意思了。在其时社会主流观念里，为儿子包办一切是父亲的职责，但太亲近儿子、顺从儿子，又容易丧失父亲的权威与尊严。为儿子放弃自己的时间与事业，更谈不上明智。鲁迅在这一点上，虽无直接的文章论述，所思当异于常人。

我们应该记得《朝花夕拾》里有一篇《五猖会》（1925）。

明媚的早晨，定好的大船泊在埠头，六十多里水路外，盛大无匹的东关五猖会在向人招手，少年鲁迅“笑着跳着，催他们要搬得快”。就在这个时候，严厉的父亲出现了。他让鲁迅去拿平时读的《鉴略》，教鲁迅读了二三十行：“粤自盘古，生于太荒……”然后是：“给我读熟。背不出，就不准去看会。”

少年鲁迅“似乎从头上浇了一盆冷水，但是，有什么法子呢？”。当他终于背出了这二三十行书，母亲、工人、长妈妈都欢喜无限，抱着他一起开始了这场梦想已久的旅程。

只是少年鲁迅“却并没有他们那么高兴”，“开船以后，水路中的风景，盒子里的点心，以及到了东关的五猖会的热闹，对于我似乎都没有什么大意思”。

三十多年后写《五猖会》，鲁迅还在“诧异我的父亲何以在那时候叫我来背书”。以鲁迅自定三原则，背书这事，“理解”“解放”是谈不上，说是“指导”，却是在这样一个不恰当的时间，以这样一种不恰当的方式。

我们可以给鲁迅父亲的这一举动找出很多理由，比如适时地显示父亲的权威。中国有个典故叫“庭训”，就是孔子的儿子孔鲤从庭院走过时，孔子叫住他训了一番话。所以“庭训”特指父亲对儿女的教诲。我少时看到这一段，也曾恶毒地想，万一孔鲤是急着上厕所呢？长大后才懂得，如果儿子真是急着上厕所，父亲规训的效果会更好。现代血汗工厂往往由工头控制员工的大小便时间（从《包身工》到富士康都一样），这是建立威权化管理的有效方式。

但我们衡之以“父子之间不责善”，就会觉得这是以效果缥缈难言的压制行为，来无端造成父子之间感情的破坏。父亲的权威，未免近于滥用。

所以成年后的鲁迅将《鉴略》内容与五猖盛会一齐忘怀，就只记得这件事对少儿内心愉悦的打击与减损，记得这种无来由的管束造成的伤害。他后来曾说，人应该从小备一个本子，在上面记下自己的种种欲望。等到成人父母，遇孩子哭闹，比如想去公园玩耍，呵斥之前，翻开本子，看到一条“我想去公园玩”，或许就可以理解孩子的心情。

所以即使在“五四”一辈人里，鲁迅那般对孩子的关顾与放任，也不多见。民国时父子关系或已不再像从前那样紧张，但孩子去干扰父亲的工作（那既是养家糊口之源，也是经国致世之事），也是不太被允许的。海婴要和鲁迅玩，鲁迅总是放下手头工作陪他玩，以致母亲许广平很为难，如去将海婴拉开，恐怕伤及父子天伦之乐，如果放手让爷儿俩玩，过后鲁迅也会笑着抱怨：又有一两个钟点被浪费了。

这已是不太符合传统父子角色定位的镜头。至于周海婴在《鲁迅与我七十年》中回忆，鲁迅为了打破孩子对身体、性别的禁忌观念，特意与许广平在家里裸体走动，更是至今也难以企及的先锋行为。

可惜鲁迅故世之时，海婴才不过七岁。我们看不到当海婴长大、脱离封闭的家庭教育环境之后，鲁迅先生会教儿子怎样应对青面獠牙的现实、无视道德的社会，以及惨淡经营

该不该群嘲上一代?

因为我拒绝就某个访谈节目发表意见，群里有人说我看不起人民群众。

其实不是的。“人民的声音就是上帝的声音”，但是上帝无所不知，大多数人民有所不知。拿饮料打比方吧：营养快线其实没啥营养，这个大家都知道，但是不少人爱喝，尤其是很多小孩。为什么？因为它甜，好喝。有时候为了口感，大家就放弃一点儿健康呗。那么脑白金呢？这东西不大好喝，而且很多人不知道它有没有用、有没有害，但也有很多人买，史玉柱靠这个产品翻了身。

要是你问我，我宁愿喝营养快线，反正也不是为了健康。脑白金，则是你以为喝了会怎样怎样——实际上会不会呢？不晓得。而问题的关键是：后者比前者贵。好了，不说这种常识。我今天想说的是：

从保温杯到访谈节目，嘲笑上一代似乎是一种流行趋势。那么，群嘲上一代该不该？七夕前夜，我去参加一个直播节目，听见一个二十三岁的女孩感慨道：“‘60后’‘70后’‘80

的人生；当孩子进入叛逆期，试图摆脱父亲的影响，鲁迅又能否放下传统父亲的威权身份，给予儿子真正的理解与解放。

同路人胡适在40年代之后，多次自承教子失败。大体说来，他面对的育子困境，也是鲁迅五四时期提出的“娜拉走后怎样”的翻版：摧毁了旧的教育传统与教育理念，又用什么来代替之呢？事事包办的父亲，与放任不管的父亲，是两种极端，执两用中，怎样取得某种平衡？自由发展与溺爱放纵，严格要求与压抑天性，它们的界限又在哪里？教育理念与育儿实践，如何在生活中达成一致？

这些问题，读那些斩钉截铁的育儿书没用，追捧浮皮潦草的《爸爸去哪儿》更是扯淡，每位父亲，不妨好好问问自己的内心。

鲁迅是不是一位好父亲？

我写以上文字，其时正逢《爸爸去哪儿》播完第一季，全社会无数人（据调查以女性观众为多）都在盯着那儿对明星父子（女），看小孩卖萌、爸爸出糗。这个从韩国红到中国的真人秀综艺节目，映射着东亚家庭文化中“父亲”角色的缺席。日本热片《垫底辣妹》，也涉及这个问题：父亲要么是一个压迫性的暴君形象（对儿子），要么是一个给点儿家用、万事不管的甩手掌柜（对女儿）。再看2016年香港金像奖最大赢家《踏血寻梅》，同样是父亲角色缺席的人间惨剧：被害者王佳梅的生父远在湖南，而身边的继父整天躺着，像个死人，倒是知道在继女去世后爆料卖钱；杀人者丁子聪幼年目睹母亲离世，与父亲关系冷淡到几近于无。

如此种种，让“我们现在怎样做父亲”这个大哉问，从五四时期一直追问到现在，也不见得有个好的答案。

鲁迅 1919 年写的《我们现在怎样做父亲》，其实是“我们现在怎样做父母”，重点在于为子一代争取他们的权利，并未详细探讨在他理想的家庭教育中，父亲母亲要分饰怎样的角色。然而社会有它明确的分工，丰子恺有一幅极出名的漫画《爸爸还不来》，画的是太太（？）牵着大孩子、抱着小孩子在弄堂口等待父亲的情形。爸爸去哪儿了？自然是上班去了。

直至今日，数十年间部分女性走出家门，又有部分走了回来，但父亲的角色恒定不移，他是妻儿等待盼望的对象，他是家庭的外当家，他是户口簿上理所当然的户主，他也当然是家庭经济收入的主要来源。陈村《鲜花和》里写过女性出门上班、男性在家写作的格局，街坊邻里各种议论，“这个男人真没用”是舆论的主流。

然而“去中心化”渐成这个世界的主流，家庭亦不例外。媒体与大众开始追问：在孩子成长过程中，爸爸去哪儿了？在外奔波的父亲，有很大一部分正在经历这种责任上的拷问。像杨樾《不必被感谢的爸爸》这样的文章，更是从能力角度质疑传统的“男主外，女主内”模式的合法性。

我认同家庭分工并无一定之规。孩子因人而异、因阶段而异，说他们一定更黏母亲也是未必。虽然中国社会大部分家庭，带孩子主要靠妈妈，但爸爸决不可心安理得地置身事外。《爸爸去哪儿》的创制及热播，正是这种社会心态转移的表征。

让我们再次把目光投向鲁迅。尽管于他有各种各样的争议，但鲁迅仍是中国现代史上最敢于剖析自己的知识分子，有一种说法是“现代中国最苦痛的灵魂”。当他三十八岁时写下《我们现在怎样做父亲》，已是站在家庭革命的前线。但许多同样甚至更为激进的战友，后来也转向，成了明智成熟的中年人。鲁迅便以“作法不自毙，悠然过四十”两句诗讽刺过钱玄同（钱曾说“人过四十都该枪毙”）。

鲁迅当父亲的日子不长。1929 年四十八岁生子海婴，1936 年五十五岁病逝，海婴不过刚满七岁。此后漫长岁月他是管不到的。在我自己的儿子也将及六岁之时，看鲁迅做这七年中的“人之父”，许多地方颇有会心。

鲁迅初为人父表现若何

1929 年 9 月 25 日夜，鲁迅因为“工作过度之后有些发热”，但他仍然如常工作至凌晨方眠。许广平此时出现有规律阵痛，但不敢惊醒鲁迅，到上午 10 点才告知。鲁迅冒着发热将许广平送入医院，并在家中预备好小床、浴盆、热水。26 日整夜待产，鲁迅一直陪着妻子。

27 日晨，许广平已经阵痛了二十七八个小时，属于难产。婴儿的胎音只有十六下，而且“濒死前的污便也早已下来”，必须使用产钳助产。医生征询鲁迅意见“留小孩还是留大人”，鲁迅不待思索地说“留大人”。

婴儿生下来后，鲁迅不同意医生雇奶娘的建议，要自己来照料，他也不相信“别人的经验”，医嘱之外，他只相信“育儿法之类的书籍”。结果按照书上说的，（喂食）每三小时一次、每次五分钟等等，弄得婴儿十分瘦弱；洗浴呢，也是自己动手，结果一洗，婴儿便得了寒热感冒，只好由医院介绍看护来洗浴，而且再也不敢自己动手洗。鲁迅说：“还是让她洗罢，我们洗病了，不是还要花更多的钱吗？我多写两篇文章就好了。”

初为人父，鲁迅的态度是非常好的。婴儿在医院，他甚至更改了自己的作息时间：每天上午 9 点就去探视；回家之后，鲁迅又将工作间搬到楼下，而且一到中午 12 点，便上楼去接女工的班（中午 12 点前由女工照料，产妇休息），到下午 2 点才交给睡醒的许广平。

海婴幼年多病，经常弄得原本就提心吊胆的新晋父母坐立不安。许广平回忆道：“除了自己带着看医生之外，白天，小孩病了，一定多放在我们旁边，到了夜里，才交给用人照应，一定也由我们不时到她们卧室去打听。小孩有些咳嗽，不管在另一间房子或另一层楼，最先听到的是他。为了省得他操心，我每每忍耐着不理会，但是他更敏感，时常叫我留心听，督促我去看……如果不是咳得太厉害，他总是不叫醒我，自己去留心照料的。”

看到这里，打心底同情这对狼狈不堪的父母。这一年，鲁迅四十八岁，许广平三十一岁。社会的大风大浪也都经过了，却被这小小的婴儿弄得缚手缚脚、惊慌失措。本来豪情万丈打算“自己学习自己动手”，终于是被吓得退缩了。

亲生父母是否一定要习得育儿技巧，这是一件可以讨论的事。假设人人都可以通过学习变成育儿达人，也就将生育先在地设定成了“人生之必备技巧”。而跟所有的技能一样，育儿习得水平的高低，怕也是因人而异。因此而产生的攀比、沮丧乃至抑郁情绪，当也不在少数。从资源配置来说，鲁迅不写文章而去带孩子，又带不好，实在也显得浪费。这一方面，父亲的压力远小于母亲。鲁迅努力过而终于放弃。而许广平心里的愧疚却一直存留着，甚至开始反省“五四”提倡的女性教育：

他也和我一样过于当心，反而处处吃力不讨好。如果我多少懂些看护以及照料小孩的常识，总可以贡献一点意见；就因为自己不懂，没有理由纠正他的过分当心，就是别人看来，我们养小孩也不是在养，而是给自己吃苦头。本来做女学生如果教授育儿法，在“五四”之后的女青年是认为不大适合的。就算听过些儿童心理学，那是预备做教师用的，和养小孩不生关系，因之我急时抱佛脚来看育儿法也来不及了。所以我想，结了婚的女性，总有做母亲的一天，最好还是有这样的研究所或指导所。

当婴儿变成了孩童

为人父母者都知道，孩子只知道吃睡的襁褓时代固然累人，但更头疼的是在他们能走能跑能喊能说能对话之后。1931年4月，自家儿子一岁半时，鲁迅致信友人李秉中，慨叹生子后的责任：

生今之世，而多孩子，诚为累坠之事，然生产之费，问题尚轻，大者乃在将来之教育，国无常经，个人更无所措手，我本以绝后顾之忧为目的，而偶失注意，遂有婴儿，念其将来，亦常惆怅，然而事已如此，亦无奈何，长吉诗云：己生须己养，荷担出门去，只得加倍服劳，为孺子牛耳，尚何言哉。

前两年颇有人讨论“该不该把孩子带到这样的世界来”，又有人在群里调查生子原因，居然答“不小心所致”者亦多有。对于“惯于长夜过春时”的鲁迅而言，这样的矛盾当然也存在。我们极熟悉的“横眉冷对千夫指，俯首甘为孺子牛”，后半句中学教材常解为反映鲁迅为人民服务的精神云云，其实大概就是写实。鲁迅尝对许广平言：有了妻儿的牵累，做事时候比较细心，时常有更多的顾虑。鲁迅对于自身生命的看法，多近于虚无，北京时期藏利刃于枕下，大家都觉得他是打算用来自杀的，杨杏佛遇刺后，据说鲁迅参加葬礼不带钥匙出门，以示决绝之意。然而此时已有了海婴，许广平觉得“或者只是在遇到风声不大好，他比较地肯躲起来一下罢”。

早在1925年前后，鲁迅便反复回忆自己童年时“精神的虐杀”：有长辈施于自己的（《五猖会》《父亲的病》），有自己施于同辈的（《风筝》），对于能带给他新的世界的人与事，总是感念不已（《故乡》《社戏》《阿长与〈山海经〉》），而今自家有了孩子，自然是断不肯重复地戕贼儿童的天真。

据许广平与周海婴回忆，鲁迅基本上是采取“顺其自然”的教育方针。海婴喜欢拆玩具，便随他去；海婴要看商务印书馆的《少年文库》，许广平以为太深，要大些再看，鲁迅则站在海婴一边，“任凭选阅”。关系到鲁迅自己的工作，如正在写稿，海婴这“熊孩子”在笔头一拍，顿时纸上便是一大团墨迹，鲁迅倒没有像丰子恺那样“哼喝之后立刻继之以笑，夺了之后立刻加倍奉还”，但也只是停下笔道“唔，你真可恶”。海婴还喜欢帮父亲选写信的信笺，“以童子的爱好为标准，挑选有趣味的一页”。父子经常在这个问题上产生拉锯战，各有妥协的时候——这给后来的研究者造成了极大的干扰，他们没办法判断哪些是鲁迅的选择，哪些是鲁家少爷的指令。

萧红在《回忆鲁迅先生》中专门记了一桩事：家里请客，从福建菜馆叫菜。海婴抱怨说鱼丸不新鲜，别的人吃了都是好的，没人相信海婴的话，甚至也没有人注意孩子的话。许广平也只是又给海婴夹了一个。他依然嚷嚷说是坏的。鲁迅于是把这个吃剩的拿来尝尝，发现果然不新鲜。于是说：

“他说不新鲜，一定也有他的道理，不加以查看就抹杀是不对的。”

对此，许广平对萧红说道："周先生的做人，真是我们学不了的。"其实，这就是任何时候都能与小孩平等对话。这种能力，并不是每个父亲都拥有的。

这一代的父子关系

鲁迅先生打不打小孩？

打的。但其实更具象征性，用几张报纸卷成一个圆筒，"轻轻打去，但样子是严肃的"，所以比妈妈的实打更让海婴害怕些。鲁迅自己致母亲的信里说："打起来，声音虽然响，却不痛的。"

为什么打呢？上面说了，海婴的种种别人认为是顽劣的表现，鲁迅都是放任自流的。海婴真正被父母，尤其是母亲认为不可容忍的，是他在父亲熟睡或工作时吵闹，小孩子总是有捣乱的天赋，这种时候他往往吵得格外凶。

"人家都起来了，鲁迅先生才睡下。

"海婴从三楼下来了，背着书包，保姆送他到学校去，经过鲁迅先生的门前，保姆总是吩咐他说：'轻一点走，轻一点走。'"

孩童都是这样，平静的时候跟他讲道理，他是听的。逢到很高兴或不高兴的时候，或者非但不听话，还会逆反地故意吵闹。海婴平日在家里是疯惯了的，"厨房、客厅、二楼，他是无处不跑的"，许广平和萧红对他的行为"不敢赞一辞"，因为一旦夸奖，他会做得更起劲。

爸爸的病，对于一个自由成长的六七岁小孩来说，无法理解，也懒得理解。“海婴在幼稚园里读书，又是买铅笔，买皮球，还有临时出些个花头，跑上楼来了，说要吃什么花生糖，什么牛奶糖”，爸爸病啦，许广平一定跟海婴说过多次，但他还是“上楼来是一边跑着一边喊着”。

萧红的回忆文章里还有一个让人心酸的细节：

海婴每晚临睡时必向爸爸妈妈说：“明朝会！”

有一天他站在上三楼去的楼梯口上喊着：

“爸爸，明朝会！”

鲁迅先生那时正病的沉重，喉咙里似乎有痰，那回答的声音很小，海婴没有听到，于是他又喊：

“爸爸，明朝会！”他等一等，听不到回答的声音，他就大声地连串地喊起来：

“爸爸，明朝会，爸爸，明朝会，……爸爸，明朝会……”

他的保姆在前边往楼上拖他，说是爸爸睡下了，不要喊了。可是他怎么能够听呢，仍旧喊。

这时鲁迅先生说“明朝会”，还没有说出来喉咙里边就像有东西在那里堵塞着，声音无论如何放不大。到后来，鲁迅先生挣扎着把头抬起来才很大声地说出：

“明朝会，明朝会。”

说完了就咳嗽起来。

许先生被惊动得从楼下跑来了，不住地训斥着海婴。

海婴一边哭着一边上楼去了，嘴里唠叨着：

“爸爸是个聋人哪！”

这段描写里，海婴的任性，鲁迅的迁就，整个家庭中愁云惨淡的气氛，都活灵活现地出来了。其实这段可以与鲁迅 1926 年写的《父亲的病》结尾对读：

“叫呀，你父亲要断气了。快叫呀！”衍太太说。

“父亲！父亲！”我就叫起来。

“大声！他听不见。还不快叫?!”

“父亲！！！父亲！！！”

他已经平静下去的脸，忽然紧张了，将眼微微一睁，仿佛有一些苦痛。

“叫呀！快叫呀！”她催促说。

“父亲！！！”

“什么呢？……不要嚷。……不……”他低低地说，又较急地喘着气，好一会，这才复了原状，平静下去了。

“父亲！！！”我还叫他，一直到他咽了气。

我现在还听到那时的自己的这声音，每听到时，就觉得这却是我对于父亲的最大的错处。

两段对比，父子之间的互动，既相似，又不同。年已十五的鲁迅自己是被“精通礼节”的衍太太逼迫着大喊“父亲”，而六岁的海婴喊“爸爸，明朝会”是发自内心的道别。是故前者让人觉得礼俗的残忍，后者只让人看到稚童无知的辛酸。鲁迅父亲周伯宜回答的“不要嚷”，与鲁迅勉力回应的“明朝会”，反映出的是三代人之间父子亲情的迥乎不同。

家庭结构决定父亲角色

父亲在“父—母—子”的家庭结构中扮演什么样的角色，由每个家庭的个体状态决定。夫妻双方怎样合作带孩子，是双方合意的结果。只是，中国社会迄今为止，确乎没有办法做到真正的平等。

鲁迅与许广平，是师生相恋而结合。许广平自己说“我自己之于他，与其说是夫妇的关系来的深切，倒不如说不自觉地还时刻保持着一种师生之谊”。初到上海建立家庭，许广平也想实践“五四”女性独立的主张，出门工作，鲁迅并没有强硬阻止，但表示如是则自己又将回到之前的独身生活状态。最终许广平放弃了工作，变身家庭主妇直到鲁迅逝世。对此许广平不无怨言，曾有“因为你是先生，我多少让你些”的话。

然而，从两个人的经济收入来看，这样的安排也不能不说是一个理性的选择。鲁迅其时，除任大学院特约撰述员月薪三百元不计，鲁迅在30年代，版税、稿费平均下来，月收入少则三百元，多则近千元，抵得上两三名大学教授的薪水。而许广平在中山大学任助教，即使能在上海找到同样职位，月薪也不会超过一百五十元。在“男强女弱”的收入模式中，保证稳定的主要经济来源肯定能让家庭收益最大化。

鲁迅晚年，关于鲁迅“有钱”的流言在媒体上屡见不鲜。1936年曾有人虚构了一篇《雪夜访鲁迅翁记》，估计从鲁迅朋友那里听到不少材料，但文中强调“此老的室内有挺漂亮的家具，有很精致的煤炉，有用作消闲的五六块钱一磅的洋糖”，尤其强调“他有一个非常宠爱的男孩子，今年较老人要少五十年，名字叫海婴，起居食用，均极华贵”。这种耳食之言当然没有依据，但传闻也足以反映时人的猜测与想象。

海婴的出生，于家庭经济自然不无影响。海婴婴儿期多病，有研究者统计，仅出诊费，一个月平均要花费二十元，这已经是一个商店职员的月薪。其余投入如奶粉、鱼肝油，也是源源不断，更如1935年5月9日日记载“下午为海婴买留声机一具，二十二元”，而1929年海婴出世后装了两个火炉，也只需三十二元，1933年买一把椅子、两个书橱，共费三十二元。两相对比，鲁迅在海婴的饮食、玩具上投入相当大，不是有些人说的那样等闲，以致养成了海婴日后“不太会爱惜物件”的习惯。而鲁迅确乎自奉甚俭，香烟买的是五角一听（五十支）的，糖果也是三四角一磅的廉价品。

这样一个爱儿子的父亲，又是家庭的主要经济来源，更重要的是，他是母亲的老师，是如此伟大的一位文人（林语堂称他为“白象”，盖棺的大旗上写着“民族魂”）。这个家庭的角色分工必然有一些拧巴的地方。简言之，鲁迅对儿子的情感与时间给予是完全主动的，而许广平往往处于一种全心全意与小心翼翼的状态：

在他身边玩得看看差不多的时候了，我会提议叫海婴走开，省得误了他做工，遇着他高兴，会说：

“不要紧的，让他多玩一歇罢。”

或者说：

“他玩得正高兴，不肯走的，让他在那里，横竖我不做什么。”

那么我要察言观色，看看他是否急要做事，再看海婴是否到了适可而止的机会；如果错过了机会，或者不晓得他在忙于工作，或者以为他们父子间正欢畅地谈天，不好蓦然叫开，等之又等，才由他开口叫海婴到别处玩的时候，等他去后，也许会感慨地说：

“把小孩交给我领了几个钟头了。”

在同小孩玩的时候他是高兴的，我又不敢打断他们兴致——再把小孩叫开，但是走后他马上又珍惜时间的浪费，他是这样的克制着，为了和爱子周旋都觉得太过长留了。这更使得我在彷徨无主中度着日常的生活。

鲁迅不像胡适，只要有人带孩子便罢，百事不问。他显然明白亲子交流对于孩子成长的重要意义，然而话说回来，五十出头，又身体不好，时间的紧迫感又像鞭子一样抽打在身上。我们固然没有鲁迅的伟大，但这种矛盾的滋味，难道就不曾饱尝吗？孩子是最实际的，谁陪他玩得多，他就跟谁亲。但是，孩子一出生，便天然该是生活的中心，一切都要为他让路吗？似乎也不合于个性解放的要义。

这里面有一个分寸的把握：既不愿当冷酷的、只知道工作的父亲，又不愿完全被育儿的工作套牢，其中还混杂着对付出更多、牺牲更大的妻子的愧疚（人家也是人，人家也有自己的事业）。一个现代父亲的难处，文豪尚不可避免，况我辈乎？

鲁迅理想中的孩子是什么样？

鲁迅《我们现在怎样做父亲》给了中国传统的“长者本位”狠狠一击，号召父母对于子女，“应该健全的产生，尽力的教育，完全的解放”，然而应当培养出什么样的孩子，并不曾说明。

1933 年，海婴四岁，鲁迅作《上海的儿童》，很明确地，刀锋直指中产阶级的亲子教育：这种教育造成了中国儿童画中的儿童形象“大抵倘不是带着横暴冥顽的气味，甚而至于流氓模样的，过度的恶作剧的顽童，就是钩头耸背，低眉顺眼，一副死板板的脸相的所谓‘好孩子’”。鲁迅不满于中产阶级的两种家庭教育，那他理想中的孩子是什么样呢？

鲁迅在《从孩子的照相说起》中说起海婴，说他“不会说（话）还好，一会说，就使我觉得他仿佛也是我的敌人”，因为“他有时对于我很不满，有一回，当面对我说：‘我做起爸爸，还要好……’甚而至于颇近于‘反动’，曾经给我一个严厉的批评道：‘这种爸爸，什么爸爸？！’”

这是真实的，鲁迅在 1934 年 8 月 7 日致增田涉的信中，也如此表达，称之为“颇为反动的宣言”。许广平也记录了类似的对话：

“我做爸爸的时候不要打儿子的。”

“如果坏得很，你怎么办呢？”鲁迅问。

“好好地教伊，买点东西给他吃。”

鲁迅笑了，他以为他自己最爱孩子，但是他儿子的意见比他更和善……实际也未必真做得到罢。

鲁迅也说“我不相信他的话，做儿子时，以将来的好父亲自命，待到自己有了儿子的时候，先前的宣言早已忘得一干二净了”，又说：

况且我自以为也不算怎么坏的父亲，虽然有时也要骂，甚至于打，其实是爱他的。所以他健康，活泼，顽皮，毫没有被压迫得瘟头瘟脑。如果真的是一个“什么爸爸”，他还敢当面发这样反动的宣言么？

鲁迅在这里强调的是孩童健康、活泼、顽皮的一面，而自动忽略了他前面说的“横暴冥顽”。或许这与鲁迅对“国民性”的批判有关，因为“中国一般的趋势，却只在向驯良之类——‘静’的一方面发展，低眉顺眼，唯唯诺诺，才算一个好孩子，名之曰‘有趣’。活泼，健康，顽强，挺胸仰面……凡是属于‘动’的，那就未免有人摇头了，甚至于称之为‘洋气’”。而同属东亚儒文化圈，正与中国敌对的日本，其儿童却有着与中国儿童不同的气质：“温文尔雅，不大言笑，不大动弹的，是中国孩子；健壮活泼，不怕生人，大叫大跳的，是日本孩子。”鲁迅隐隐指出：如果中国想与日本这样的敌国争一雄长，乃至抛掉传统的弱点，与西方列强并肩，家庭教育的改造当是要害所在。他说：

> 驯良之类并不是恶德。但发展开去，对一切事无不驯良，却决不是美德，也许简直倒是没出息。“爸爸”和前辈的话，固然也要听的，但也须说得有道理。假使有一个孩子，自以为事事不如人，鞠躬倒退；或者满脸笑容，实际上却总是阴谋暗箭，我实在宁可听到当面骂我“什么东西”的爽快，而且希望他自己是一个东西。

鲁迅向来鼓励年轻一代勿为传统所累，于中国传统，于西方潮流，都取“拿来主义”。早年曾说：“一要生存，二要温饱，三要发展，苟有阻碍这前途者，无论是古是今，是人是鬼，是《三坟》、《五典》、百宋千元、天球河图、金人玉佛、祖传丸散、秘制膏丹，全都踏倒他。”（《忽然想到》）在儿童教育方面，持这种“宁动勿静”的观点，也就不奇怪了。

不过海婴式的健康、活泼、顽皮，并不太为当时的中国社会所容。鲁迅介绍说“九一八事件后，就被同胞误认为日本孩子，骂了好几回，还挨过一次打”，即使在鲁迅周边，对他“老来得子，宠溺过度”的批评，一定也是不绝于耳，不然也不会有那首著名的《答客诮》：无情未必真豪杰，怜子如何不丈夫。

许广平在鲁迅逝世后，还于这个问题予以淡淡的辩护：“海婴直到如今，和普通小孩在一起，总觉得他太好动，太好研究一切，太不像守规矩的样子。就这样罢，我们的孩子。”

那么问题来了：鲁迅到底是不是一位好父亲？

大约是同情朱安的缘故，颇有人开始叫鲁迅“渣男”。相对于以鲁迅之是非为是非的时代，也不能不说这是一种进步。

跟一位朋友讨论过这个问题：“渣男”能不能成为一位好父亲？

有可能啊，她说。可是，我觉得，不管是补偿心理，还是狂爱小孩，“渣男”可以成为一位舍得为孩子花钱的父亲，一位投入很多爱的父亲。但“渣男”不会成为一位好父亲。

为什么？因为“渣男”之所以为“渣男”，就因为他缺乏同理心，一切都是以自己为中心，没办法体会对方的痛苦与不甘啊。

鲁迅是一位好父亲。不在于他肯为海婴请看护而多写两篇文章，不在于他每月支出二十块大洋给海婴看病，也不在于他肯通宵地照料孩子，愿意拿出时间来陪孩子玩，孩子怎样捣乱他都不恼怒。丰子恺曾有论述云：

世人以膝下有儿女为幸福，希望以儿女永续其自我，我实在不解他们的心理。我以为世间人与人的关系，最自然最合理的莫如朋友。君臣、父子、昆弟、夫妇之情，在十分自然合理的时候都不外乎是一种广义的友谊。所以朋友之情，实在是一切人情的基础……无子者叹天道之无知，子不肖者自伤其天命，而狂进杯中之物，其实天道有何厚薄于其齐生并育的儿女！（《儿女》）

我理解丰子恺这段话，十分符合“五四”所谓“儿童的发现”。父子两代相处之道，应当是平等的亲爱与宽容，而非上施于下，高识拔低，老指点少。我们怎样待我们的好友，就该怎样待我们的儿女。子曰“不友不如己者”，不是教人攀龙附凤，而是提醒朋友间若不能互相补益，则友情难久。父母给予儿女的固然如山如海，如果不懂得从儿女身上习得己之所无，施之久必生怨，持之恒必无乐，养儿女可不是一件纯粹的苦事！

　　这一点，丰子恺是懂的，所以他说“这小燕子似的一群儿女，是在人世间与我因缘最深的儿童，他们在我心中占有与神明、星辰、艺术同等的地位”。大家都觉得鲁迅并无此等艺术家的浪漫，但其实鲁迅也是懂的。他在 1934 年海婴四岁八个月时破例写了一篇童书评论《看图识字》，正对应他三年前感慨的“大者乃在将来之教育，国无常经，个人更无所措手”，值得多抄一点儿：

　　凡一个人，即使到了中年以至暮年，倘一和孩子接近，便会踏进久经忘却了的孩子世界的边疆去，想到月亮怎么会跟着人走，星星究竟是怎么嵌在天空中。但孩子在他的世界里，是好像鱼之在水，游泳自如，忘其所以的，成人却有如人的凫水一样，虽然也觉到水的柔滑和清凉，不过总不免吃力，为难，非上陆不可了。

……孩子是可以敬服的，他常常想到星月以上的境界，想到地面下的情形，想到花卉的用处，想到昆虫的言语；他想飞上天空，他想潜入蚁穴……所以给儿童看的图书就必须十分慎重，做起来也十分烦难。

……然而我们是忘却了自己曾为孩子时候的情形了，将他们看作一个蠢才，什么都不放在眼里。即使因为时势所趋，只得施一点所谓教育，也以为只要付给蠢才去教就足够。于是他们长大起来，就真的成了蠢才，和我们一样了。

天不假年，鲁迅未能好好地施行他心目中的儿童教育，便撒手人寰。按照世俗的标准，周海婴后来算不得怎样的成材，远不能跟大家景仰的梁任公教出的儿女相比。不过，若说鲁迅和丰子恺，内心是怎样的望子成龙，我是不大相信的。他们深深知道，儿童的长大，或许是一道向下的曲线，是被世俗渐次污染的过程。“可惜到你们懂得我的话的意思的时候，你们将不复是可以使我憧憬的人了。这是何等可悲哀的事啊！”（丰子恺《给我的儿女们》）鲁迅敢于说出“这孩子将来是要死的”，这般利害如何不晓？他在遗嘱里加了一句：

孩子长大，倘无才能，可寻点小事情过活，万不可去做空头文学家或美术家。

“空头文学家或美术家”，揣摩起来，王小波所反对的“虚伪、矫情、无趣”尽在其中。多年老友兼老乡、老领导蔡元培是懂的，他的挽联，极简洁，鲁迅平生无数风雨，只拈出了两桩：

著作最谨严，非徒中国小说史；
遗言太沉痛，莫作空头文学家。

你说，鲁迅是不是一位好父亲？

2016年5月5日夜

孝子鲁迅如何处理跟母亲的关系？

“孝子”鲁迅为母借债买房

在现代文学史上，鲁迅肯定是排得上号的孝子，纵然在整个民国名人谱上，我记得的，也只有傅斯年能超过他——毕竟鲁迅似乎没有在母亲面前长跪过。

1919 年底鲁迅将母亲从绍兴接到了北京，与二弟三弟两家住在了一起。此前的 9 月与 10 月，他一直在为八道湾合家聚居的房子奔走，购买、装修，时间、精力、金钱，都投入甚多。九间房，总价 1750 元，订金是 400 元，尾款给了 1350 元，还有 10% 的中介费 175 元。而且装修所费亦不赀：

前后给木工 325 元，玻璃费 40 元；

引入自来水管道费 80.1 元；

水管经过邻居陈家，托人说合，付“假道费”30 元，中间人又要了 5 元；

房屋契税 180 元。

这笔钱算是三兄弟合资，但主要出资者肯定是已入京八年的鲁迅。多年积蓄为之一空，鲁迅还托同事齐寿山居间，向别人借了 500 元，三个月期，利息 13%，算是高利贷了。后来卖了绍兴祖宅，收入还去部分债务，但从此负累亦重。

1923 年 7 月周氏兄弟失和，事件起因至今成谜，不过鲁迅没有跟弟弟算房账，只是自己出去租了砖塔胡同 61 号的房子，8 月 2 日带着朱安搬了出去。但是鲁迅马上开始四处看屋，从后文看来，肯定不会是鲁迅自己急着买房，而是为了母亲。

搬出八道湾之后，鲁瑞老太太到租的房子“来视”频繁。老太太 8 月 5 日、13 日、19 日来过砖塔胡同。虽然已与二弟一家失和，“三太太”即羽太芳子仍于 13 日、15 日两度来信，13 日的信是托鲁瑞带来的，向鲁迅借钱十元，其中五元“从母亲转借”——周建人 1921 年离京，在上海商务印书馆当编辑，对北京这场冲突恐怕是鞭长莫及，自己太太虽然是二嫂羽太信子的亲妹妹，生活还是需要大哥接济。然而鲁迅自己居然拿不出十元钱，尚须向母亲转借其半，窘迫可见一斑。

8 月 22 日，鲁迅又收到了三弟来信，附有十五元钱，这钱是转给二太太的，三太太又从这钱里拿出五元还给鲁迅，鲁迅又拿这五元还了母亲——这个细节可见鲁迅在金钱方面对母亲是无私的。

从 8 月 16 日起，鲁迅就开始了恼人的看房之旅。买过房的人都知道，如果短期内买房是刚需，那么看房是一件很痛苦纠结的事。

8月16日，与李茂如、崔月川（都是同事）往菠萝仓一带看屋，事后鲁迅请李、崔到西四牌楼喝冷咖啡；

8月20日，与李姓者（应该是中介）在砖塔胡同四近看屋；

8月22日，与秦姓者（应该是中介）往西城看屋两处；

8月25日，约王仲猷（鲁迅在教育部的回族同事）一起往贵人关看屋；

8月28日，与杨仲和（也是同事）往西单南一带看屋；

8月31日，又与杨仲和看屋三处，“皆不当意”；

…………

简单说吧，从8月16日到10月30日，鲁迅几乎动用了在北京的所有人脉，连续看屋二十三次，比上次选定全家聚居的八道湾的七个月看房十三次，急迫多了。

而且，9月当中，鲁老太太病了一场。12日、18日，鲁迅送母亲到山本医院就诊，14日、16日，为母亲往医院取药。到了10月，鲁迅也“大发热”，一日腹泻四次，连续前往山本医院就诊，一直病了三十九天，到11月8日才“废粥进饭”。病成这样，也没中断看房之旅。

据许广平后来的说法：“因为砖塔胡同房子是租赁的，老母亲初时只来看望鲁迅，后来病倒在八道湾，（周作人）也不给医治，跑回砖塔胡同来找鲁迅同去看医生，病好才回去。周作人家有厨子，大批工人，但母亲的饭要自己烧。母亲于是哭回鲁

迅住处，鲁迅为着老人家要有自己的房子好安排生活，在非常不安之下，于是又在病中到处看屋。”（《鲁迅回忆录》）

我们不必以许广平之言为全部真相，但鲁迅买房主要为了母亲，殆无疑义。许广平还说，鲁迅曾对她讲：“西三条的房子，是买来安慰母亲的，绍兴老房子卖去了，买了八道湾的房子，她一向是住惯自己的屋子，如果忽然租房子住，她要很不舒服。”（《欣慰的纪念》）

到了 10 月 30 日，终于看定了阜成门内三条胡同 21 号旧屋六间（就是现在的鲁迅博物馆），议价八百元。鲁迅此时自然无钱，就向同事齐寿山和老友许寿裳各借四百元。

这一段日子可能是鲁迅一生中经济最困顿的时期。1924 年 4 月 25 日，鲁迅居然花十一元买了一张“上海竞马采（彩）票”，同一天他又向齐寿山借了一百元。这张竞马券次日寄给了上海的三弟建人。“买采（彩）票”在鲁迅日记中仅此一见，颇引人思量：是否经济压力大到动了发横财的心思？有也不出奇吧。

鲁迅对母亲如此孝顺是有道理的。大家还记得《呐喊·自序》吗？

“我要到 N 进 K 学堂去了，仿佛是想走异路，逃异地，去寻求别样的人们。我的母亲没有法，办了八元的川资，说是由我的自便；然而伊哭了，这正是情理中的事，因为那时读书应试是正路，所谓学洋务，社会上便以为是一种走投无路的人，只得将灵魂卖给鬼子，要加倍的奚落而且排斥的，而况伊又看不见自己的儿子了。然而我也顾不得这些事，终于到 N 去进了 K 学堂了。”

鲁迅作为破落官绅家庭的长子，父亡弟幼，不循绍兴祖传的“正路”：经商或做幕，而是要跑去南京学洋务。当母亲的，能够“由我的自便”，实在是难得的开明。鲁迅去南京读了七个月书，还被本家叔辈拉着去参加了一回会稽县试，足见离经叛道阻力之大，也可见如果母亲坚持反对，鲁迅也很难真的离家外出，更不要说后来考取公费留日了。

“巨婴”鲁迅的断舍离

当然1906年的逼婚是母子之间的一条大裂痕。据说鲁迅是被“母病”的借口骗回绍兴的，“一回家即见挂红结采，朋友探问何事，鲁迅答以‘母亲娶媳妇’”。曾长期在鲁迅家做帮工的王鹤照，在口述整理的《回忆鲁迅先生》里有过一句：

“听说印花被的靛青把鲁迅先生的脸也染青了，他很不高兴。”

意思是鲁迅在新婚之夜极不快意，以致痛哭。虽然是“听说”，倒也是令人很有想象空间的细节。

后来鲁迅对许寿裳的说法是“这是母亲给我的一件礼物，我只能好好地供养它，爱情是我所不知道的”。鲁瑞给长子找定媳妇，从传统社会角度来看，并无不妥，但是她不会想到鲁迅当时没有过分违拗自己，只是用“革命时代，以为自己死无定期，母亲愿意有个人陪伴，也就随她去了”的借口压抑着自己。日后儿子在生活中隐而至于显的反抗，如地火的阴燃，不强烈却持久——现在人称为“冷暴力”，颇有人为朱安不平，对此我们能说什么呢？鲁迅如能像胡适那般配合旧道德，他就不是鲁迅了。但鲁迅没有决然反抗，对母亲的孝顺与爱一定是主要因素，自然也考虑到了朱安倘若被休回娘家的惨境。怎么看都是一局死棋。

有母亲做主，鲁迅是无法自行决定是否跟朱安离婚的，又完全没法接受无爱的平等婚姻（旧伦理中这种情况一般以纳妾或嫖妓为家庭补充），除了选择“供养”，又有什么别的办法呢？自后视今，拿现在的两性关系来想象，鲁迅与朱安相较，鲁迅当然处于强势，但于一个“旧伦理体系中的新人”来说，母亲与妻子背靠着强大的宗族伦理习惯，长子鲁迅肯定是处于弱势。

据说鲁迅离开八道湾前曾问朱安：是跟着自己还是跟着母亲？潜意识里自然仍当朱安是母亲的“陪伴”。如果鲁迅是离京做官或经商，这种要求在旧道德里是合理的，前例无数。而朱安明确地回答要跟着丈夫，并说鲁迅总归要找人做饭洗衣服的，鲁迅于是“携妇离家”。但母亲不久也跟随而来，于是仍然是朱安陪伴鲁瑞、婚姻有名无实的格局。

鲁迅与朱安有无性生活，也是很隐私但极引人注目的话题。据鲁迅学生荆有麟《鲁迅先生的婚姻同家庭》记述，朱安曾向荆妻金仲芸诉苦：“老太太嫌我没有儿子，大先生终年不同我讲话，怎么会生儿子呢？”周家老妈子则讲夫妻每天只有三句话：早晨太太喊先生起来，先生答一声“哼”，太太喊先生吃饭，先生又是“哼”，晚上先生睡觉迟，太太总要问“门关不关？”，先生这才答“关”或“不关”。

当然就有各种传闻，比如，说鲁迅冬天不肯穿棉裤，朱安给他做的棉裤也被扔出去，是要借寒冷抵挡性欲之类。不过也是据荆有麟回忆，鲁迅曾跟他说过："wife 多年中，也仅仅一两次。"张梦阳《鲁迅全传》采此说法，并将之归咎于朱安的小脚与裹脚布让鲁迅感到恶心。

以上叙述，如果掩上"鲁迅"这个伟大的名字，只论行迹，我们很容易看到一个现代意义上"失败的儿子"：形婚，包办，四十多岁跟母亲住在一起，几乎无原则地满足母亲的要求。传统伦理笃定认为这是"事母甚孝"，现代女权观可能直斥为"巨婴""妈宝男"（现实中的确有人斥鲁迅为"渣男"），即便在鲁迅的朋友、学生中，也多有不理解鲁迅行为的声音。

我想鲁迅的痛苦，在于身为转型时期的（他自称为）"中间物"。母亲的爱、代为娶妇、随长子而居，以传统伦理视之，一点儿问题都没有。而在现代社会，这些都是难以容忍的对个人生活的干预，亲如母子亦无法承受。鲁迅之苦，在于两端都通晓，却无能为力，明明身心拒斥的，却碍于"纯孝"的情感（还不是外在名声，是真的母子感情好）而无法割舍。大家都知道他在《热风·四十》中借题感慨过自己的婚姻：

但在女性一方面，本来也没有罪，现在是做了旧习惯的牺牲。我们既然自觉着人类的道德，良心上不肯犯他们少的老的的罪，又不能责备异性，也只好陪着做了一世牺牲，完结了四千年的旧账。

这段话既指与朱安的婚姻，也不妨用来形容与鲁瑞的母子关系—— 母亲代表的“旧习惯”，为子者也只好“陪着”，虽然明知“做一世牺牲，是万分可怕的事”。

鲁迅与许广平是怎样恋爱的，传记或文章很多，不赘述。但无论如何，他们没有在北京真正表露心迹，母亲与朱安的存在，都是巨大的阴影。放在当下，也就是止于暧昧吧。设想一下，如果没有女师大风潮的激荡，如果没有奉系入京的政治威胁，如果没有林语堂为中介的厦门大学聘书，鲁迅留在北京当部员兼讲师，会有后来的新婚与新生活吗？“太师母”眼皮底下，我想很难。

在阜成门住了三年多，1926 年 8 月 26 日，鲁迅与许广平同车离开，就此告别居住了十四年的北京。关于鲁迅离京，自然主因是政治，但从家庭角度来看，也不妨说鲁迅从此摆脱了那些当时喜欢给人贴的标签。他找到了喜欢的人，寻觅他乐于居住的城市，包括让他更痛快的生活方式——不教书，在家写作，开无数的小号（笔名），成为一名文化游击战的神射手，民国最知名的公知。

1927 年 10 月 3 日，鲁迅到达他人生中最后一站：上海。五天后，从共和旅店移入租好的景云里寓，同日即算作他与许广平的结婚日。连日饮宴，座中许广平与周建人同在。就算鲁迅不写信给母亲，周建人应也会代告。在北京的相关人士闻听后，朱安有著名的“蜗牛说”，鲁瑞做何感想，不得而知。无论如何，四十七岁的鲁迅，在外建立了自己的核心家庭，不论法律，从心理上说，鲁迅再去北京，就不是回家，而仅是探母。成年成家后的子女，与父母之间，相处模式不一样了。

两次北上探母，鲁迅却焦躁不安

鲁迅与母亲通信，对自己两位妻子的称呼很有意思。他管朱安叫“太太”（给许广平写信则称“某太太”），把北京阜成门居所称为“朱寓”，提到许广平，有时是“广平”，有时是“害马”——这是“害群之马”的简称，是鲁迅根据风起云涌的“女师大事件”中，杨荫榆开除许广平等六名学生的布告“即令出校，以免害群”而给许广平起的昵称。据说当时许广平到阜成门周家来，鲁迅与母亲都是叫她“害马”而不名，连朱安有时都会叫她“害马姑娘”。老太太后来或许多次在心里叹着气想：原来他喜欢这款姑娘……

1929 年 5 月鲁迅北上探母。离京三年，为什么在这个时点回去？自然是有道理的。鲁迅给许广平的信里说“久说必须回家一趟，现在是回来了，了却一件事，总是好的”。这是了结一些记忆与过往的态度。因为鲁迅回京之后，发现快两年前与许广平结婚的消息，还在北平“盛传”。

鲁迅刚到家门口，还在付车钱，母亲就追着问他：“害马为什么不一同回来？”跟新年要看儿子对象的父母并无二致。当时人多嘴杂，鲁迅推说许广平不太舒服。第二天才告知母亲，害马有了身孕，不宜坐火车。鲁瑞自然很高兴，说，我想也应该有了，因为这屋子里早应该有小孩子走来走去了。

我想朱安心情更复杂，但也有些解脱。子嗣的事，包括老太太在内的周边人给过她不少压力，她只好委屈地说：可是大先生又不跟我说话，怎么会有小孩子？

母亲因为快有小孩子了，很高兴，这也让鲁迅找到了一条与老太太沟通的新路，所以他对许广平说“这种‘应该’的理由，虽然和我们的意见很不同，但总之她非常高兴”。父母不必能完全理解你的想法，他们高兴便好。

此次北上，鲁迅像无数春节回乡的游子一样，本无太高的寄望，但身临现实，仍然难免失望，不得不用文字向外面的世界发出怨叹。由于道德舆论的关系，鲁迅能诉说的对象只有许广平：

家里一切也如旧；母亲精神容貌仍如三年前，但关心的范围好像减小了不少，谈的都是邻近的琐事，和我毫不相干的。以前似乎常常有客来住，久至三四个月，连我的日记本子也都翻过了，这很讨厌，大约是姓车的男人所为，莫非他以为我一定死在外面，不再回家了么？

愤恚之情，溢于言表。“姓车的男人”是车耕南，鲁迅二姨的女婿。北平虽然不是故乡，但也避免不了极品亲戚的骚扰。鲁迅接着发现，这位表妹婿不独乱翻他的日记，而且还打破了书橱的锁，乱翻里面的书，因此车氏夫妇再度登门，鲁迅“很冷淡”，几乎是把他们赶跑了——我想在这件事上，鲁迅对母亲与朱安，不能无怨，但也说不出口。

而父母的眼界变窄，关注的话题与子女毫不相干，也实在是世间的常态，此时的鲁老太太已经七十三岁了。

鲁迅对母亲的观察很准确：“母亲的记忆力坏了些，观察力注意力也略减，有些脾气颇近于小孩子了。对于我们的感情是很好的。也希望老三回来，但其实是毫无事情。”当年的包办婚姻，还是某种理性选择的结果，只是各自的价值观太不同，而今的暮年老母，是俗称的“老还小”，父母子女之间，强弱异势，子女能做的，不外是盼护健康，哄其开心。

久别重逢的兴奋之后，鲁迅也表现出了春节回家常见的“归乡抑郁症”。已经一个星期了，每天吃饭、睡觉、访人、陪客，别的什么也不做，文章没有一句。鲁迅感慨道：“这里的空气真是沉静，和上海的烦扰险恶，大不相同，所以我平安的。然而也静不下。”他又说“上海虽烦扰，但也别有生气”。是在家当迅哥儿、大先生，还是回上海去当“世故老人”鲁迅先生？这是一个问题。

许广平没有一同北上，但她能通过文字感受到鲁迅的焦躁不安，也只能通过文字加以劝慰，如“母亲高年，你回去不多几天，最好多同她谈谈，玩玩，使她欢喜”，也劝鲁迅多出去走走，如“北平并不萧条，倒好，因为我也视它如故乡的，有时感情比真的故乡还要好，还要留恋，因为那里有许多使我记念的经历存留着”。

或许故乡就是这样，相见不如怀念，先是绍兴，后是北平，鲁迅终究是“辛苦展（辗）转”的命运。

鲁迅返沪之后，9月26日许广平即产下周海婴。在鲁迅心目中，或许要等到海婴可以远行，才会挈妇将雏地北上探母，然而人事难料，1932年11月9日，三弟交来北平来电，云“母病速归”。周建人请假不易，只好由自由职业的大哥立即北上探望病母了。

据许广平等人后来回忆，鲁迅此次北上，还有个任务是取道日本、海参崴转往莫斯科，参加苏联“十月革命”十五周年纪念，“并在苏联住一个较长的时期，好休养休养身体并从事写作”。对于这说法，我相当怀疑。一是母病不可预料，恰好就赶在“组织上极为慎重地为先生底出国订了计划，做了具体的布置”之后，老太太病了？而且海婴刚满三岁，许广平没有工作，此时让鲁迅离开“一个较长的时期”，实非常人可以思量。

去苏联的邀请，是有的。鲁迅一直也在考虑，是举家前往还是独自去，以及何时动身。鲁迅在同年12月致曹靖华的信中说“我的游历，时候已过，事实上也不可能，自然只好作罢了”。母亲生病，或许倒是打消鲁迅赴苏念头的最后一根稻草。

鲁迅学过医，跟诊治母亲的同仁医院日本医学博士谈过，觉得母亲的病不过是慢性胃炎，好好调养一星期便可好。“但这老太太颇发脾气，因其学说为：‘医不好，则立刻死掉，医得好，即立刻好起’，故殊为焦躁也。”夜里因母亲服泻药，需人扶持，鲁迅跟家人轮班守夜。过了几天，老太太的身体才渐渐好转。

鲁迅如何哄他家老太太

母亲的身体危机方过，家庭矛盾又渐渐显现。三条，条条都是经典冲突：

一、母亲好得多了，但她又想吃不消化的东西，真是令人为难，好在还肯听长子劝告；

二、“她和我谈的，大抵是二三十年前的和邻居的事情，我不大有兴味，但也只得听之”；

三、海婴的相片在母亲床头，“逢人即献出”，但“二老爷”即周作人孩子们的照片却挂在墙上。贤如鲁迅，也忍不住“颇不平”，不过母亲解释说这是一种“外交手段”，毕竟鲁迅远在上海，而鲁老太太平日还要跟八道湾打交道，于是鲁迅“便无芥蒂”了。

这三件事，第一件是老人任性，坚持已与身体不适合的旧习惯，子女百计劝解，往往无效。鲁迅算是在母亲面前得宠的长子，所以肯听一时，久亦不好说。

第二件几乎是死结。谁都知道父母高年，子女应该多陪陪多聊聊，然而两代之间、两地之间可聊之事甚少，有时双方都是硬找话题。

第三件，涉及父母在子女之间平衡情感的问题。偏见自然难免，特别考验当事人智慧。这种时候，鲁迅也一点儿不像伟大的思想家与文学家，照样会为自己儿子在祖母心中的地位吃一杯醋。

我觉得特别有意思的地方就在这里。鲁迅的一生中，启蒙立场是一以贯之的：他自己承受着不幸的婚姻，会将之上升为“四千年的旧账”；吃鱼肝油保养身体，也要说成不是为了爱人，而是为了敌人；他无比憎恶“做戏的虚无党”，但在生命的最后一年，写下了《我要骗人》，虽然指向中日关系，而其中叙述的主要细节，是捐了一块钱给一个“十二三岁”“因为冷，连鼻子尖也冻得通红”的小学女生，并得了一句“你是好人”的称赞（查日记，应该是 1935 年 11 月 10 日“同广平携海婴往卡尔登戏院观《Angkor》，捐给童子军募捐队一元”）。

事过之后，“女孩子的满足的表情的相貌，又在眼前出现，自己觉得做了好事情了，但心情又立刻不舒服起来，好像嚼了肥皂或者什么一样”，鲁迅说，他知道这一块钱到不了灾民手里，“连给水利局的老爷买一天的烟卷也不够的”。但这一块钱“实则不过买了这天真烂漫的孩子的欢喜罢了。我不爱看人们的失望的样子”。

可是心里真的很不舒服，觉得自己是在“恣意的骗人”。这是很鲁迅式的感慨，然而于本文而言，重点是这一段：

倘使我那八十岁的母亲，问我天国是否真有，我大约是会毫不踌蹰，答道真有的罢。

然而这一天的后来的心情却不舒服。好像是又以为孩子和老人不同，骗她是不应该似的，想写一封公开信，说明自己的本心，去消释误解，但又想到横竖没有发表之处，于是中止了，时候已是夜里十二点钟。

“孩子和老人不同”，谁说鲁迅晚年放弃了进化论？面对祥林嫂答不出“人有没有灵魂”的启蒙者，捐了一块钱哄孩子欢喜却内心不舒服的求真者，换成在母亲面前，就会毫不踌躇地哄她、顺着她。除了他们家老太太，鲁迅还会为了别人放下身段、当一个“世故老人”吗？想不出。

1932 年那次探母之后，鲁迅虽然再未北上，但与七十多岁母亲的通信变得相当频密。收入《鲁迅全集》的《致母亲》书信现存四十七封，检索日记，二十年间，鲁迅一共给母亲寄过一百零五次信，收信（不包括包裹）一百三十九次，而 1932 年 11 月北上探母之后，至 1936 年 10 月 1 日鲁迅最后一次收到母亲的信，四年间寄母亲信七十次，收母亲信及包裹一百零八次。可以说，鲁迅与母亲之间的主要通信，都发生在最后四年。

推想信件忽然增多的原因，跟海婴的出生与渐次长大密不可分，母亲对这个孙子极为疼爱，虽然她托人代写的致鲁迅信今已无存，但从回信与礼物可以推想，祖母总想尽可能多地知道孙儿的信息。因此鲁迅这四年的信中，几乎每封信都有一半在报告海婴的近况，同时附海婴照片，还有海婴口述；由许广平笔录的“信”，后来海婴大一些，也让他写几个字。

海婴出生之后，鲁迅与中外友人提到儿子的信，共有二十封，而致母亲的信中，提到海婴（不包括“广平海婴同叩”这种问候语）共有五十三封。海婴，无疑成了鲁迅与母亲间的重要话题。

另一桩为研究者津津乐道的事，是鲁迅替母亲买通俗小说。这也是 1932 年之前不曾有过的。《鲁迅全集》中，提及“张恨水”三个字，只有五处，全都在致母亲的信中：

三日前曾买《金粉世家》一部十二本，又《美人恩》一部三本，皆张恨水所作，分二包，由世界书局寄上，想已到，但男自己未曾看过，不知内容如何也。(《致母亲》，1934 年 5 月 16 日)

看来鲁迅是直接付款让卖家（世界书局）包邮的。

在北京时，曾有章衣萍的夫人吴曙天向鲁迅母亲推荐《呐喊》(鲁迅自己从来不干这事)，并说其中《故乡》一篇最好——在章太太想来，鲁老太太也是小说中的人物，自然会喜欢，因此也不说破“鲁迅即您大儿子周树人”这一层。鲁老太太读了，评价说：“没啥好看，我们乡间，也有这样事情，这怎么也可以算小说呢？”

鲁瑞老太太的阅读趣味明显是大众而非先锋的。鲁迅又曾对荆有麟说：“因为老太太要看书，我不得不到处收集小说，又因为老太太记性好，改头换面的东西，她一看，就讲出来，说与什么书是相同的，使我晓得许多书的来源同改装。”这就是通俗小说的“骨灰级”读者了。

1934 年鲁迅仍为母亲从上海代购张恨水作品，虽然自己并不读。这是不是跟陪父母看《春节晚会》差不多？——你们坐在电视前，也在玩手机、没看节目不是吗？

三个月后，鲁迅又在信中写道："张恨水们的小说，已托人去买去了，大约不出一礼拜之内，当可由书局直接寄上。"(《致母亲》，1934 年 8 月 21 日）已经进化到托人代购了。

书是两天后，即 8 月 23 日寄出的。八天后鲁迅在信里再报告老太太："小说已于前日买好，即托书店寄出，计程瞻庐作的二种，张恨水作的三种，想现在当已早到了。"其时京沪之间的通信，大约三至四日可达，此时确乎应该是"当已早到了"。

老太太很满意，可是明显像心疼儿子心疼钱的母亲一样，又担心起这些小说的价格太贵来。因此鲁迅在下一封信里安慰母亲："张恨水的小说，定价虽贵，但托熟人去买，可打对折，其实是不贵的。即如此次所寄五种，一看好像要二十元，实则连邮费不过十元而已。"(《致母亲》，1934 年 9 月 16 日）五折包邮，当然不贵。据此我们或许可以推测，是否鲁迅北上或从信件里听闻母亲好读流行小说而可惜铜钿，所以主动承担了帮母亲买书的任务？这跟现在的儿女帮父母网购省钱，真是没啥区别。

估计母亲还是不太过意得去，鲁迅一个月后还在安慰伊："上海出版的有些小说，内行人去买，价钱就和门市不同，譬如张恨水的小说，在世界书店本店去买是对折或六折，但贩到别处，就要卖十足了。"(《致母亲》，1934 年 10 月 20 日）这也印证了我们的想法：北平并不是买不到这些书，从上海代买是鲁迅的好意与孝心——他自己在北京时，也经常让在上海商务印书馆的三弟代买《呐喊》等自己的著作来送人，估计也是加上邮费还是比北京便宜。

接下来鲁迅又加了一句“不过书店生意，还是不好，这是因为大家都穷起来，看书的人也少了的缘故”。这话或许是就事论事，但也或许是鲁迅在暗示自己的生活境遇。

鲁迅也会向母亲叹苦经

母亲与朱安在北京的生活费用，基本是鲁迅在负担，因此北京方面，每年也会给鲁迅寄家用账，以作交代。鲁迅对此并不推托，但也不会毫无怨言，如1933年7月11日致母亲信中说：

家中既可没有问题，甚好。其实以现在生活之艰难，家中历来之生活法，也还要算是中上，倘还不能相谅，大惊小怪，那真是使人为难了。现既特雇一人，专门伏待（侍），就这样试试再看罢。

推想起来，鲁老太太病愈之后，需要调养滋补，用度自然大些，但还不至于让鲁迅过分为难。只是1932年11月鲁迅北上探病时，曾在致许广平的信中提到：“某太太于我们颇示好感，闻当初二太太曾来鼓动，劝其想得开些，多用些钱，但为老太太纠正。”（《致许广平》，1932年11月15日）这足以让鲁迅对北京方面的欲望心存怀疑。他不会不相信母亲的爱，但对于朱安与八道湾，我觉得鲁迅并不放心。

1933年11月，鲁迅在信里与母亲讨论绍兴修坟事，这也是1919年离乡后鲁迅少有的提及故乡情事。鲁迅在信中向母亲报告："修坟已择定旧历九月廿八日动工，共需洋三十元，又有亩捐，约需洋二十元，大约连太爷之祭田在内，已由男汇去五十元，倘略有不足，俟细账开来后，当补寄，请勿念。"（《致母亲》，1933年11月12日）

一个月后，鲁迅又在信里说起此事："心梅叔有信寄老三，云修坟已经动工，细账等完工后再寄。此项经费，已由男预先寄去五十元，大约已所差无几。"而这次鲁迅向母亲强调一点："请大人不必再向八道湾提起，免得因为一点小事，或至于淘气也。""再"字，说明此前鲁瑞向周作人家提过此事，在母亲看来，两兄弟关系虽不好，修祖坟却是大家的事，理应两家分担（周建人估计指望不上，两个女儿学费尚须鲁迅周济）。然而鲁迅宁愿独力承担，也不愿与周作人家掺和到一起，以此观之，当年的兄弟失和，绝对有经济因素在内。

1934年8月12日，鲁迅在致母亲信中报告周建人情况，又一次顺手给了八道湾一刺：

老三是好的，但他公司里的办公时间太长，所以颇吃力。所得的薪水，好像每月也被八道湾逼去一大半，而上海物价，每月只是贵起来，因此生活也颇窘的。不过这些事他决不肯对别人说，只有他自己知道。男现只每星期六请他吃饭并代付两个孩子的学费，此外什么都不帮，因为横竖他去献给八道湾，何苦来呢？八道湾是永远填不满的。

周建人的“前妻”羽太芳子此时在八道湾与姐姐、姐夫住在一起，周建人每月还要付赡养费。所以周家家里这本经格外难念。1933 年旧历年后，鲁迅曾收到母亲“所赠之泉”五十元（感觉像是压岁钱），也分给了三弟二十元。

现在的年轻人与父母亲戚交流，经常碰到一个问题：他们无法理解与想象自己的生活。那么，鲁老太太能想象大儿子的职业与生活吗？在北京时还好，无非是“做官”与“教书”，与绍兴读书人惯常的做幕、经商乃至教私塾，相去不远。而去上海之后，鲁迅这样的“专栏作家”，是完全建立在现代传媒体系之上的职业，鲁老太太能理解吗？不担心收入不稳定吗？觉得有社会地位吗？或许代她写信的宋子佩、许羡芳、俞芳会向她解释这些问题，但从鲁迅这方面说，不会指望八十岁老太太理解自己是在怎样一种环境中工作与生活。

鲁迅很少在致母亲信中“叹苦经”，但有三次例外。一次是 1933 年 7 月 11 日那封提到“倘还不能相谅，大惊小怪，那真是使人为难了”的信里，鲁迅描述了自己健康之外的景况：“男一切如常，但因平日多讲话，毫不客气，所以怀恨者颇多，现在不大走出外面去，只在寓里看看书，但也仍做文章，因为这是吃饭所必需，无法停止也，然而因此又会遇到危险，真是无法可想。”1935 年 7 月 17 日，鲁迅又在信中说起“男仍安好，但因颇忙，故亦难得工夫休息，此乃靠笔墨为生者必然之情形，亦无法可想”。习惯在致母亲信里报喜不报忧的鲁迅，难得地说起自己的劳累、危险与无奈，或因母亲从旁人口中、报纸上得知鲁迅生病或处境危险的传闻，甚至创作的产量，鲁迅在信中加以安慰，对照日记中记述的工作量与外人回忆，实在也是避重就轻之语。

另一次，则与朱安有关。那是 1934 年 5 月 29 日的信中，鲁迅提到 16 日的北京来信中，有“太太来信”，大意是朱安哥哥朱可铭的二儿子，在上海做事，“力不能堪，且多病”，朱安想将他“招至京寓”，据后世研究者言，这是朱安想收这位侄子当干儿子，来信问鲁迅意见。

鲁迅先向母亲说明：“可铭之子，三人均在沪，其第三子由老三荐入印刷厂中，第二子亦曾力为设法，但终无结果。”意思是我已经尽力了——鲁迅对朱安家还算不错，日记中时有向朱宅寄钱的记载，也记有多次收到朱家的礼物馈赠。如 1931 年 1 月 31 日曾寄朱宅五十元，1935 年 12 月 27 日“以《药用植物》版权售与商务印书馆，得泉五十，转赠朱宅”，转年 2 月 1 日“三弟来并持来越中朱宅所赠冬笋、鱼干、糟鸡合一篓”。

现在朱安想收娘家侄子为义子，鲁迅的态度若何？还是一贯的冷漠，但加上了诉苦：

男为生活计，只能漂浮于外，毫无恒产，真所谓做一日，算一日，对于自己，且不能知明日之办法，京寓离开已久，更无从知道详情及将来，所以此等事情，可请太太自行酌定，男并无意见，且亦无从有何主张也。以上乞转告为祷。

细味这段话，或有三层意思：一、我自己过得也不算好，对于朱家内侄，我是帮不上忙了；二、朱安虽是“太太”，但我俩没什么关系，这件事我不赞成，但我不表态，即使认了义子，也不是我的义子；三、我不想直接跟朱安交流，请母亲转告可也。

鲁迅眼中，母亲与朱安是一体的

现在的研究者常说，鲁迅研究中朱安是被忽略的角色，其实在鲁迅的意识中与笔下，早已经选择了遮蔽朱安的存在。他不愿与朱安对话，不愿与朱安通信，跟朋友谈起朱安，总是用“某太太”这样奇怪的代称，而且总是用着讥诮的口吻，不是说“母亲的一件礼物”，就是“母亲娶媳妇”，完全不想承认这个女人跟自己有什么关系。

鲁迅一生的性格，热情、激烈而多疑，思想观点也好，职业与生活也罢，绝少与人妥协，唯独对于母亲，他的妥协几乎是无条件的。据说他在日本加入光复会，接到过暗杀的任务，鲁迅拒绝了，理由就是有一个爱他的母亲。

朱安是母子之间最大的裂痕，但鲁瑞一开始似乎都没有感觉到鲁迅的不满与愤怒。俞芳记录鲁瑞的回忆说：“当时我为大先生定了亲，事后才告诉大先生。他当时虽有些勉强，但认为我既作了主，就没有坚决反对，也许他信任我，认为我给他找的人，总不会错的。”（《我记忆中的鲁迅先生》）

周建人在回忆录中为母亲辩护，说母亲“极爱我大哥，也了解我大哥，为什么不给他找一个好媳妇呢，为什么要使他终身不幸呢？”。他认为鲁瑞也是受人蒙蔽。

鲁迅为什么那么厌恶朱安？仅仅从追求婚姻自由或精神洁癖的角度来解释，无法理解为什么鲁迅如此决绝、如此冷漠且有逾常情。民国时期家族为新文化人士包办婚姻的例子极多，但很少有像鲁迅与朱安那样，自始至终都僵得像北方的寒冬。据说老太太也问过鲁迅“她有什么不好？”，鲁迅举了个关于日本果子的例子，说明两人之间“谈话不是对手，没趣味，不如不谈……”。可是就算把朱安当成家里的保姆或远方亲戚，鲁迅也不至于采取这样的态度，尤其是在朋友面前提起，总是毫无必要对朱安采用讽刺挖苦的口吻，似乎她是他精神世界的巨大耻辱。

据孙伏园记载，朱安有两次做出了决绝的反抗，一次是在绍兴的家宴，一次是在北京鲁瑞的寿宴，都是满堂宾客，朱安衣着整齐地出来，跪下，说道：我来周家已许多年，大先生不很理我，但我也不会离开周家，我活是周家的人，死是周家的鬼，后半生我就是侍奉我的婆母。说完话，叩了头，退回房去。

对于朱安的两次反抗，鲁迅均采取“置之不理”的态度。第一次，他后来对朋友说，我不能回应她，不然就会被她拖住（大意）。第二次，鲁迅说，中国的旧式的妇女也很厉害，从此所有的同情，都被她争取了去，大家都批评我不好。据周作人等人确认，大家确实都同情朱安。

鲁迅是自惜羽毛之人（看他对说他“抄袭”的陈源与顾颉刚长达十多年的恨毒可知），却宁愿担着家庭内外的不解与谴责，也不对朱安稍假辞色。这是为什么？我的推断是：朱安是鲁迅对母亲“纯孝”的代价。

在所有的民国名人里，鲁迅对自己的剖析与反省，是无与伦比的。这样的人，若不能做到自认的表里如一，定会产生强烈的自我贬低情绪。而在他激烈的、战斗的一生中，唯一失败、认输、妥协的，就是在家庭层面，尤其是面对母亲。荆有麟回忆说：

另外，鲁迅与老太太谈天，比较话长些，但也多半是关于老太太看书问题。一谈到家庭事务，母子俩意见就相左。鲁迅便往往不开口了。因为据鲁迅先生自己讲：

“在改良家庭方面，我是失败者。常常费了九牛二虎之力，稍微改变一点，一遇有什么意外或者不如意的事，她们马上抱怨了。抱怨之后，觉得还是她们老法子好。一下子又恢复原状了。”

因此，鲁迅先生不愿意伤老年母亲的心，对于家事，便不想过问了。本来就是旧式的先生的太太，又一直守着老规矩，事事秉承老太太的意旨。鲁迅对于家庭，格外悲苦了。(《鲁迅回忆断片》)

鲁迅在改良家庭方面的立场，与思想革命同样决绝，最明显的例子是 1919 年回乡处理房产，鲁迅做主将祖父多年的日记付之一炬，周建人觉得可惜，试图劝阻，鲁迅说：不过是记些姨太太吵架的事！放在今日，一名晚清基层官吏的日记将何等珍贵，鲁迅也不是不懂其中的社会史料意义，但他对旧式读书人、对“姨太太”这种“传统陋习”的愤恨，让他做出了全盘否定的举动，这种做法特别“五四”。后来周作人坚持称许广平为“妾”，可想而知这是多么戳鲁迅的肺叶子。

在鲁迅心目中，母亲与她代娶的媳妇朱安，应该是二人一体的。朱安一切顺鲁母之意，老太太也喜欢她的厨艺。甚至有人认为，鲁迅带着朱安从八道湾搬出之后，鲁老太太追随长子，其实是不习惯于没有长媳的服侍，当时租住的砖塔胡同房屋狭窄，婆媳多次同居一室，形同母女。鲁瑞生前逝后，朱安在家人、外人面前，好几次发过这样的誓：

“我生为周家人，死为周家鬼。娘娘（婆婆）怎么说，我怎么办，决不违背！”（见唐弢等人记载）

鲁迅爱母亲，这让母亲成为他一生中最大的甚至是唯一的软肋。但这种爱里不是没有抱怨、没有难过、没有抵触的，身兼父母二职的母亲，对他的管束、对他的期待、对他的否定，往往会让鲁迅不快——鲁迅在母亲面前，是有一些小孩脾气的，比如，会为了孙辈照片的摆放位置“颇不平”。我认为，性格强硬的鲁迅能与性格类似的母亲保持一种相当理想化的“母慈子孝”的关系，有很大一部分原因，是鲁迅将对母亲（她代表着旧家庭的束缚）的怨气转移到了朱安身上。

朱安是鲁迅与母亲之间的缓冲物

所有史料都证明，终其一生，鲁迅都尽力想让母亲满意，迎母、买房、二度买房、独力奉养……然而在生活方式、思维习惯、家庭观念等方面，鲁迅与母亲不可能契合，那是两个时代的对决，而鲁迅，甚至是新时代的旗手人物。他们的关系没有破裂、没有变得冷漠，中间必须要有缓冲物，这个缓冲物，前半段是朱安，后来又加上了海婴——对缓冲物的爱与恨，都可以达到缓和关系之目的。

海婴也是鲁迅与朱安之间的缓冲物。做了父亲的鲁迅变化很大，少年起就热爱诸物整齐，现在可以为孩子弄乱而不愠；过去从不过旧历年，现在也欣然过了，还与海婴跑到屋顶上去放鞭炮："旧历除夕也，治少许肴，邀雪峰夜饭，又买花爆十余，与海婴同登屋顶放之，盖如此度岁，不能得者已二年矣。"（《鲁迅日记》，1933 年 1 月 25 日）

鲁迅似乎都有些讶异于自身的改变：

> 今年爆竹声好像比去年多，可见复古之盛。十多年前，我看见人家过旧历年，是反对的，现在却心平气和，觉得倒还热闹，还买了一批花炮，明夜要放了。（《致黄源》，1935 年 2 月 3 日）

> 今年上海爆竹声特别旺盛，足见复古之一斑。舍间是向不过年的，不问新旧，但今年却借口新年，烹酒煮肉，且买花

炮，夜则放之，盖终年被迫被困，苦得够了，人亦何苦不暂时吃一通乎？况且新生活自有有力之政府主持，我辈小百姓，大可不必凑趣，自寻枯槁之道也，想先生当亦以为然的。（《致杨霁云》，1935 年 2 月 4 日）

虽然仍有把自己的生活提升到家国大势的思维特征，但晚年鲁迅的诸般变化，与他稳定的核心家庭生活，绝然分不开，由此也可以理解他与母亲之间通信的日渐增多。同样，因为朱安对海婴的喜爱，鲁迅与朱安之间当不再是楚河汉界那样决绝分明，母亲寄来的糟鸡、酱鸭、卤瓜、干菜、芽豆，难道是八十岁的母亲亲手做的？鲁迅反正当她俩是一体的。

鲁迅内心有没有抵触带许广平回京探母？不好断言。但从常情推断，如果 1929 年带着许广平回去，场景会很尴尬——北平还在盛传鲁迅在上海“纳妾”，家庭里的同情在朱安这一边。而鲁迅的确考虑过迁回北平，因为那里的条件比较适合做学问。鲁迅后来选择不再北归，公开的说法是恐怕北平的学校会迫他教书，而大学里有很多不友好的对手。然而这怕不是完整的答案，举家迁回北平，两个妻子，还有母亲，应该如何相处呢？这也是很棘手的问题。

但是有了海婴在，家庭中的尴尬或许就不再是大问题，这个小孩子是鲁迅与许广平的，也是祖母鲁瑞的，甚至也是朱安的（至少朱安自己这么认为）。

朱安在抗战期间给海婴的信中期许他：“早自努力光大门楣，

汝父增色，亦一洗我一生之耻辱也。”（《致海婴》，1945年11月27日）也把自己的行为与海婴的未来放在一起看待：“故宁自苦，不愿苟取，此于汝之将来前途，亦有关系也。”（《致海婴》，1945年12月27日）海婴的出生，减轻了伊“无子”的负疚感，而将人生价值寄托在后嗣身上，则很符合朱安的价值观，就像她也劝过鲁迅“纳妾”（可能就是那封鲁迅在日记里称为“甚谬”的信）。周海婴在《鲁迅与我七十年》中也说：“我从来没见过朱安，所以也谈不上什么印象。不过从她与母亲往来信件看，她对我还是很关爱的……我知道在她心里，把我当作香火继承人一样看待。”

鲁迅曾在1934年的信里如此承诺：

> 今年我们本想在夏初来看母亲，后来因为男走不开，广平又不愿男独自留在上海，牵牵扯扯，只好中止了。但将来我们总想找机会北上一次。（《致母亲》，1934年8月12日）

鲁迅不会在这种问题上敷衍老母，而且从信中推断，许广平独自携子回北平，也是可能的选项。虽然举家北上的心愿一直没实现，但这两三年当是鲁迅与母亲/朱安关系最缓和的时期。

鲁迅去世当晚，南京《新民报》记者便到访西三条的周宅，次日发表了《鲁迅在平家属访问记》。接待记者的是“鲁讯夫人”朱安，记者特别写明，她是先“进去禀告了她的母亲”，才出来接受采访的。

这篇报道里很有意思的一笔是：“她和鲁迅已有四年没有见

面，不过在每个星期中，他总有信给她。”鲁迅的信，抬头都是“母亲大人敬禀者”，并不提及朱安，但在朱安心目中，或许这些信也是写给她的。

“她最后很客气的说：‘谢谢你！他死了你们还要给他传名！’”朱安的感谢是真诚的，但总有一层说不出的隔膜，于鲁迅的一生。

朱安随即写信给周建人，邀请许广平携海婴北归：

嫂进退维谷，乃思许妹及海婴为堂上素所钟爱，倘肯莅平朝夕随侍，庶可上慰慈怀，亦即下安逝者。再四思维乃挽同和森表伯商明，二弟即托我弟代陈许妹择期整装，早日归来。动身有日，先行示知，嫂当扫径相迓，决不能使稍受委曲。至若居处，拟添租东院（傅承浚之房），或西院（和森表伯所租之房），或住嫂之房，余再腾他处，至一切什物自必代备，总之许妹与余同一宗旨同一境遇，同甘共苦扶持堂上，教养遗孤，以慰在天之灵，是余肝膈之要用，特竭诚相告也。倘许妹尚有踌躇，尽请提示条件，嫂无不接受，敢请三弟为我保证。

这或许是她一生中唯一一次摆出“做主”的姿态，然而也映出了她对鲁迅、鲁迅的新家庭的隔膜。从称呼看得出，朱安一开始称“许妹”，自称为“姊”，俨然大妇。但许广平在信中坚持称她“朱女士”，慢慢地朱安也改称许广平“许女士”了。

老太太稍后也有信致许广平，称她为“广平媳”（后来又称“景宋贤媳”）：

你明春能与海婴同来一叙家庭之乐，实获我心，最好不过的了，将来打算寄住何处，你可预先来信，我为预（备）。你向来做事很有分寸的，你如何主张，我无不同意的……此间亲友们都说豫才的儿子错不了的，不过以后全仗你善为教养成人了。我想你现在的景况虽苦，觉得可怜，只要海婴一长大成人，你就是我周家的功臣，也与我一样地做老太太。你因佩服豫才，从以终身，现在豫才棺盖论定，博得各国文人推崇，你能识英雄于草昧，也不失为巾帼丈夫，已有一部分的人，很在赞扬你呢。（1936 年 11 月 3 日信）

这封信纵是代笔，执笔者笔述也很忠实，里面充满了从通俗小说中得来的名词与观念：功臣、老太太、博得各国文人推崇、识英雄于草昧、巾帼丈夫。张恨水、程瞻庐等人的小说，道德观念比新文学作品滞后一步，但比起清末来又进步不少，鲁老太太能说出这样的话，或为新派人士所哂，但对她来说，已经是了不起的进步，虽然重心还是在“豫才的儿子”身上，至少对鲁许婚姻释放出了最大的善意。

好友宋紫佩的儿子宋舒去看望鲁老太太，后来发表了一篇有点儿“标题党”的记录《鲁迅的母亲说“鲁迅是气极了才骂人的”》（《民国学院院刊》1936 年 11 月 3 日）。老太太这样评价自己的长子：

大先生所以死得这样早，都是因为太劳苦，又好生气。他骂人虽然骂得很厉害，但是都是人家去惹他的。他在未写骂人的文章以前，自己已气得死去活来，所以他实在是气极了才骂人的。

这就是母亲尽最大努力对儿子的体谅与辩护了。

与婆母一体的朱安，在 1947 年 6 月 29 日去世之前一日，又一次接受了南京《新民报》的采访。她说，寂寞的生活里，唯一的伴侣是王妈（不是鲁瑞，鲁瑞是用来侍奉的），王妈是鲁迅在京时便来了，在身边有二十多年了……关于与鲁迅的关系，她说了这样的话：

“周先生对我并不算坏，彼此间并没有争吵，各有各的人生，我应该原谅他。”（《朱夫人寂寞死去》，《新民报》1947 年 7 月 29 日）

2017 年 2 月 9 日

梁漱溟怎么选择他的立身之本？

今天说一个小孩儿的故事。

他家算是标准的书香门第，却反而思想很新。父亲是旧派知识分子，可是主张很务实。他只学了《三字经》，后面的《百家姓》《千字文》《增广贤文》《龙文鞭影》乃至“四书五经”，一概放弃，转而学《地球韵言》，四字一句，说的都是世界大势。您现在要是周末上潘家园，花几百上千元，还能淘到几册。

七岁，北京有了第一家“洋学堂”，父亲马上就让他入了学，学堂名字叫“中西小学堂”，既学中文，也念英文。一年后，英文念不下去了，因为义和团来了。

义和团杀洋人、杀教民，还杀念洋书的人。所以他的课本，什么《英文初阶》《英文进阶》，全都被烧了。小学堂也停办了。

没多久八国联军进了京又走了，皇上和皇太后跑掉又回来了。西学迎来复兴，这次还有了“公立小学堂”，他又进了南横街公立小学堂。

再一年，十岁了。他家有个亲戚，自己办了个蒙养学堂，还出了份《启蒙画报》，专门给十岁上下的儿童看。画报的内容，主要是科学常识、历史掌故、名人逸事，还有《伊索寓言》什么的。他特别爱看。

这一段他的成绩很不好看，比好多苦出身的同学都差，只能算中等以下。但他喜欢看《启蒙画报》，幼小的心灵也种下了对社会、对国家的责任感，鄙视那些只顾眼前的苟且的人，他跟着画报上的话说："世俗之人虽不必是坏人，但缺乏眼光见识，那就是不行的，因此一个人必须力争上游。"在后来的回忆文章里，他说这一点让他终生受用。

十二岁，亲戚忙着搞"自媒体"，顾不上学堂，《启蒙画报》和蒙养学堂都停办了。他就改成了"在家教育"，联合几家亲戚的小孩，请一位刘先生来教小学课文。

在家一年半，北京的同乡会办了一所小学堂，他又去那儿读了一年书。这时候，他已经养成了自学习惯，自己感兴趣的事，无须别人督促；觉得不合自己意见的事，旁人要自己做，也不做。

十四岁，他考进了地安门外的顺天中学堂。良好的学习习惯发挥了作用，自学进度比课本上教的快得多，英语才讲到五十页，他都读到八十页了，二次方程式也是抢在老师讲授之前就自学完成，成绩经常在前三名。就是语文不行，课本不看，老师讲课不听，课外书也很少读。语文老师气得要命，在作文本后面批：你这个人太叛逆，将来一定会倒霉的！（好恶拂人之性，灾必逮夫身。）

这个阶段，他受到时局的刺激和父辈的影响，常常自负要救国救世，理念上“重事功而轻学问”，只喜欢有实用价值的知识，对于文学、哲学这些学科，认为简直就是骗人的东西。父亲一向宽容，虽然不见得赞同他的见解，但也不公开反对与干涉：觉得好的，就明里暗里鼓励；觉得不同意的，也只是让他知道“父亲不同意”而止。

这时有位姓郭的同学给了他巨大的影响。郭同学天资聪敏，读书很多，思想比他高明。而且郭同学很懂得怎么说服人：有时会嘲笑他浅薄，让他惘然若失；有时又会顺着他“做大事业”的心理去诱导他，让他激动不已。一来二去，他对这位郭同学佩服之至，佩服到把郭同学的谈话记了厚厚一巨册，还在封面上题“郭师语录”。同学纷纷嘲笑他们这一对，他也不以为意。

这一段时期，他事功之心未息，天天读大量报纸，关心时事，尤其佩服梁启超，把梁任公的话抄在日记里自励，已去世的名人里，崇拜胡林翼、郭嵩焘，经常引用他们的话。父亲很高兴，说“怎么那么像我年轻时候哇”，专门写信到学堂来表扬他，还赐他一个“肖吾”。那一年他十七岁。

与此同时，受郭同学影响，他开始思索“人生之苦乐”这种大问题，有空就去北京图书馆看佛经，一看一整天，中午在外面吃碗面。对于佛学，他一点儿根底都没有，但因为纠结于“人生之苦乐若何”这个大问题，希望从佛经中寻求答案，于是从比较通俗的《佛学丛报》着手，边学习边研究，久而久之，居然学进去了。其效果，一是十七岁时拒绝母亲给他议婚的想法，一是十九岁开始吃素，还认真考虑过出家为僧。

开始吃素了，也毕业了。还没等找到工作，武昌起义、诸省独立的消息纷纷传来，合城大乱。转过年，宣统退位，民国了。

他跟同学一起办了张报纸，就叫《民国报》。他既当编辑，又当外勤记者。他从清末便赞同宪政之说，崇尚英国式议会政治，如今也立志要为民国政治改造尽自己一份力。

《民国报》挟民国初创之威，向直隶督军要到了十万大洋，经费充足，声势浩大。他也拿到了一张长期旁听证，几乎没有一天不去跑国会新闻。参议院、众议院，跟上班似的天天报到。这样跑了快一年，看政治人物操纵是非、呼风唤雨，“皆映于吾目而了了于吾心”，这样一来，有助于他认识中国问题，“对于‘革命’‘政治’‘伟大人物’等等，皆有不过如此之感。有些下流行径、鄙俗心理，以及尖刻、狠毒、凶暴之事，以前在家庭、在学校所遇不到的，却时时看见了，颇引起我对于人生感到厌倦和憎恶”。二十岁前后，他曾两度试图自杀。日后寻其缘由，大概是内外交困，时局糜烂自不必说，内心里一面特别要强，谁也看不起，一面又悔恨自己毛病太多，冲突起来，几至不可调和。

二十一岁那年，他脱离了国民党，也脱离了短暂的政治生涯。偶然从家里的旧书堆里，捡到了一本日本人幸德秋水写的《社会主义之神髓》。这本小册子，引爆了他内心的风暴，他突然认定：人类之所以日趋下流与衰败，财产私有引起的生存竞争是一切痛苦与罪恶之源。一旦想定，他便觉得不能忍，必须激烈反对。到冬天，写了一篇《社会主义粹言》，一万多字，自己刻蜡纸，油印了几十本送人。

与此同时，对印度哲学的研究仍在进行中。二十四岁，他写出了平生第一篇正规的文章《究元决疑论》，评点古今中外各家学说，末尾指出“人生惟一的出路在皈依佛学”。这篇文章发表到《东方杂志》。有人介绍他拿着这篇文章去拜见北京大学新任校长蔡元培。蔡元培正在改组北大，于是邀请他去北大讲授印度哲学。他此时在民国政府司法部当秘书，不想去教书，另外推荐了一个人。第二年，推荐的人生病辞职，北大又发邀请，他才去了——后世传颂的“中学生任教北大”，当时也只道是寻常。

此时的他，已经渐渐由佛学转向“东方之学”，即包括中国的儒学与印度的佛学。而北大新文化之风渐起，他第一天到北大，就问蔡校长：

“先生对于孔子持什么态度？”

蔡校长沉吟了一会儿，答道：“我们也不反对孔子。”

他大声说：“我不仅是不反对而已，我此来除替释迦、孔子发挥外，更不做旁的事！”

执教北大一年后，他在《北京大学日刊》上发表了一则启事，几乎摆出了与全校为敌的姿态：“顾吾校自蔡先生并主讲诸先生皆深味乎欧化，而无味乎东方文化，由是倡为东方学者，尚未有闻。”他说，他立志出世，不想做学问研究，但可以

“留一二年为研究东方学者发其端”，随即创立“孔子哲学研究会”，与“但开风气不为师”的胡适之有志一同。

故事讲到这里，“他”是谁，大家都很清楚——他就是梁漱溟，新儒家代表人物之一，西方人称为“最后的儒家”。

我写这个故事，其实念念于心的问题是：一个人在成长过程中，怎样选择自己的立身之本？梁漱溟的教育自西学入手，而立宪政治，而社会主义，而印度哲学，而力张孔学，转折不可谓不烈，而每次转折，皆出自时局刺激，内心冲决，思考由己及群，由社会而及制度再及文化，其后致力乡村教育与自治，组第三党制衡国共，都是缘于少年的自学与守定。他的父亲梁济，虽然发现儿子趣味像自己年轻时也很高兴，但对于子弟逸出常规，就是“弟子不规”，也坦然包容。蔡元培对于“来新北大发挥孔子”，同样不表反对。世之天才难得，而良父良师更不易得。记此以自惕自励。

2016年9月5日

乡下青年沈从文怎样走出自己的世界?

《从文自传》是一本常读常新的书。它曾经是配着现代文学史的读本，也曾经是行走湘西的旅游指南。最近从湘西归来，再次展卷，又是一个时代，一百年前在五溪山水间剧烈跳动的年轻心脏，再次赤红地呈现眼前。

1932 年暑假，三十岁的沈从文在青岛完成了《从文自传》。周作人和老舍都将这本书选为“一九三四年我爱读的书”。《从文自传》讲了一个乡下青年生命前二十年的人生经历。沈从文后来曾这样谈及《从文自传》:

就个人记忆到的写下去，既可温习一下个人生命发展过程，也可让读者明白我是在怎样环境下活过来的一个人。特别是在生活陷于完全绝望中，还能充满勇气和信心始终坚持工作，他的动力来源何在。

“怎样（的）环境”是什么样的环境？去过湘西的人会有切身的

感受。没去过也不要紧，《从文自传》已经告诉了你一切，只看你什么时候能看懂它。

大山的孩子爱上水

“我感情流动而不凝固，一派清波给予我的影响实在不小。我幼小时较美丽的生活，大部分都同水不能分离。我的学校可以说是在水边的。我认识美，学会思索，水对我有极大的关系。”

你可能会问，湘西不是山区吗？怎么会跟水有极大的关系？事实上，正因为群山高耸，难通人烟，蜿蜒山间的水道才成了湘西沟通外界的主要通道，举凡城镇，莫不建于水畔。里耶古镇，秦时为洞庭郡迁陵县。始皇帝的诏令要达到这穷乡僻壤，非通过水路不可，因此迁陵依河而建。永顺老司城为彭氏土司王城，存八百一十八年，同样两岸峭壁，异军突起。因此湘西的居民是在与山水同时搏斗。

湘西世界的规则

山路水路同样难行，是故湘西自成世界。沈从文走出湘西三十年后，另一位湘西少年问他姐姐：

“姐姐，这条路走到哪里？”——“到县城。”“再走呢？”——“到辰州。”“再走呢？”——“到常德。”“还走呢？”——“到好远好远的地方。”“好远好远的地方叫什么？”——“不晓得。”“好远好远的地方是什么样子？”——“姐不晓得。”“那里有三月泡、老虎豆、八月瓜吗？”——“……弟弟你听，阳雀叫得几好听。”

远方高渺难问，湘西世界有自己的规则。沈从文不断强调“我读一本小书同时又读一本大书”，湘西社会是他的“大书”，1911年辛亥革命，沈从文十岁，不肯跟哥哥姐姐弟弟一样被送到苗乡去避难，于是被结结实实地“上了一课”。凤凰民风剽悍，乾嘉苗民大起义震动全国，但自那之后就没有如此大规模的杀戮。几千无辜农民人头落地。沈从文每天去看杀人，杀得太多杀不动，就掷筊来定人生死。十岁小朋友已有共情能力，“永远忘不了”的，是那些掷筊失败、注定要死的人脸上那份颓丧与埋怨：埋怨是对神的，因神不肯保佑；颓丧是因想念到家中的小孩与小牛猪羊。这样的神情，就留在了少年沈从文的心里。

当了兵，还是杀人

凤凰是湘西的中心，清末以善战的镇筸军闻名。这里是中国的斯巴达，男儿从军才是本分，尤其是军旅世家。同样是家道中落，鲁迅不肯学幕或经商，去了南京入新学堂。沈从文从小好勇斗狠，母亲送他进了军队。十四岁的沈从文，在中元节拿酒肉祭了河鬼，酒倒进了河里，自吃了半斤重的熟肉，赤身入河，沉浮了两个小时。次日一早离乡。

此时的湘西，只比辛亥之前更乱。当兵无非是清乡，杀人。沈从文所在的军队杀了一千人，然而听说前两年杀的人五倍于此。

“我在那地方约一年零四个月，大致眼看杀过七百人。一些人在甚么情形下被拷打，在甚么状态下被把头砍下，我可以说全部懂透了。又看到许多所谓人类做到的蠢事，简直无从说起。这一份经验在我心上有了一个分量，使我活下来永远不能同城市中人爱憎感觉一致了……我对城市中人在狭窄庸懦生活里产生的作人善恶观念，不能引起多少兴味。”

部队里有一位军法长，据说学问极好。他问年纪最小的沈司书叫什么名字。回答是“沈岳焕”，军法长大笑起来，引《论语·泰伯》里的话说“焕乎，其有文章”，“你就叫从文吧。”这就是“沈从文”这个名字的来历。

不过这位军法长特别喜欢看杀人。他总是马马虎虎宣布一下罪状，拿红笔一勒，然后赶忙拿了水烟袋、提起长衫，抄近路跑到桥头的土墩上，看他刚刚判决的犯人的头被砍下来。如果正好赶场，刽子手会向各屠户要几十斤肉，与各位军官一起喝个烂醉。

《辞源》与《申报》

或许是“从文”这个名字改得好，在一位文秘书的启发下，沈从文认识了两件“宝贝”：一是《辞源》，“天下甚么都写在上面”；再一个是《申报》，三个人合订了一份，看了两个月。有了这层见识，沈司书几乎就迈进当地的知识阶层了，还是懂新学的那种。

有时在城墙上碰见一群穿花衣的女人，她们即互相提醒“有兵有兵”，怕得想回头逃掉。“我那时总十分害羞……心里却对于身上的灰布军衣有点抱歉。我以为我是读书人，不应当被别人厌恶。可是我有甚么办法使不认识我的人也给我一份尊敬？我想起那两册厚厚的《辞源》，想起三个人共同订的那一份《申报》”，受到这种刺激，沈从文苦练小楷，一写就是半天。

时局变幻，沈从文还没有转成尉官，他所在的军队已经在川边全军覆没。沈从文幸亏在湘西留守处，躲过一劫，但是他失业了。

回家待了四个月，生计无着。还得往外走。冒着大雪走了四天山路，沈从文到了芷江（沅州）。在那里，他交了好运，也倒了大霉。

最好的和最坏的时候

沈从文的五舅当了芷江的警察所所长，沈从文也就当上了办事员。更有利的是，前国务总理熊希龄家在芷江势力很大，他的七弟熊捷三是沈从文的姨父，也非常赏识沈从文，甚至愿意把女儿嫁给他。

沈从文每天游走全城查验收税，全城的商店主人都认识他、尊敬他。他母亲同姐妹，因为生计无着，已将凤凰的老屋卖去，没脸继续在那里居住，带着卖屋得来的几千块钱来芷江投奔沈从文，于是沈从文成为一家之主，未来的小城绅士。“假若命运不给我一些折磨，允许我那么把岁月送走，我想象这时节我应当在那地方做了一个小绅士，我的太太一定是个略有财产商人的女儿，我一定做了两任知事，还一定做了四个以上孩子父亲。而且必然还学会了吸鸦片烟。”虽然当警察所所长的舅舅病死了，但有熊家的力量，这份前途唾手可得。

然而这时候沈从文犯了天下年轻人都会犯的错误：他爱上了一个白脸女孩子，一个大户人家的私生女。这份爱情有女孩子的弟弟当中介。所以沈从文不肯娶任何一个绅士的女儿，包括熊捷三的女儿。

而这桩初恋的结局十分悲惨。女孩子的弟弟不停地向沈从文借钱，今天借明天还，后天又借。来来去去，沈从文家卖屋的钱短少了一千块。而沈从文一旦发觉，他的初恋就结束了。

这是沈从文作为“乡下人”吃的最大的一次亏。年少的骄傲让沈从文离家出走。沈从文的母亲在家哭了半年，不是为了损失的钱，而是这个儿子这种脾气，到哪里不会吃亏哟。

只好又当了兵

沈从文本来想去北京，在那里他父亲曾经图谋刺杀袁世凯，失机后逃亡热河至今未归。但是他走到常德就没了盘缠，只好和偶遇的表哥黄玉书（画家黄永玉父亲）一起赖在常德的小旅店里。沈从文每天去看从长沙、汉口来的小轮船，看那些学生模样的青年和体面女人。他观察每个人的行李，想象他们从哪里来、来干什么。

有人介绍他们去九十里外的桃源县见靖国联军第一军的支队司令贺龙。贺龙给了黄玉书和沈从文两份工作，还客气地说“码头小，容不下大船。只要不嫌弃，留下总可以吃吃大锅饭”。但是这两个穷得靠赖账为生的青年竟然没有去，因为黄玉书爱上了常德一位小学女教师（黄永玉母亲）。为表哥当了一阵子情书枪手后，沈从文不得不再次出走，因为实在不好意思在常德再欠账。

这次去的是湘西镇守使陈渠珍驻扎的保靖。搭了一条装军事物资的船，从常德到辰州（沅陵），现在走高速公路大概两个小时多一点儿，沈从文搭的船走水路，四百四十里，走了十八天。再走四十五里山路，就到了保靖。

沈从文是看陈渠珍部队军容不错，才愿意跟这位湘西王当个护兵。他苦苦练就的书法派上了用场，他当上了一名月薪四块钱的司书。这下子沈从文更觉得书法有用，“觉得世界上最使人敬仰的是王羲之”，他五个月才挣二十块钱，居然买了十七块钱的字帖。

权力，还是知识？

到此时，沈从文已经放弃了湘西世界的规则。他不愿在亲戚的托庇下当一个地方绅士，也不愿靠着杀人成为一个小军阀。虽然这两条路，身边无数人都在走。那时沈从文身边，觉得他不古怪的好朋友，只有四个，都是“从戎而无法投笔的人”，“我们总以为这目前一份生活不是我们的生活。目前太平凡，太平安。我们要冒点险去作一件事。不管所作的是一件如何小事，当我们未明白以前，总得让我们去挑选。不管到头来如何不幸，我们总不埋怨这命运”。或许，他们要逃离的，就是“掷筊而死”的命运。

四个人后来的命运各不相同。“姓陆的就因泅水淹毙在当地大河里。姓满的当了小军官，广西江西各处打仗，民十八在桃源县被捷克式自动步枪打死了。姓郑的从黄埔四期毕业，在东江作战以后，也消失了。姓田的从军官学校毕业做了连长，现在还是连长。我就成了如今的我。”

沈从文已经下定决心要去一个生疏的地方，与命运赌一注。看过太多的死亡与离散，他已经当自己的命是白捡来的。留下来，风险少得多，而且可以获得权力；走出去，吉凶难卜，但是，“可以获得知识，用来疏解身边这迷乱眼目的人生”。“权力”与“知识”，孰轻孰重？才二十岁的沈从文，做出了追求“永恒”的选择：

“知识同权力相比，我愿意得到智慧，放下权力。我明白人活到社会里，应当有许多事情可作，应当为现在的别人去设想，为未来的人类去设想，应当如何去思索生活，且应当如何去为大多数人牺牲，为自己一点点理想受苦，不能随便马虎过日子，不能委屈过日子。”

打开了世界之外的时间

而命运在放沈从文出湘西之前，还要给他更多的信心与眼光。沈从文想去看看巫峡，所以随军去了趟四川，这是他第一次走出省界，从湖南走到贵州，又走到四川。出湖南的时候，经过一个地方，叫茶峒。十年之后，以此地为背景，诞生了一篇小说，叫《边城》。

在四川这半年，对于沈从文很重要。除了《从文自传》里浓墨重彩写的《一个大王》，传奇的生与死、阴谋与爱情，刻意轻描淡写的“一个特别的机会转回湖南”，是沈从文无法留在基层军队的重要关节。据说是参谋长对他起了邪念，想要对他施以潜规则。

回湖南之后，沈从文给湘西镇守使陈渠珍当书记。陈渠珍是清末民初的传奇军人，以王阳明、曾国藩自许。辛亥革命发生时，他正在西藏抗击英军、镇压土著。革命消息传来，部队哗变，陈渠珍率湘黔籍官兵一百一十五人由青海东归，生还湖南者仅七人。自此陈渠珍守湘西务自治，可以说他是民初湘西世界的铸造者之一。

沈从文随侍陈渠珍，却无意打开了湘西世界之外的世界。陈渠珍让这个小书记帮自己管理书房。“这房中放了四五个楠木大橱柜，大橱里约有百来轴自宋及明清的旧画，与几十件铜器及古磁，还有十来箱书籍，一大批碑帖，不久且来了一部四部丛刊”。这些古物，大抵来自湘西之外的世界。沈从文一空下来，便将旧画一轴一轴地挂在壁上欣赏，或将《钟鼎款识》《西清古鉴》上的铜器图片与实物对照，再就是乱翻书，不知道作者是谁，就去翻《四库提要》。莫小看这胡乱的读书赏物，今世培养古典文献或考古学的研究生，也无非是这几条路径。更重要的是：

“我从这方面对于这个民族在一段长长的年份中，用一片颜色，一把线，一块青铜或一堆泥土，以及一组文字，加上自己生命作成的种种艺术，皆得了一个初步普遍的认识。由于这点初步的知识，使一个以鉴赏人类生活与自然现象为生的乡下人，进而对于人类智慧光辉的领会，发生了极宽泛而深切的兴味。”1949 年之后的“沈从文转业之谜”，早在二十多年前便已有草蛇灰线。

另一面，湘西自治，也要除旧布新，于是开了一个新报馆。沈从文又被派到报馆中去当校对，与一个长沙来的印刷工人同舍。《湘江评论》光芒照耀过的人，新潮是必然的。沈从文偶尔拿起一本《超人》问印刷工人写的是什么，印刷工人“脸庞同眼睛皆圆圆的，简直同一匹猫儿一样”：“唉，伢俐（年轻人），怎么个末朽（差劲）？一个天下闻名的女诗人……也不知道么？”

新潮分子心目中的“天下”就是真的天下，无远弗届，这个湘西小伙子看上去蛮有文化，说起女诗人却只知道鱼玄机和随园女弟子，这就好像“90后”没看过《奇葩说》，做新媒体的不会拍Vlog，绝对是落在时间之外的。

沈从文为鄙视与羞愧驱使着，认真看了印刷工人带来的《创造周报》，似乎明白了白话文与文言文的不同：文言文用“也”和“焉”结束，白话文用“呀”和“啊”；文言文写一件事情字数越少越好，白话文写一件事情越说得多越好。

沈从文的心得又被鄙视了。印刷工人告诉沈从文，白话文最要紧处是“有思想”。这下沈从文更忸怩了，他不知道什么是“思想”。写到这里，沈从文忍不住来了一句：

“若猜得着十年后我写了些文章，被一些连看我文章上所说的话语意思也不懂的批评家，胡乱来批评我文章‘没有思想’时，我即不懂‘思想’是什么意思，当时似乎也就不必怎样惭愧了。”《从文自传》里少有这样涉及现实的词句。

总之，沈从文向新的世界“投了降”。正好这个时候老同学陆弢为了同人赌气，泅泳过河时被洄流卷走，尸体四天后才找到。沈从文前一段也大病了一场，伤寒。虚无感油然而生，觉得自己“见到的实在太少，应知道应见到的可太多”，在死去之前，“我得进一个学校，去学些我不明白的问题，得向些新地方，去看些听些使我耳目一新的世界”。

他去向陈渠珍告假，正好湘西有派人才出去交流的计划。陈镇守使慨然同意沈从文北上，给了他三个月薪水，还希望他一两年可以毕业回来，“这里仍然有你吃饭的地方”。虽然后来沈从文从未向老长官求助，但这话仍然给了他一份勇气。

十九天，从湘西到汉口，到郑州，到徐州，到天津，终于出了北京前门车站。被一辆排车浑浑噩噩地拉到西河沿一家小客店，在旅客登记簿上写下：

沈从文年二十岁学生湖南凤凰县人

那个字写得很好的上士司书和口口声声“老子”的小师爷一去不返，一个新的“北漂”来到这个新的世界，荣耀与悲凉都才刚刚开始。

如果我们像《无问西东》的“天问”那样，让命运为二十岁的沈从文展示后来的一切：一举成名与“太太的客厅”，在青岛教过的学生李云鹤，中国公学对张兆和的苦苦追求，骑着小马在昆明与呈贡之间往来，午门上的古物讲解，《中国古代服饰研究》，天安门历史博物馆打扫女厕所，小羊宜宾胡同的馊饭……如果能洞悉这一切，沈从文还会走出湘西吗？

这个问题真不好答。在今天的时代，要理解一个世纪前湘西世界里一个不安分青年的内心，几乎是令人绝望的揣测。沈从文成名虽早，但一直不为家人、朋友及读者真正理解，或许正因为他心中藏着那一间湘西的密室。钱锺书 1940 年代小说《猫》里的曹世昌，公认影射的是沈从文：

“这位温文的书生爱在作品里给读者以野蛮的印象，仿佛自己兼有原人的真率和超人的凶猛。他过去的生活笼罩着神秘气氛。假使他说的是老实话，那末他什么事都干过。他在本乡落草做过土匪，后来又吃粮当兵，到上海做流氓小兄弟，也曾登台唱戏，在大饭店里充侍者，还有其他富于浪漫性的流浪经验，讲来都能使只在家庭和学校里生活的青年摇头伸大拇指说：‘真想不到！’‘真没的说！’他写自己干这些营生好象比真去干它们有利，所以不再改行了。论理有那么多奇趣横生的回忆，他该写本自传，一股脑收进去。可是他只东鳞西爪，写了些带自传性的小说；也许因为真写起自传来，三十多岁的生命里，安插不下他形形色色的经历，也许因为自传写成之后，一了百了，不便随时对往事作新补充。”

谑近于虐，倒也罢了。其中的不理解是显然的，连曹世昌“软绵绵的说话”也不招人喜欢，恨不能给他调快一点儿。同在“太太的客厅”里的朱光潜会说“他是位好社交的热情人，可是深心里却是一个孤独者”。

沈从文才三十来岁，就写下了《从文自传》；连胡适之这样的风云人物，也只好写《四十自述》呢。我猜想，于沈从文而言，《从文自传》类似一道封印，将二十岁前的湘西世界作一了结，同时也提醒自己“不忘初心”。季羡林说“回忆和怀旧能净化人的灵魂”，用于个人不谬，用于集体或不然。

沈从文下定决心走出湘西时，是不知道前面有什么的，当然更不知道还有那么多新奇的大书要读、新鲜的大课要上。汪曾祺讲，沈从文爱说“耐烦”二字，湘西山路水路，动辄几天几十天，才能从一座城镇到另一座城镇，从一座码头到另一座码头。若非耐烦，怎能抵达？又有一条是吃得亏、放得下，山民们士兵们不想积攒财富，拿到手就喝掉赌去，沈从文也不想积攒财富。现在不是都流行晒 EDC（随身携带）吗？我们来看看当了五六年兵的沈从文去四川时都带了什么：

我那包袱中的产业计旧棉袄一件，旧夹袄一件，手巾一条，夹裤一条，值一块二毛钱的丝袜子一双，青毛细呢的响皮底鞋子一双，白大布单衣裤一套。另外还有一本值六块钱的《云麾碑》，值五块钱的《圣教序》，值两块钱的《兰亭序》，值五块钱的《虞世南夫子庙堂碑》。还有部《李义山诗集》。包袱外边则插了一双自由天竺筷子，一把牙刷，且挂了一个钻有小小圆眼用细铁丝练子扣好的搪磁碗儿。这就是我的全部产业。这份产业现在说来，依然是很动人的。

他那时一门心思想的是书法精进，满屋子贴着“胜过钟王，压倒曾李”，只要超过了钟繇、王羲之，活着的人里压倒曾庆髯和李梅庵，他觉得就可以独霸一世。

虽然沈从文从未以书法名家，但这份野望与耐烦却是他终生的财富。

倘若现在还有这样困居在小城或乡村的知识青年想要走出自己的世界，《从文自传》能提供什么样的建议？

一、学一两门自己喜欢又擅长的手艺，关键时候派得上用场。沈从文就是因为书法好才被陈渠珍挑上当书记的。

二、在离开自己的世界之前，多走多看，把自己那个世界的规则吃透，各种人都要认识，无论在哪里，阅历都很重要。

三、走出自己的世界，是为了追寻多元的价值，如果从小地方到大城市，从边缘到中心，还是在那一套同样的价值体系里打滚，那又何必走出来呢？

成为沈从文并不意味着幸福，沈从文一生的坎坷都摆在那里。但你不自量力的还手与坚持，或许有一天会光耀你的世界。湘西在历史上，长期以永顺为中心，清代时，中心才转到凤凰。那现在说起湘西，知道哪里的人比较多？外面人又是通过什么知道了湘西的世界？因为走出去了一个沈从文，有了《从文自传》《湘行书简》《湘西》，湘西第一次拥有了自己的传记作者。这就是知识的权力。

2018 年 2 月 10 日

年轻人鲁迅三次返乡都经历了什么？

鬼才知道年轻人鲁迅1913年、1916年、1919年三次返乡经历了什么。

1916年12月那次，是为了母亲六十岁的寿辰。以新台门周家百足之虫死而未僵的场面，注定会热闹非凡，或许还胜于过年。

12月2日，教育部社会教育司第一科科长周树人开始准备回乡礼物。他托北京籍同事齐寿山"买果脯、摩菇十四元"，晚上又到孝顺胡同为三弟妇芳子买了一双皮鞋，也是十四元——民初一石米卖七至八元，按现在的米价折算，十四元的购买力相当于而今的人民币六百元左右。同事、朋友也给他锦上添花——蘑菇又收了四盒，杯盘套装更多，收了八套。

12月3日早晨8点半，周树人从前门车站登上京沪快车。这趟车要在浦口换车，等抵达上海，已经是4日晚9点。

5日，周树人在上海又是一番大采购。除了买自己的古书洋书外，明显属于礼品类的有：爱兰百利公司买两支检温计

（温度计），二元六角；乍浦路梅月买四盒饼，四元；五种玩具（说明有“熊孩子”要敷衍），一元。他还为患精神病的表弟阮久孙买了三种药、一只量杯，五元。

6日晨登上沪杭快车，午后到达杭州，换船（可能是小火轮）往绍兴，第二天早晨到家。

在家休息了三天。11日是个阴天，大戏午后拉开序幕，“客至甚众”。作为长子，周树人是理所当然的寿诞主持。

12日，“下午唱花调，夜唱隔壁戏及作小幻术”，有本地曲艺，还有戏法魔术。

13日，旧历十一月十九日，是周树人母亲鲁瑞老太太的正生日。“上午祀神，午祭祖。夜唱平湖调”。

要到15日，寿诞才终于终席，“客渐渐散去”。然而周家更加忙乱——“上午三弟妇大病，延医来”。

周树人的三弟妇羽太芳子，是1912年5月为了照顾姐姐信子（周作人妻子）分娩，从日本来到绍兴的。那年她才十五岁。两年后，她在姐姐信子与哥哥重久的主持下，嫁给了二十四岁的周建人。1915年2月，十八岁的芳子产下长子周冲，可是他长到一岁多就夭折了。

所以在1916年12月这个时间点，是周树人第一次见到三弟妇身份的羽太芳子，因此才会特意从北京带一双皮鞋给她。但芳子年纪太轻，又刚刚痛失爱子，虽然只是鲁迅日记中的只言片语，也能从中窥见那种热闹中的凄凉吧。

21日夜，“三弟妇以大病卧哭，五时始睡”。周家又是一个无人入眠的忙乱通宵。

周树人直到1917年的1月3日才启行离乡。整整一个月的返乡之旅，要说周树人很愉快，怕是不可能吧？天气也不好，多日都是“雨”“夜大风”“冷”的记载。其间还参加了一位中学校长朱渭侠的追悼会，周树人在给许寿裳的信里说，朱渭侠的亡故，“大半亦庸医速之矣”，似乎由此又想起了父亲之死的旧痛。

周树人上一次的返乡是在三年半前，1913年6月。那次的经历更糟糕。随南京教育部北上之后，一年后请假回乡省母，本来很正常。为此周树人微薄的积蓄也花掉不少，最吓人的是一只“箱夹”，“价一千”！其余包括什么“摩菰六斤，价十元，平果脯、桃脯四斤，价二元”“晋和祥买糖饵、齿磨、提包，共四元”，隐隐可以见到这位长子的期待与周全。

没想到19日下午登车，晚抵天津，“寓泰安栈，食宿皆恶”。但这种不适跟第二天比较，就不算什么了。第二天火车经过黄河时，有十来个小孩捡路边的石头往车里扔，一名客人被打中额头，“血大出”，车上这份乱喽，可想而知。

到了兖州夜间停车，这是张勋的防区，就有辫子兵从窗外往里看，又有四五个人登车，东张西望，或是无故把人叫醒，其中有一个兵，还把周树人的网篮提起来左看右看。

21日凌晨1点，火车逃离兖州，下午1点到了安徽明光，又出了事故。一位车上的夫役跳下车的时候，不小心摔到地上，估计火车还没停稳，“一足为轮所碾，膝已下皆断”，另一只脚的脚趾也全被碾碎。

磨难还没结束，下午 4 点半到浦口，先乘轮渡渡过长江，遇上大雨，行李衣服尽湿，只能先找个旅社休息，晚上 10 点半才有车发往南京。

上海总归还好，但 23 日中午抵达杭州，又有六七个兵来搜检行李，周树人行李中的几个纸包都被戳破了。乘轮渡过钱塘江，水涨流急，人虽然到了对岸，行李却比人迟了三个小时。

这次在家也是住了一个多月，看这些记载：

“夜不能睡，坐至晓”；“小舅父大病，三弟守视之，夜不睡，予亦同坐至三点钟”，医生隔日就会来诊治一次。

7 月 22 日，本来想走了，“城中有盗百余人，军士搜捕，城门皆阖”，这一下又拖了四天。二弟的小孩又病了，送去看医生，又是“夜不睡”。

估计是来的时候火车上的奇遇太骇人，周树人决定从杭州开始改走水路回天津。29 日终于到了上海码头，一问，客栈全部客满！船夫、车夫狼狈为奸，一个比一个欺负人。周树人一咬牙，花高价雇了两部人力车（一部装行李）拉到虹口，住进松崎洋行，心想住一晚就北上，再贵爷也忍了。

结果呢？买不到船票！“终日枯坐旅馆中……闷极”。拖到 8 月 2 日，花了十元钱高价，才买到塘沽号的房舱，凌晨两时登船一看，“房甚秽陋”。啊，在这艘船上熬了六天，才抵达天津！你想想周树人心里是什么滋味……

经过这样两次返乡之旅，谁还想回绍兴那个家啊……

1919 年初，鲁迅（《狂人日记》于一年前发表，鲁迅这个名字出现了）致信许寿裳，说“明年，在绍之屋为族人所迫，必须卖去，便拟挈眷居于北京，不复有越人安越之想”，难道只是为族人所迫才离开绍兴吗？鲁迅自己也说：“而近来与绍兴之感情亦日恶，殊不自知其何故也。”你看，鲁迅还说不出“每个人的故乡都在沦陷”这种漂亮句子。

等到 1919 年 12 月返乡卖屋迎母弟来京，鲁迅大概已经心如死灰，沿途的喜怒好恶，一概不记，日记简单得像刻在竹简上的国史。他的心情，记录在一年后写成的小说《故乡》里：

时候既然是深冬，渐近故乡时，天气又阴晦了，冷风吹进船舱中，呜呜的响，从篷隙向外一望，苍黄的天底下，远近横着几个萧索的荒村，没有一些活气。我的心禁不住悲凉起来了。

阿！这不是我二十年来时时记得的故乡？

我所记得的故乡全不如此。我的故乡好得多了。但要我记起他的美丽，说出他的佳处来，却又没有影像，没有言辞了。仿佛也就如此。于是我自己解释说：故乡本也如此，——虽然没有进步，也未必有如我所感的悲凉，这只是我自己心情的改变罢了。

这如果写成新媒体公号文字，那就是《一个教育部官员的返乡手记：凋敝的乡村让我心凉》，妥妥的 1921 年新年第一篇“爆款”。

12 月 24 日，平安夜，鲁迅带着母亲、三弟、三弟妇等人乘船离开了绍兴。不知鲁迅是不是真的在此时发出了“其实地上本没有路，走的人多了，也便成了路”的著名感慨？只知道送行的人带来的灯笼，烧了起来，鲁迅情急之下用手去按灭火焰，结果把手指烧伤了。

带着受伤的手指，杭州到上海的铁路又被毁坏，半路又住烂旅馆，半夜再上车——这一大堆人马箱笼，连船都要装两艘，碰到这种事跟逃难就差不多了。到了南京渡长江，“风雪忽作，大苦辛”，这是鲁迅日记里，与绍兴有关的最后一笔吐槽。从此他再也没有回过家乡。

日后这位大作家笔下，出现了两个故乡：一个是《从百草园到三味书屋》《社戏》《五猖会》组成的童年图景；一个则是成年后返回的故乡，《故乡》《祝福》《在酒楼上》，一篇比一篇灰暗。

他碰到了极品亲戚鲁四老爷，“一见面是寒暄，寒暄之后说我‘胖了’，说我‘胖了’之后即大骂其新党”，骂还骂的是康有为。

还有极品邻居杨二嫂，一口咬定他放了道台、娶了三房姨太太、出门都是八抬大轿，借着话头要木器，拿走了狗气杀。

儿时的玩伴闰土，见到他脸上有欢喜和凄凉，终于恭敬起来，分明地叫：“老爷！”叫他母亲“老太太”，要自己儿子给他们磕头。

还有祥林嫂，追着他问“一个人死了之后，究竟有没有魂灵的？”，一个新党，居然回答不出一名乡下愚妇的疑问，不逃回都市还能怎样？那里没有人关心这个。

旧日的同窗、同事吕纬甫——“当年敏捷精悍”，眼里常常能看见射人的光，也去城隍庙里拔过神像胡子，也梦想着要改革中国——然而现在是沉静（小城人或称为成熟世故），或者说颓唐。自己说自己像一个小虫子，飞了一个小圈子，又飞回了原点。

而现在他活得很主流，“敷敷衍衍，模模胡胡（糊糊）”是在小城处世的法则，教着两三个学生，他们要学什么就学什么，《诗经》《孟子》《女儿经》，符合政府倡导“尊孔读经”的精神。

所以这无聊而可笑的故乡，有什么值得留恋的呢？然而漂泊异乡的年轻人，从南京到上海，再到天津、北京，过着与他们不一样的生活，就符合初心与理想吗？所以鲁迅在《故乡》的结尾说：

我希望他们不再像我，又大家隔膜起来……然而我又不愿意他们因为要一气，都如我的辛苦展转而生活，也不愿意他们都如闰土的辛苦麻木而生活，也不愿意都如别人的辛苦恣睢而生活。他们应该有新的生活，为我们所未经生活过的。

闰土那样的社会底层人辛苦麻木；鲁四老爷这些既得利益者及他们的追随者杨二嫂和卫老婆子，则是辛苦恣睢；吕纬甫夹在中间，不完全麻木，又无力抗争，只能麻醉自己曾经敏感的神经，以“祝福的空气”将“白天以至初夜的疑虑”一扫而空。而短暂居留的归乡者，留不下也回不去，辛苦辗转，心存恐惧，只能以坚持离开这“纯白而不定的罗网”，留给自己渺茫的希望自救：

希望是本无所谓有，无所谓无的。这正如地上的路；其实地上本没有路，走的人多了，也便成了路。

2017 年 1 月 25 日

中国家庭为什么一直是乡土性家庭?

我在家里清书的时候，翻到了一篇文章。文章题目叫《所谓家庭中心说》，作者费孝通，写于1948年。费孝通先生在文章里说，常常听人讲中国文化是以家庭为中心的文化，西洋学者还为这种文化造了个词，叫“familism”。可是“如果说中国人，比了西洋人，特别看重家，我是不能同意的”。为什么呢?

费孝通说，从中国乡土社会看，总是“男归男的在一起，女归女的在一起”，小孩也凑一块儿玩，“性别和年龄划分着乡间的日常团体生活”。所以一个家庭里，夫妻虽然共同劳作，共同抚育子女，但“重要在经济和生育上，而不是重要在个人的社会生活上”。

相比之下，费孝通说，“在英美，家庭才真是他们的生活壁垒”，“他们在家外是竞争、争斗、讲利害；一回到家里，他们享受着感情的共同生活”。因此费孝通把中国家庭称为乡土性家庭，而把西洋家庭称为非乡土性家庭。

当然，距费孝通先生写这篇文章，已经半个多世纪了。不过我们可以闭上眼睛想一想，中国社会的都市化/西方化/非乡土化，才有多少年？

最近因为读到一些纪录、访谈，又掉过头去看情景喜剧《我爱我家》，十分感慨。都说后来的情景喜剧没有超越《我爱我家》的，为什么呢？有人说编剧不行了，有人说导演不行了，有人说演员不行了……可是原班的导演、编剧、演员，后来都在不断地拍新的剧，为什么就超越不了呢？

我有一个解释：因为英达那会儿刚从美国学情景喜剧回来，《我爱我家》采用了情景喜剧最保险的模式，拍家庭，而它拍的家庭，看上去是一个老北京的干部家庭，其实不是，它是一个西方化的家庭。家庭成员各种“相爱相杀”，台词里很多对话要是放在现实生活里，就是一辈子的疙瘩，可是在情景喜剧里，轻易就被化解了。梁左写的小说《侦破爱情》，夫妻猜忌来猜忌去，离了，可是他把这部小说改在情景喜剧里，结局就是大团圆，下集开场，嘛事儿没有。

一家子都没大没小的，还不出事儿；公公儿媳谁管家，职权不明；小叔子小姑子住家里，经济问题有没有纠纷，谁也不提；二流子纪春生是和平请来的，一个儿媳往家里带陌生人居然没引发家庭战争……这些矛盾都被情景喜剧屏蔽掉了，只剩下一个家庭组合的壳。这样的家庭，你在中国见过吗？如果抽掉身份、辈分、长幼，你不觉得跟《老友记》更像吗？

所以《我爱我家》的问题是它太超前了，光用“善良”很难解释一个中国式家庭的长久性和睦。对每个人私权的尊重，在刚从乡土社会挣脱或尚未挣脱的中国式家庭，还是一种异常的奢侈。《小别离》充满理想色彩地让方朵朵祖父向朵朵爸妈念了一首纪伯伦的《先知》：

> 你的儿女，其实不是你的儿女。
> 他们是生命对于自身渴望而诞生的孩子。
> 他们借助你来这世界，却非因你而来，
> 他们在你身旁，却并不属于你。
> 你可以给予他们的是你的爱，却不是你的想法，
> 因为他们有自己的思想。

这个细节不说肯定虚假，至少也是不典型。而且，方朵朵祖父很快就露出了马脚：朵朵父母决定送朵朵去美国读高中，祖父完全没有征询小女儿意见，就一口咬定了让朵朵住在美国的小女儿家，连找学校都是可着姑妈家附近挑。结果小女儿回国一听这事就蒙了：我还有个美国老公，我还没征求他的意见，这事我接受不了。于是老头儿马上就气倒在床上，家庭气氛转入冷战模式。所以说，儿女"有自己的思想"在中国是一件危险的事。

当下的中国家庭处于一个特别纠结的状态，乡土性与非乡土性混杂在一起，当事者和旁观者都常常感到无所适从。一般来说，老一辈熟悉乡土性逻辑，新一代追求非乡土性，因为社会是压缩式模仿式发展，这个弯转得太大太快，就容易翻车。

别以为乡土性只有中国才有，我的一位朋友嫁给了个比利时教授，她说，她和先生买房的时候，男方父母非得跟着去，还一个劲儿抢着跟中介聊，好像是他们自己买房似的。

所谓一个社会是前喻性社会还是后喻性社会，指的是以中老年人价值观还是年轻人价值观作为社会的主流价值观。就张靓颖母亲反对女儿婚事事件，那些跟在张靓颖微博下面劝“听妈妈的话”的，甭管老幼，都持的是乡土社会价值观。

说什么“心智成熟的母亲才能培养出心智成熟的女儿”，这话是要看语境的。在乡土社会价值观里，张靓颖妈妈那样的做法，才叫心智成熟：一、强调血缘关系；二、看重经济利益；三、将矛盾诉诸公议。

相反，非乡土性价值观就应该是：一、淡化血缘，看重意气相投与价值契合；二、经济利益靠契约解决，而不是靠互撕；三、个人矛盾在私人生活内部解决，不浪费公共资源。

选择什么样的价值观，其实是个体的自由，重要的是双方乃至三方合意。乡土社会里也有融洽的家庭，非乡土社会里家庭矛盾也多得要命。但最麻烦的、最无解的是两种逻辑撞在一块儿，爸妈有爸妈的理，儿女有儿女的理。一边抱怨“父母皆祸害”，一边哀叹“孝顺儿女谁见了”，典型的两边诉委屈。

传统中国社会讲究了多少年的“父慈子孝，兄友弟悌”，在大家都认可同一种价值体系的时代，至少两代人追求的目标（或口头追求的目标）是一致的，而社会也会创造出制度与特例，来为各人的私欲转圜。如果张靓颖这事发生在古代，倒好办了。张妈妈如果是真爱女儿的母亲，就会找冯轲要很高的财礼，再把它转到嫁妆里，让女儿嫁过去腰杆很硬，又能有体己的细软。

而到了转型的大时代，这套法则一定会被冲决。科举废除，断了从仕的道路，国弱民贫，青年又没有了上升的空间，愤怒引发的革命往往就从家庭开始，因为一个人遭受的束缚体验必然首先来自家庭。“五四”时顾颉刚、傅斯年高喊“家庭是万恶之原”，施存统力倡“非孝”，鲁迅则让子君在《伤逝》里说出那句铿锵有力的话：

“我是我自己的，他们谁也没有干涉我的权利！”

其实激进的中国革命是以破坏传统家庭为己任，1949 年后“单位化社会”的建立，一方面将家庭的许多经济合作形式转移给单位化社会，办食堂，办托儿所，双职工，另一方面也用国家控制替代了家庭控制。上辈很多人的婚姻没让父母插手，但组织上会过问。而今不也有很多人怀念当年那种“父权的温暖”吗？

当下的家庭之混乱，在于单位化社会已经荡然，乡土社会逻辑，因为父母失去了对子女经济的控制权，也只能在情感层面上进行捆绑，这也是为什么张靓颖妈妈只能发公开信：因为如果女儿完全对她实行经济分割及资讯封闭，她还真没有什么好办法。

但是在中国社会的“西方式家庭”就能顺理成章地建立起来吗？习惯的力量仍然存在，能够真正划地绝交的儿女才是极端个案，大部分还是像张靓颖母女那样，还没吵出个子丑寅卯，就已经上演大和解的戏码。从张靓颖的角度说，自己选择了结婚对象，有什么后果都是自己承当，被妈妈捅到媒体与公众面前，明星形象受损不说，自尊至少是饱受打击。这样被自己的妈妈咬了一口，也没办法索赔，还得在镜头面前秀亲热，这就是中国家庭，打掉牙和泪吞，才让“吃瓜群众”无可挑剔。

可这一笔糊涂账，了犹未了，难道就不会再度爆发吗？

身处转型时代，要有转型时代的觉悟。没有“五四”的外部条件，做子君、做莎菲都成了笑谈，倒是张爱玲笔下的婚姻交易，虽然让人怀疑爱情之有无，但“爱情崇拜”说白了，不也是工业革命后资产阶级发明的意识形态吗？各位还是仔细想想，怎样在两代的冲突中寻找一条妥协之途，就算跟上一代之间用不上了，不是还有下一代吗？与他们一起共建新的中国式家庭吧。

2016 年 10 月 13 日

后记

伤花怒放

2020年夏天《脱口秀大会》第三季热播，在总决赛时，领笑员大张伟说了一句话。他说脱口秀演员特别不容易，他们不但把自己生活中的伤口撕开给人看，而且还要“从伤口上开出花来”。

《早生贵子》对我来说，大概就算是“伤口上开出的花”。我觉得育儿这件事吧，基本上没法不失败，尤其对于知识分子。那位说了：是因为知识分子要求高吗？那倒也不是，大概其是因为大部分知识分子讲平等，讲尊重，还眷恋着个人的权利与自由。这种调调，就算没有育儿，都大概率指向失败，外部的或是内心的。

然后呢，育儿这事，是自己最做不了主的大举措。既做不了孩子的主，也做不了配偶的主，更麻烦的是做不了自己的主。社会环境、居住位置、工作形势、家庭氛围、时代发展，变量太多，能随波逐浪不被淹没，就不易。

但话又说回来，大部分育儿案例还是有惊无险的结局、无可奈何的妥协，以及哀乐难言的过程。这件事上，人世的悲欢是真不相通。所以，您能从《早生贵子》中看见什么呢？我哪儿知道呀。只能拿汪曾祺的话给自己辩护："一个作者的责任只是把你看到的、想过的一点生活诚实地告诉读者。你相信，这一点生活读者也是知道的，并且他也是完全可以写出来的。作者的责任只是用你自己的方式，尽量把这一点生活说得有意思一些。"这一点生活，是伤口；有意思一些，是伤口上开出的花。

我对自己有很多的不满，在养儿这事上尤其多。但你要说能有多大改变，似乎也难。目下的舆论环境也容易加强这种不满。看到"丧偶式育儿""诈尸式育儿"这些热词，难免觉得扎心。但也无可辩驳，连感谢一下家庭领导都显得虚伪——虚伪也得感谢，毕竟咱就是一个打辅助的，全靠大神带着飞。

所以能做的，无非是用自己的本色当行，为这些不满寻一个出口，找一些说法，或是借别人酒杯浇浇自己的块垒。这别人的酒杯，或是热点的话题，或是共同的焦虑，或是前贤的实践，翻翻别家难念的经，好像自己家的那本，虽然还是念不动，似乎多少能解脱一些罪愆与歉疚。当然，这是另外一种不诚实的巧言令色，也说不定。

2019 年 12 月，我去辣子学校参加家长会。家长会上有一项目，是让孩子把预先写好的一封信放在抽屉里，家长必须一节课内，给孩子写一封回信，也放在抽屉里。本来也犹豫要不要把这两封信抄在这里。实在这都是任务，而且是老师全程会旁观的写作，主题是"感恩"，说全是真心话，肯定是笑话，但既然咱是来撕伤口的，又是过来人都知道的伤口，相信你也能透过表面现象，看见现象后面的现象。

亲爱的爸爸妈妈：

您们还好吗？

谢谢您们对我各方面的关心。比如妈妈：您在写作方面对我的帮助我终生难忘；爸爸，您每天工做到深夜，虽然我不太清楚，可我知道，这是为了我。您们给买乐高，让我开心，给我看牙，让我长得更好看，不知花了多少钱，几千、几万、几十万元，您们也认为这样最好。妈妈，每天我还没起床，您就已经起床又去叫我起床，我刷牙时，妈妈自己不刷，先把我的牛奶热好才去刷牙。这是让我永远也不能忘的！

爸爸，我知道您在减肥，祝您减肥成功；我还希望您下回不要太不靠 pu 了！

我在学校上课时积极回答问题，请您们放心！

祝

身体健康！

儿 YY

2019 年 11 月 29 日

下面是我当场写的回信，好久没当堂作文了：

YY你好：

今天是我给你写信，平时是妈妈跟你的交流要多一些。爸爸更多扮演的是球场上后卫的角色。所以妈妈很辛苦，希望你能多照顾妈妈，让她高兴一些。

一个家庭里，每个人总在扮演不同的角色，每个人的性格也有所不同。扩大到学校、社会，都是一样。选择做一个什么样的人，是每个人自己的事，不过，从小爸爸妈妈对你都有些共同的期盼，或者说要求，如果你今后能朝这些方面努力，那大家的生活都会增添一些愉快的成分，相亲相爱，好不好？

（一）对自己负责，知道自己的责任，并努力完成它。就像我们常跟你说的：态度比结果更重要，表现出自律、负责、讲道理的品行，比考试得多少分要更重要，对吧？

（二）尽量不要给别人添麻烦。不管是老师、同学，还是你今后会认识的人，都要学会站在别人的立场上多想想，自己不愿意看到的态度，也不要用这种态度对待别人。

（三）不滥用别人的信任。人之间的印象是一次又一次累积而成的。这次说话算数，下次别人会更相信你；这次不算数，别人的信任会越来越弱。你不是讲过张良学艺的故事吗？张良不就是一次一次践行老人告诉他早到的话，才赢得老人的信任与传授吗？

你现在最应该努力做到的，是答应别人的话要努力做到。比如答应爸妈要守时，答应老师要守纪律，等等。除非不答应，答应别人的话，一定要努力努力最大努力做到，这是会影响你一生的事，请一定要记住。

能做到这三点，你就会成为一个优秀的、可爱的，不仅是孩子，还是一个优秀的可爱的人。就先说这些吧。

爱你的爸爸

2019 年 12 月 3 日

信写好，放抽屉里，就离开了。隔天问辣子：你看到爸爸给你写的信了吗？

答：看到了。都是连笔字，看不懂。

好吧，我现在最能理解的，是为什么父母总是对儿女不信任不放心了。那是千万次的被晃倒被骗过累积起来的皮肤记忆。哪怕你功成名就，哪怕你皇亲国戚，你就是世界上最不靠谱的那个人。

不知道再过十年、二十年，辣子翻开这本书，看到这些文章、这封信，会作何感想？会不会再画一张“2030 年最不靠谱一等奖 奖给杨早”的画给我。

那也没关系。伤花也要怒放，不管是谁的伤口，对吧？

杨 早

2020 年 10 月 17 日写于豆各庄